ビーズログ文庫
アリス

A3!

The Show Must Go On!

トム

原作・監修／リベル・エンタテインメント

イラスト／冨士原良

CONTENTS

序章 開演

空《から》っぽだった小さな劇場に観客たちが集まってくる。人々の熱気でじわじわと劇場内が温まっていく。

客席は満席だった。観客の潜《ひそ》めた話し声や、プログラムをめくる音、席を探して歩き回る足音、期待や静かな興奮が、幕越《まくご》しでもひしひしと感じられる。

いづみはこの時間が好きだった。人々の意識が舞台《ぶたい》の一点に集まりだす。始まりを待つ緊張感《きんちょうかん》。

舞台袖《そで》から客席を覗《のぞ》く五人の劇団員たちに、いづみはちらりと視線を送った。

「いよいよ千秋楽《せんしゅうらく》ですね」

噛《か》み締《し》めるように、自《みずか》らを奮い立たせるように、座長であり主演の咲也《さくや》がそうつぶやく。

準主演の真澄《ますみ》はうなずくでもなく、ただ静かな表情で隣《となり》にたたずんでいる。

その斜《なな》め後ろには脚本《きゃくほん》担当でもある綴《つづる》が眉根《まゆね》にしわを寄せて、ボロボロになった台本に目を通している。

まさかこの期《ご》に及《およ》んでセリフを変える気じゃないかと内心はらはらしていると、薄暗《うすぐら》い空間に青白い光が灯《とも》った。

至《いたる》のスマートフォンだ。手慣れたしぐさで操作すると、一瞬《いっしゅん》にして光が消える。そのまま、ポケットに入れようとする。

いづみが注意をする前に、シトロンが至の肩《かた》を叩《たた》いた。そこでようやく気づいて、近くの椅子《いす》の上にスマホを置く。少し緊張しているのかもしれない。

ここに来るまで、本当に色々なことがあった。何度ももうダメかもしれないと思ったけれど、ようやくたどり着いた。

開演を知らせるブザーが鳴った。

団員たちが視線を上げる。その瞳《ひとみ》に迷いはない。声なき言葉が聞こえてくる。全身を震《ふる》わせて叫《さけ》んでいる。

咲《さ》きてぇ。

咲かせて。

咲きたいヨ。

咲かせてくれるんでしょ？

オレたちを——咲かせてください、カントク！

第1章 新生MANKAIカンパニー

天鵞絨駅《ビロードえき》を出ると目の前に伸《の》びるメインストリート、通称《つうしょう》ビロードウェイ。演劇を志《こころざ》す者は誰《だれ》もが一度は憧《あこが》れ、ここの舞台《ぶたい》に立ちたいと夢見る演劇のメッカだ。

収容人数千人を超《こ》える大きな劇場から、その三分の一以下の小劇場まで、数多くの劇場が建ち並び、しのぎを削《けず》っている。

駅前は平日でも人通りが多く、歩行者天国となっているビロードウェイではあちこちでフライヤーを配る劇団員たちが声を張り上げている。

（ええと、劇場の場所はどこだったかな。たしかフライヤーに地図が載《の》ってたはず）

天鵞絨駅から一歩外に出た立花《たちばな》いづみは、バッグの中に入っていたフライヤーを取り出して広げた。

「……MANKAI劇場」

急ごしらえの学園祭のチラシのようなフライヤーに書かれた文字をなぞり、手書きでわかりづらい地図を頭に入れる。

（これは、ビロードウェイの端《はし》っこなのかな。ひとまず行ってみよう）

駅から少し離《はな》れたところに、その劇場はあるらしい。いづみはビロードウェイへと足を踏《ふ》み入れた。

横から差し出されるフライヤーを受け取りながら、いづみはビロードウェイへと足を踏み入れた。


（ここが演劇の聖地、ビロードウェイか……小さい頃《ころ》に来たことがあるらしいけど、全然覚えてないや）

物珍《ものめずら》しげに辺りをきょろきょろと見回す。小さい頃に来たことがあるというのは母からの伝聞で、いざ目の前にしても記憶《きおく》がよみがえってくることはなかった。

（聞いてはいたけど、本当に劇場だらけだ。看板を見落とさないようにしないと……）

いづみが何気なく右手の劇場に目を向けた時、地面に片膝《かたひざ》をついた男を見つけた。

「うう……」

うめき声が聞こえて、慌《あわ》てて駆《か》け寄《よ》り、声をかける。

「あの、大丈夫《だいじょうぶ》ですか？」

「だ、大丈夫です……」

体格のいい男はうずくまったまま、痛みを耐《た》えるかのように眉根《まゆね》を寄せている。膝の上で握《にぎ》り締《し》めた拳《こぶし》もかすかに震《ふる》え、額にはうっすらと汗《あせ》もにじんでいる。

（全然大丈夫じゃなさそう……）

救急車を呼ぶべきか、誰か人を呼ぶべきか思いあぐねて辺りを見回すと、近くに青年が立っていることに気づいた。

「どうかしたんですか?」

緑のブルゾンを着た茶髪《ちゃぱつ》の青年が、心配そうに覗《のぞ》き込んでくる。

「あ、この人がうずくまっていたので、声をかけたんですけど——」

いづみの説明を聞いた青年はえっと声をあげ、慌てたように男のそばに膝をついた。

その時——。

「丞《たすく》!」

小柄《こがら》な青年が駆け寄ってきた。怒《おこ》ったような心配そうな表情で、まだ立ち上がれずにいる男をにらみつける。

「晴翔《はると》……」

丞と呼ばれた男はそばにいる青年を見上げて、小さくつぶやいた。

「病院を抜け出しちゃだめだろ!」

「え?」

いづみと茶髪の青年が同時に声をあげる。

「だって、こうでもしないと、俺はもう一生病院の外に出られないんだろ」

丞は苦し気にそう答えると、地面に視線を落とす。晴翔も丞もいづみと茶髪の青年の姿など見えていないかのようだった。

(なんだか込み入った話みたいだけど、ちょっと様子が変だな)

成り行きを見守りながら首をひねるいづみの横で、茶髪の青年も戸惑《とまど》ったように晴翔と丞の顔を見比べている。

「あ、ストリートACTだ」

「あの子の舞台見たことある！」

ふいに背後から声が聞こえてきた。通りがかった若い女の子が丞と晴翔を指さし、歓声《かんせい》をあげる。

(ストリートACT？)

いづみは首をかしげた後、合点《がてん》がいったようにあ、と口を開けた。

「どうしましょう？　もう大丈夫ですかね」

困惑《こんわく》の表情を浮《う》かべる青年の腕《うで》を、いづみが引っ張ってその場から離す。

「ちょっと離れてましょう」

「え？　でも……」

「見てればわかるから」

茶髪の青年は首をひねりながらも、言われた通り少し離れた場所から丞と晴翔の様子を見守る。

丞は地面に膝をついたまま、呼吸を整えながら晴翔を見上げた。

「はっきり言ってくれよ！　俺の病気はもう治らないんだろう？」

「そんなことない！」

二人のやり取りが人目を引いて、どんどん周囲に見物客が集まってくる。

「嘘《うそ》をつくな。俺、この間見たんだ。晴翔と先生が話してるところ……」

「え？」

「何も知らないまま死ぬのは嫌《いや》だ。ちゃんと知りたいんだ。自分の病気のこと……頼《たの》む、晴翔……」

懇願《こんがん》するような丞のまなざしが晴翔をとらえる。晴翔は丞から視線をそらすと、小さくため息をついた。

「ここじゃ人目につく。病院で話そう」

「……わかった」

晴翔が丞に肩《かた》を貸して、ゆっくりと丞が起き上がる。そして二人で一歩踏み出した。

(ここで一段落かな？)

いづみがそう思った瞬間《しゅんかん》、辺りから拍手《はくしゅ》が湧《わ》き起《お》こった。いづみもつられて手を叩《たた》く。

「ご観覧ありがとうございました」

さっきまで立つのもやっと、という様子だった丞がぴんと背筋を伸ばすと深く頭を下げる。

「ありがとうございました！」

晴翔の悲痛な顔も一転し、自信にあふれた笑顔《えがお》で見物客たちに手を振《ふ》っている。

「やっぱり、GOD《ゴッド》座《ざ》の役者はうまいなー」

「演技に惹《ひ》きこまれるよね」

見物客たちが口々にそう言いながら、地面に置かれた袋《ふくろ》に投げ銭を入れていく。

（本当に、目が離せなかった！　今のがお芝居《しばい》だなんて思えないな）

いづみも見物客の言葉にうなずきながら、すっかりだまされてしまった迫真《はくしん》の演技に感《かん》嘆《たん》する。

「え？　演技？　今のはお芝居ってこと？」

いまだに状況《じょうきょう》が摑《つか》み切れず首をかしげる青年に、いづみはにっこり笑った。

「ストリートACTっていって、アドリブでお芝居をする路上パフォーマンスだよ。資金稼《かせ》ぎと宣伝を兼《か》ねて劇団員がやってるの」

いづみの説明を聞いて、青年が目を見開く。

「あー！　即興劇《そっきょうげき》とかフラッシュモブ？　みたいなもんか」

「そうそう。小劇場が多い街だと結構盛《さか》んなんだけど、最初は驚《おどろ》くよね」

ストリートACTは元々ビロードウェイで生まれ、全国に広がっていった文化だ。不特定多数でパフォーマンスを行うフラッシュモブと違《ちが》うのは、行われるのが劇団員による芝《しば》居《い》に限られている点だ。

「へえ……さすがは演劇の街。……俺ももっと勉強しないと」

青年が感心したようにつぶやいた時、丞と晴翔が近づいてきた。

「アンタたち、さっきは心配させて悪かったな。ありがとう」

芝居とはいえ、だます形になってバツが悪いのか、丞がわずかに眉を下げる。

「出てきたら通行人と話してるからびっくりした」

晴翔の方は悪びれない様子で肩をすくめた。

「お前が出てくるのが遅《おそ》いんだ」

「何それ、僕が悪いっていうの？」

言い合いを始めようとする二人の間に、いづみが仲裁《ちゆうさい》するように割って入る。

「ちょっとびっくりしたけど、面白《おもしろ》かったよ」

そう微笑《ほほえ》むと、丞が表情を和《やわ》らげて持っていたフライヤーを差し出した。

「よかったら、今度GOD座の舞台も見に来てくれ」

いづみが笑顔で受け取り、フライヤーに目を通す。

MANKAI劇場のものとは厚みからして違う紙に、豪華《ごうか》な箔押《はくお》しの文字、色鮮《あざ》やかなスタジオ写真が印刷されている。こんなところにも劇団ごとの規模や懐《ふところ》事情が見て取れる。

「あの、GOD座って今団員募集《ぼしゅう》してますか？」

いづみの隣《となり》で同じようにフライヤーを見ていた青年が、遠慮《えんりょ》がちに問いかけた。

「してるけど、入団希望？」

晴翔が値踏《ねぶ》みするように青年を上から下まで見つめる。

「まだ考え中なんですけど、寮《りょう》とかあります？」

「うちはそういうのないんだよね。実家暮らしの奴《やつ》以外はみんな、近くに部屋借りてるかな」

そう言いながら、晴翔がちらりと丞に視線をやると、丞も小さくうなずく。

「稼げる人なんて一握《ひとにぎ》りだから、大変だよ。いつもカツカツで仕送りに頼《たよ》ってる奴らも多いし」

晴翔の言葉に、青年ががっくりと肩を落とす。

「そうですか……」

「ま、経験者で実力あるっていうなら別だけど？」

試《ため》すように片眉を上げてみせる晴翔に、青年は小さく首を横に振《ふ》った。

「わかりました。ありがとうございました」

そう礼を言うと、投げ銭を袋に入れてその場から立ち去った。

（あの子、劇団に入りたいのか……なんだか昔の自分を見るみたいで懐《なつ》かしい）

心なしか寂《さび》しげな青年の背中を、エールを送るような気持ちで見送る。入団する劇団がなかなか決まらないところも以前のいづみと同じだった。

劇団は数多くあれど、それ以上に劇団員を志す若者は多い。有名どころはオーディションも常に満員御礼《おんれい》で激戦だ。

かつての自分の姿が苦い思い出と共によみがえってくる。いづみはわずかに口元をゆがめると、青年と同じように投げ銭を投げ入れた。

「毎度あり！　またねー」

笑顔で手を振る晴翔はいかにも愛想《あいそ》が良く、場慣れしている。いつのまにか投げ銭を入れる袋も満杯《まんぱい》だった。

（この子たち、華《はな》があるし演技もうまいし、人気があるんだろうな。さすが本場ビロードウェイはレベルが高い）

さっきのフライヤーからも劇団の羽振《はぶ》りの良さがうかがえる。

（今から観に行く舞台も楽しみになってきた！）

いづみは期待に胸を膨《ふく》らませながら、ビロードウェイの奥《おく》へと足を進めた。

ビロードウェイも終端《しゅうたん》に差《さ》し掛《か》かり、人通りもまばらになってきた頃。いづみは小さな劇場の前で足を止めた。

（ＭＡＮＫＡＩ劇場って、ここ……だよね）

上から下まで眺《なが》めて、思わず首をかしげる。

外観は古ぼけていて、壁《かべ》はひび割れ、看板も色あせている。営業しているのかどうかすら怪《あや》しい。

歴史がある、といえば聞こえがいいが、手入れがされていない建物に関していえば、ただ老朽化《ろうきゅうか》しているようにしか見えない。

(今日公演があるはずなんだけど、人の気配がないし、大丈夫なのかな)

何度もフライヤーの地図と劇場の名前を確認《かくにん》する。

(こんなところまで来て、この手紙がただのイタズラだったら……)

いづみは顔を曇《くも》らせ、フライヤーを握る手に力を込めた。

父親宛《あて》にフライヤー一枚だけ入った封書《ふうしょ》が届いたのは、ちょうど一週間前のことだった。

「MANKAIカンパニーってお父さんのいた劇団だよね?」

『立花幸夫《ゆきお》様』と書かれた封書をひっくり返して差出人を確認したいづみが、夕飯の準備をする母親の背中に問いかける。

「この人、お父さん宛に手紙をよこしたってことはお父さんのこと知ってるはずだし、会えば何かわかるかもしれないよ」

行ってみよう、と誘《さそ》ういづみに対して、母は振り返ることすらしない。

いづみが何度か呼びかけて、ようやく返ってきたのは小さなため息だった。

「だったら、勝手にしなさい。お母さんは知らないから」

「お父さんがいなくなってから、もう八年だよ？　お母さんは心配じゃないの？」

「あんな人、どうせもうどこかでのたれ死んでるわよ。縁《えん》も切ったし、どうでもいいわ」

母の包丁がまな板を叩く乾《かわ》いた音が響《ひび》く。いづみはそれ以上何も言うことができなかった。

父が失踪《しっそう》した八年前。母は取り乱すこともなく、そのうち帰ってくると笑った。それがいつからだろう。諦《あきら》めのため息しか漏《も》らさなくなったのは。

いづみもすでに高校生になっていたとはいえ、父の失踪はかなりショックな出来事だった。いつか帰ってくるという母の言葉を信じているうちに成人式を迎《むか》え、いつの間にか社会人になっていた。

母のように諦めることもできず、信じて待つこともできず、かといって探そうにも、興信所や警察に届けて居所を突《つ》き止《と》めることは母に止められてできずにいた。

そこへ降って湧いたかのような手紙が届いたのだ。いづみはこれを見過ごすことができなかった。

差出人のところに書かれたＭＡＮＫＡＩカンパニー松川伊助《まつかわいすけ》、という文字をもう一度目でたどる。

父との関係はわからない。でも、少なくともこの人物は父を知っている。それだけで、いづみにはこの劇場に来る意味があった。

「おい、お前この劇場に何か用か」

物思いに耽《ふけ》っていたいづみは、突然《とつぜん》話しかけられて肩を震わせた。

「もしかして、松川さん――」

勢いよく振り返った先に、目つきの悪い金髪《きんぱつ》の眼鏡《めがね》の男が目に入る。黒いスーツに黒いコート。斜《しゃ》に構えた立ち姿といい、雰囲気《ふんいき》といい、一目でカタギではないとわかる。

「ああん？」

（違う。違うな。どうか違いますように！）

求めていた人物でないことを祈《いの》りながら、さりげなく視線をそらそうとする。と、金髪の男がいぶかしげに眉をひそめた。

「お前……まさか」

「あ、人違いです。私、手紙とか何も受け取ってませんし、通りすがりの通行人Ａです」

あくまでも劇場とは何の関係もない人間だと主張して、一歩後ずさる。

（まさか、お父さん、この人に借金してたとか、そういうオチじゃないよね？）

借金を返せずに逃《に》げた父をおびき寄せるために、この手紙を送ったのではないか。頭の中ではものすごいスピードで悪い想像が膨らんでいく。

「……用がないなら、さっさと立ち去れ。危ない目に遭《あ》いたくなければな」

予想に反して、金髪の男はそう言ってあっさりと踵《きびす》を返した。

「危ない目……？」

首をかしげたいづみの耳に、突然地響《じひび》きのような音が飛び込んできた。

「きゃあああ！」

「おらおらおらー」

悲鳴と怒号《どごう》に交じって目の前に現れたのは、ショベルカーだ。ビロードウェイの奥から
まっすぐにこの劇場めがけて突き進んでくる。

「どうだー！　ショベルカーだぞー！　つよいぞー！　こわいぞー！」

「きゃあああ！　やめてええ！」

ショベルカーを操《あやつ》るチンピラ風の男の声に、野太い悲鳴が重なる。

天然パーマの眼鏡の男がショベルカーを止めようと並走《へいそう》しているが、重機に対してなす
すべもない。

「アニキー！　壊《こわ》しちゃっていいっすかー!?」

呆気《あっけ》に取られているいづみの前でショベルカーが停止し、チンピラ風の男が金髪の男に
声をかける。

「やれ、迫田《さこだ》。ただし、あくまでも看板だけだからな。建物はバーレスクに改装して使う」

「あいあいさー！」

迫田と呼ばれた男は、ぴしっと敬礼をすると、再びハンドルを握り締めた。

「ちょっと、勝手に決めないでくださーい！」

天然パーマの男が声を張り上げるが、ショベルカーの鉄のアームはカタカタと揺《ゆ》れながらゆっくりと鎌首《かまくび》をもたげる。

その先にある看板を見上げて、いづみはふと既視感《きしかん》を覚えた。遠い昔、見たことがあるような気がする。けれど、記憶がおぼろげすぎて、それがいつだったのか思い出せない。

「アニキのためならえんやこらー！　大型特殊免許《とくしゅめんきょ》とっといてよかったっすー！」

「やめてくださーい！」

アームが看板の高さまで持ち上がった時、天然パーマの男が看板をかばうように立ちふさがった。どんなに背伸《せの》びをして手を伸ばしても看板までは届かないが、そのままアームが振り下ろされれば、確実にケガをするだろう。

「どけどけー」

あくまでもアームをよけようとしないのを見て、いづみが思わず声をあげる。

「ちょ、ちょっと何やってるんですか!?　人がいるのに危ないじゃないですか！」

そのままショベルカーに近づこうとするいづみの前に、金髪の男がさえぎるように立った。

「だから危ないと警告した」

「いや、そういうことじゃなくて！」

「お願いします、古市《ふるいち》さん！　やめてください！」

天然パーマの男が、金髪の男にすがるようにそう叫《さけ》ぶ。

「ほら、この人だってこんなに頼んでるのに！」

思わずいづみが加勢するも、古市は鼻で笑うだけだった。

「千秋楽《せんしゅうらく》までに借金全額耳揃《そろ》えて返せなかったら、実力行使させてもらうと言っただろうが」

「これから千秋楽なんです！　この公演でお金が入れば、利子分くらいはなんとか――」

か細い声で天然パーマの男がそうつぶやいた瞬間、古市が軽く手をあげる。

「迫田、止まれ」

「あいあいさー！」

ショベルカーの動きがぴたりと止まった。辺りに静寂《せいじゃく》が戻《もど》る。

「客は入ってんのか」

古市の問いかけに、びくりと天然パーマの男が肩を震わせる。

「ま、まだゼロです」

「公演は何時からだ」

「あと三分です」

「迫田、やれ」

「あいあいさー！」

無情にも刑執行《けいしっこう》へのカウントダウンが再開された。

「あわわわわ！　待ってください！　お客さんはこれから入るんです！」

「どこにその客がいるんだ」

「え、えーと……」

天然パーマの視線が辺りをさまよった後、いづみの顔でぴたりと止まる。

（すごく視線を感じる……）

「お客さんなら、きっと、この辺りにー……」

この辺り、と言いながら両手を上下させていづみのいる場所を示す。

いづみはわずかに顔を引きつらせながらも、一歩前に踏み出した。

「――客なら、ここにいます」

「ほら！　ここにいました！」

「お前、さっきは通りすがりの通行人Aだって言ったじゃねえか」

古市が両腕《りょううで》を組みながら、さっきのいづみの発言を取り上げる。

「これ、証拠《しょうこ》のフライヤーです」

「え!?　本当にお客さん!?」

いづみが封筒《ふうとう》に入っていたフライヤーを取り出すと、天然パーマの男が目を丸くする。

あくまで口裏を合わせてくれただけだと思っていたのだろう。

「これから他にもお客さんが来るかもしれないし、壊すのはせめて公演を見てからにしてあげてください」

この劇場がなくなってしまったら、父とのつながりも途絶《とだ》えてしまう。そんな思いから、いづみは古市の目をじっと見つめた。

「お前、この劇団の最近の舞台見たことあんのか」

いづみの視線を正面から受け止めた古市が、わずかに視線を落とす。

「え？　ないですけど……」

「だろうな」

鼻で笑うような古市の言い方が、癇《かん》に障《さわ》る。お前は何も知らないとでもいうような口ぶりだった。

「舞台は見たことないですけど、この劇場の看板はなんとなく見たことがあるような気がします。小さい頃に来たことがあるような……」

さっきの既視感を思い起こしながら、いづみがそう告げると、古市はわずかに目を見開いた。それから、何かを言いかけた後、すぐに口を閉じて視線をそらした。

「と、とにかく、公演を見てください！　今日は新入団員の初舞台《はつぶたい》なんです！」

天然パーマの男が必死の形相で言《い》い募《つの》る。

「団員が増えたのか？」

「そうなんです！　初舞台を踏む直前に舞台が取り壊されるなんて、そんなかわいそうな役者いませんよ⁉」

古市はわずかに考え込むと、ショベルカーに目を向けた。

「……迫田、その辺でしばらく待ってろ」

「あいあいさー！」

古市の鶴《つる》の一声《ひとこえ》でショベルカーはUターンすると、ビロードウェイの奥へと消えていく。

「あの……？」

唐突《とうとつ》な展開についていけない様子の天然パーマの男が、おずおずと古市に声をかける。

古市は面倒《めんどう》そうに片手を振った。

「さっさと開演しろ」

「はい！」

天然パーマの男が慌《あわ》ただしく劇場の中へ走っていくと、いづみは古市と二人でその場に残されてしまう。

ともかく公演は無事に観《み》られるらしいということで、いづみがいそいそと劇場の中に入ろうとすると、それよりも早く古市が扉《とびら》を開けた。

この男も入るのかと思っていると、扉を開けたまま顎《あご》で中へと促《うなが》される。

いづみは戸惑いながらも軽く頭を下げると、古市と共に劇場へと足を踏み入れた。

中にはがらんとしたロビーが広がっていた。外観と同じように古ぼけていて、蛍光灯《けいこうとう》も一部チカチカと切れかかっている。

古市は勝手知ったるといった様子でロビーの奥へと進むと、客席の扉を開けて中に入っていった。

客席にも人っ子一人いない。古市はそのまま前列の中央まで歩みを進めると、背後のいづみを振り返った。

「席はここでいいだろ」

「え？　あ、はい！」

成り行きでうなずいてしまい、いづみもしかたなく古市の隣に腰《こし》を下ろす。

と、同時にアナウンスが流れ始めた。

「本日はご来場いただき、誠《まこと》にありがとうございます」

さっきの天然パーマの男の声だ。他にスタッフはいないのだろうかと、いづみが思わず不安を覚える。

（それにしても、本当に私たち以外、お客さんがいない。このまま始まっちゃうのかな）

開演の時間だというのに、客席の扉が開くことはない。開演前の劇場とは思えないくらい、客席は静まり返っていた。

「さっき止めに入ったこと、後悔《こうかい》するなよ」

古市が低い声でそう告げる。

（ど、どういう意味だろう）

客席の照明が落とされ、開演ブザーが鳴る。

いづみは分厚い緞帳《どんちょう》が上がっていくのを、固唾《かたず》をのんで見守った。

間もなく現れた草木の舞台セットは、すべて段ボールで作られ、見るからに手作り感があふれている。さながら幼稚園《ようちえん》のお遊戯会《ゆうぎかい》だ。

（これも演出の一つなのかな）

そんなことを思っていると、上手《かみて》から少年が一人現れた。

やや癖毛《くせげ》風の柔《やわ》らかそうな髪《かみ》に、まん丸の大きな瞳《ひとみ》。まだ学生だろうか、幼さの残る風《ふう》貌《ぼう》に落ち着きのない動作も相まって、かなり若く見える。

少年は辺りをきょろきょろと見回し、明らかに慣れていない様子で、中央へと歩み出た。

「えーと、立ち位置は……」

セリフなのか独り言なのかわからないようなつぶやきが聞こえたかと思うと、床《ゆか》の目印でも探すかのように視線をさまよわせている。

（初舞台って言ってたけど、緊張《きんちょう》してるのかな。動きがぎこちない）

ハラハラしながら見守っていると、少年はようやく足を止め、顔を上げた。

いづみはその表情にはっとした。空っぽの客席をまっすぐに見据《みす》える大きな瞳が、ライトを受けてきらきらと輝《かがや》いている。頬《ほお》には赤みがさし、顔いっぱいに喜びがあふれていた。

少年がゆっくりと息を吸って、口を開く。

『やあ、僕は門田《かどた》ロミオ！　高校一年生！　クラスメイトの女の子に片思い中なんだ！』

第一声を聞いて、いづみは思わず座席からずり落ちそうになった。

『あーあ、どうしてあの子は僕のことを好きになってくれないのかなー。僕はこんなにあの子のことが好きなのに！』

見事な棒読みに、操り人形のごときカクカクとした動きが加わる。こういう役なのだと言われたらかなりの熱演ぶりだが、おそらく違うであろうことは、いづみにもわかった。

（う、うーん。演技はさっぱりだけど、きっと新人だよね。他の団員はどんな——）

いづみの思いをよそに、少年はずっと一人で芝居を続けている。

『いけない、もうこんな時間！　学校に行かなくちゃ！』

（って、まさか、ずっとこの子の一人芝居《ひとりしばい》が続くの⁉）

不安に駆《か》られた瞬間、ようやく下手《しもて》から新たな声が聞こえてきた。

『おいマテよロミオ』

やっと他の役者が出てきたと、声の方に視線をやると、ピンクのオウムが舞台の中央へと飛んできた。そのまま器用に少年の肩の上に乗る。

『学校に行くんダロ。俺も連れテケ』

（まさかのオウム⁉）

いづみが目をむいているうちにも、舞台の上では同級生という設定らしきオウムと少年の芝居が続いていく。

（どうしよう……ある意味斬新《ざんしん》だけど、何が面白いのかさっぱりわからない）

呆然《ぼうぜん》とするいづみの隣から、ため息が聞こえてきた。

（この人じゃないけど、私もため息が出そう）

今まで色々な舞台を観てきたいづみでも、こんな舞台は初めてだった。脚本《きゃくほん》、演出、大道具、役者、すべてにおいて準備が足りていないと言わざるを得ない。

『よし！　あの子に会いに行こう！』

舞台では、ロミオが片思いの相手に会いに行くことで話がまとまったらしい。少年が笑顔で下手の方へ歩いていく。

その動きからは、さっきの操り人形のようなぎこちなさは消えていた。

（この子、観客がこれだけしかいないのに、全然めげてないな。だんだん緊張も解けてきたみたい。明るいし、舞台に立つのが楽しくてしょうがないっていう感じ）

演技の技術はまだまだでも、人を惹きつけるような何かがある。いづみはそう感じた。

そんな永遠に続くかと思われた芝居は、とうとつに終わりを告げた。

少年とオウムが舞台の中央に並んで立ったかと思うと、深々と頭を下げる。

「ありがとうございました！」

(あ、今ので終わりだったんだ)

狐《きつね》につままれたような気持ちで、ためらいがちに拍手を送る。

「ひどい脚本だな」

隣から聞こえてきた短い感想に対して、いづみは否定も肯定《こうてい》もできなかった。

(でも、あの子うれしそうだな)

いづみ一人だけの小さな拍手に対しても、少年は満面の笑みで、何度も何度も頭を下げている。舞台に立っているのがうれしくてしかたがない、そんな表情だ。

(私も、舞台に初めて立った時は、そんな気持ちだった。ただただ楽しくて夢中で、何がなんだかわからないうちに終わってた)

懐かしい気持ちと同時に、苦い思いがよみがえってくる。

(あの子、せっかくやる気がありそうなのに、もったいないな。もっといい舞台で、いいお芝居をさせてあげたい)

座席に座ったままそんなことを考えていると、隣の古市がさっと立ち上がった。

「さて、取り壊すか」

その言葉に、思わず耳を疑う。

「ええ!?　あんな頑張ってるお芝居を見た後で鬼《おに》ですか！」

「頑張ってる？」

古市の眉がぴくりと上がった。ただでさえ冷たい目が、もう一段温度を下げたような気がする。それでも、いづみはひるまずに言葉を続けた。

「そうですよ。まだまだ未熟だけど、気持ちは伝わってきました」

「頑張ってる芝居が見たければお遊戯会にでも行けばいい。これは発表会か何かか？　頑張った成果をお披露目《ひろめ》する場か？　プロが金をもらって客を楽しませる場だろ」

古市の言葉は正しい。客からチケット代をもらって興行《こうぎょう》する演劇は、あくまでもビジネスだ。それを見誤れば、劇団を継続的《けいぞくてき》に運営していくことはできず、役者もスタッフも生活できない。それは、一度はこの世界に足を踏み入れたことのあるいづみにも、よくわかっていた。

「それはそうですけど、あの子だって頑張ればきっと……」

「この世に努力だけでどうにかなるものなんてねえんだよ」

切り捨てるように言われて、過去の記憶がフラッシュバックする。

「努力してもどうにもならない。もう諦めろ。お前には演技の才能がないんだよ」

何度目のやり直しかわからない。一人だけ稽古場《けいこば》に残されて、何度も何度ももらったチャンスの最後の一回だった。

どれだけやっても、演出家から求められている演技ができない。役者としての役目が果たせない。そんな自分に突き付けられた最後通牒《つうちょう》だった。

「お前だってわかっただろ。この劇団がビロードウェイで生き残れる可能性なんて、万に一つもないってことくらい」

古市の言葉ではっといづみの意識が現実に戻る。

「たしかに、ビロードウェイのレベルは高いし、この劇団のレベルは果てしなく低いけど――」

否定できる要素は一つとしてない。でも、古市の言葉にすんなりとうなずくことはどうしてもできなかった。かつて、自分が諦めてしまったからこそ、簡単に納得《なっとく》できない。

「だったら、話は終わりだ。この劇団は潰《つぶ》す」

「え？　この劇団、なくなっちゃうんですか……？」

声の方へ目をやると、少年が舞台の上から降りてくるところだった。

「すみません、今、話が聞こえちゃって……オレ、昨日この劇団に入ったばっかりなんです！　まだまだ演技も下手くそだけど、舞台が大好きで、だから、潰さないでください！」

「断る」

深々と頭を下げる少年に対して、古市は容赦《ようしゃ》がない。

「そんな!!」

「こんなに必死で頼んでるのに！」

悲痛な表情を浮かべる少年がかわいそうで、いづみも思わず非難の声をあげる。

「この劇団を潰すのはもう決まったことだ」

一切《いっさい》の感情が消え失《う》せた無情な声をさえぎるように、バタンと客席の扉が開く。

「潰させませーん！」

さっきの天然パーマの男だ。

「支配人……」

少年の口から漏れた言葉を聞いて、いづみはぎょっとした。

（え、この人が支配人だったの!?）

やり取りから劇団のスタッフであろうことはわかったが、まさか支配人だとは思わなかった。支配人がアナウンスを担当することはないし、何よりまず威厳《いげん》がまったくない。

「この劇団は、なんとしても守らなくちゃいけないんです！」

呆気《あっけ》にとられたままのいづみをよそに、支配人は古市の足元にすがりつく。

「俺はお前に何度もチャンスを与えてきた。そのすべてをふいにしたのはお前だ。もう交《こう》渉《しょう》の余地はない」

古市は支配人をうっとうしそうに足で払《はら》い、淡々《たんたん》と言い放つ。その言葉に迷いはない。

「でも、でも、また昔みたいに盛り上がる可能性だって――」

「ありえん」

「昔は盛り上がってたんですか？」

二人の会話に思わず口を挟《はさ》む。過去の話なら父が関わっていた可能性がある。それに、父のいた劇団が昔からここまで落ちぶれていたとは信じたくなかった。

「そうなんです！　幸夫さんがいたときは、いつも満席で当日券待ちの行列だってできて――」

「幸夫？　幸夫って……もしかして、立花幸夫ですか⁉」

「知ってるんですか？」

支配人の口から飛び出した名前に、思わず拳を握り締める。

「わ、私の父です……」

「あなたが幸夫さんの……娘《むすめ》さん⁉」

「本当は今日、この手紙を書いた人に会いに来たんです」

フライヤーが入っていた封書を取り出すと、支配人があ、と声をあげた。

「それ、私が書いたんです！」

「じゃあ、あなたが松川伊助さん……？」

「はい。幸夫さんは、今日は来られなかったんですか？」

「父は八年前から音信不通で、家にも帰って来てません……」

「音信不通……そうだったんですか」

目を輝かせていた支配人が、がっくりと肩を落とす。

「父のこと、何か知りませんか？」

「ある日突然姿を消して、劇場にも顔を出さず、連絡が取れないままなんです」

「そんな……」

「もしかして自宅なら、って思ったんですけど……」

お互《たが》いに考えることは同じだったらしい。父の手がかりが途絶えてしまったことに、いづみも思わず視線を落とす。

「それでまた頼ろうとしたわけか。あてが外れたみたいだな。もう終わりだ」

鼻で笑うような古市に、かちんときてしまう。

「ちょっと、そんな言い方ひどいじゃないですか！　他にも何か方法があるかもしれないのに」

「そ、そうですよ！　幸夫さんじゃなくても、他に助けてくれる人がいるかもしれないじゃないですか！」

（なんで、そう言いながらちらちら私の方を見るんだろう）

あからさまなアピールに、顔が引きつる。

「この劇場のことを何も知らないから、そんな簡単に考えられるんだ」

古市は度々《たびたび》、お前は何も知らないといった表情でいづみを見る。それが気にかかって、思わず眉をひそめた。

「どういう意味ですか？」

「この劇場は、生意気にもこの劇団の専用劇場だ。ほとんどの劇団は専用の劇場を持たずに芝居用の小屋を借りて公演を行うが、この劇団は違う。専用劇場に団員寮まで備えてるせいで、維持《いじ》するだけでもかなりのコストがかかる。最盛期《さいせいき》の八年前までは春夏秋冬《はるなつあきふゆ》、四つの演劇ユニットが毎月入《い》れ替《か》わりで公演を回して収益を上げていた。四組ユニットを揃えて、毎月コンスタントに公演を行わない限り、この劇団は成り立たないんだよ」

そこまで一息に言い切って、いづみを見据える。どこか試すような、探《さぐ》るような視線だった。

（春夏秋冬、四つの演劇ユニット？　そういえば、ちっちゃい頃、お父さんにそんな話を聞いた気が……）

おぼろげな記憶をたどる。演劇に没頭《ぼっとう》し、地方公演や連日の泊《と》まり込みで留守がちだった父と過ごした時間は少ない。それでも、いづみと一緒《いっしょ》にいる時はいつも劇団の話をしてくれた。

「それなのに、今や団員はこのポンコツ支配人を除くと、昨日入ったたっていうガキだけだ。

役者が一人じゃ現実的に不可能だろう」

「はあ……なるほど」

支配人は古市の解説に、心底感心したようにあいづちを打つ。

「なるほど、じゃねえ。支配人であるお前が一番知っとくべきことだろうが」

古市の言う通りだ。この様子だと、劇団の現状についてはむしろ古市の方が詳《くわ》しいように見える。

「ずいぶんこの劇団のことに詳しいんですね」

いづみが素直《すなお》にそう口に出すと、古市はバツが悪そうに視線をそらした。

「——債務者《さいむしや》の置かれている状況くらい、調べる」

「そうだ！　団員なら、もう一羽《いちわ》——」

支配人が手を振った直後、ピンクのオウムが支配人の肩に乗る。

「この亀吉《かめきち》に任せナ！」

「鳥類は頭数《あたまかず》に入らん」

「やっぱりダメか……」

「もう猶予《ゆうよ》はない。迫田！」

「お呼びっすか、アニキ！」

古市の呼びかけに、いつの間にそこにいたのか、迫田がひょっこり顔を覗かせる。

「やれ」

「あいあいさー！」

迫田が客席の扉から飛び出していった後、間もなくショベルカーの低い地響きのような音が聞こえてくる。

「そんな、殺生《せっしょう》なー！」

「お願いします！　潰さないでください！」

土下座をする支配人の隣に、少年も並んで頭を下げるが、古市は一瞥《いちべつ》すらしなかった。

(このままじゃ、劇団が潰されちゃう。お父さんの劇団が……)

とにかくこの場を切り抜けないと、という思いで口を開いた。

「あ、あー、そうだ！　思い出したー！」

「ああ？」

「わ、私、実は父にもしものことがあった時は、この劇団のこと頼まれてたんですよねー」

「え!?　本当ですか!?」

口からの出まかせに、支配人が目を輝かせる。

(ウソだけど。言っちゃったからには、これで通すしかない)

「ほ、ほらー、松川さんも支配人だし、何か聞いてたんじゃないですか!?」

「ええ!?　いや、別に」

まったく話を合わせようとしない鈍《にぶ》い支配人に、ぐいっと一歩詰《つ》め寄《よ》る。

「聞いてましたよね!?」

「そ、そういえば、聞いたことがあるような……ないような？」

「要は、団員を増やして四組ユニットを揃えればいいんです。ですよね、ヤクザさん？」

支配人の同意を得て、したり顔で古市に確認する。

「まあ、そういうことだな」

「だったら、問題ありませんよー！　私が新しい劇団員を連れてきますからー！」

その場の勢いだけで、はったりを言う。

「本当ですか!?」

「で、その新しい劇団員とやらは何人で、いつ来るんだ。まさか全員その素人《しろうと》みたいなのじゃねえだろうな」

目を輝かせる支配人とは対照的に、古市はあくまでも冷静にドスを利《き》かせる。

「ええと、一人……いや二人です！　大丈夫です。私には父から授《さず》かったツテと演劇虎《とら》の巻《まき》があるんです！」

ひるみそうになる気持ちを抑えて、そう胸を叩く。

「やったー！　これで劇団は救われる！」

（こんなはったり、信じてくれるかわからないけど……）

自慢《じまん》ではないが、いづみの大根芝居は今まで出会った演出家全員からの折り紙付きだ。

ウソも例外ではなく、今までばれなかった試しがない。

半ば諦《あきら》めながらも、うかがうように古市の反応を待つ。

古市はたっぷり十秒は溜《た》めた後、短くため息をついた。

「……日没《にちぼつ》までだ」

「え？」

予想外の反応に、いづみの口がぽかんと開く。

「今日の日没まで待つ。俺の前に新しい団員を連れて来い」

「本当に待ってくれるんですか……？」

「人数合わせの素人は認めねえぞ」

「心配ご無用！　この幸夫さんの娘様がいるからには百人力です！」

まだ戸惑っているいづみより先に、支配人が威勢《いせい》よく言い放つ。

（この人、何の根拠《こんきょ》もないのによくここまで信じ切れるな……）

半泣きで古市にすがりついていた時とは雲泥《うんでい》の差《さ》だ。

「できなかったら、看板は即《そく》取り壊しだ」

「わ、わかりました！　行きましょう、二人とも」

期限は日没。あと数時間しかない。

いづみは支配人と少年を促して、劇場を飛び出した。

「あいあいさー！」

「は、はい！」

支配人と少年が慌てていづみの後を追う。

静けさが戻った客席に一人残された古市は、扉の方を見てわずかに口の端《はし》をゆがませた。

「……下手くそな芝居だな。幸夫さんとは大違いじゃねえか」

そのセリフに反して、口調は優《やさ》しい。

そのまま古市がじっと一人考えに耽《ふけ》っていると、扉が開いて、迫田が顔を覗かせた。

「アニキー、看板はどうするんすか？」

「聞こえただろ、日没まで待機だ」

「あいあいさー！」


劇場を出ると、支配人は晴々とした表情で満面の笑みを浮かべた。

「いやー、神様幸夫様幸夫さんの娘様！　まさに天の助けです。これで、劇団は救われました！　さっきのあの人の顔見ました？　こめかみぴくぴくしてましたよ。ぷぷぷっ」

手のひらを返したように態度が大きくなっている支配人を見て、いづみが顔を引きつらせる。

「安心しきってるところ悪いんですけど、これから新入団員を見つけないと！」

「え!?　でも、幸夫さんのツテと虎の巻があるって……」

「あれは、あの場を乗り切るためのはったりです」

「ええ!?」

「ウソだったんですか!?」

支配人と少年から同時に驚きの声があがり、いづみはバツの悪い思いで視線をさまよわせる。

「ウ、ウソというかお芝居です。ストリートＡＣＴみたいなものというか……」

「そんな……それじゃあ、新しい団員は……」

「いません」

「えええええ……」

支配人ががっくりと膝をつく。

「劇団はやっぱり潰されちゃうんですか……？」

「そうならないために、今から死ぬ気で劇団員を探すしかないよ」

不安そうな少年を励《はげ》ますように、努めて明るくそう声をかける。

あてもないのに日没まで新団員を二人集めるなんて、無理があるといづみもわかっている。それでも、やらなければ父の劇団が潰れてしまう。

「今からなんて無理ですよ～！」

再び半泣きになった支配人が泣きごとを言う。

「無理かどうかは、やってみなくちゃわからないじゃないですか！」

「無理です。昔の団員はみんないなくなって、新しい団員も結局一人しか入らなかったし……私は全然人望ないし、劇団の評判も最悪だし……こんな今の劇団に入ってくれる人なんて……うじうじ」

いづみが何を言っても支配人は無理だと答えるばかりで、しまいには地面にのの字を書き始める。

（……ちょっとイライラしてきた）

いづみがそう感じてきた時、少年がためらいがちに手をあげた。

「あの、オレ、何ができるかわからないけど、手伝わせてください！　せっかく入った劇団をなくしたくないですし、何もしないよりはマシですよね！」

支配人とは違ってまっすぐで素直な少年の発言に、いづみの心がなぐさめられる。

「ほら、この子もこう言って――ええと、キミ、名前はなんていうの？」

「佐久間咲也《さくまさくや》です！　花が咲くの咲也です！」

「咲也くんか。よろしくね！」

「よろしくお願いします！」

「ほら、新人の咲也くんが頑張ろうとしてるんだから、支配人もしっかりしてください」

発破《はっぱ》をかけるようにそう言うと、支配人がようやく顔を上げる。

「うう……わかりました。どうせだめだろうけど、やってみましょう」

いちいち一言多い。それでも、やる気になっただけましだ。

「それで、どうやって団員を探せばいいんでしょう？」

「ビラ配りでもします？」

咲也と支配人の言葉を聞きながら、いづみも首をひねる。

「うーん、やみくもに声をかけても、効果は低そうだし……」

（手っ取り早く演劇に興味がある人を集める方法……一人一人声をかけるよりも、一気に人目を集めて……）

そう考えた時、ふと、ビロードウェイで見た光景が脳裏《のうり》によみがえった。

「そうだ！　ストリートACTをするのはどうですか？　劇団の宣伝にもなるし、演劇に興味がある人が集まるはず」

聞いた途端《とたん》、咲也が手を打つ。

「なるほど！　いいですね！　オレ、ストリートACTってやったことないんですけど、即興劇……エチュードってやつですよね。内容はいきあたりばったりなんですか？」

「その時々で違うけど、ある程度はテーマを決めた方がいいと思う。今回は劇団の良さを伝えるようなストリートＡＣＴをしよう！」

「劇団の良さ……」

「支配人、何かこの劇団に入るメリットはありませんか？」

支配人に水を向けると、それなら、と大きくうなずく。

「そうですね……団員寮があって、僕が腕によりをかけて作った食事が朝晩二食付きます！」

「新人劇団員は収入が少ないから、生活費が浮くのはかなりのメリットですね」

希望が見えてきた気がする、と表情を明るくするいづみの横で、咲也が言葉を詰《つ》まらせた。

「えっと、確かに、そこはメリットなんですけど……」

（？　なんだか歯切れが悪いな）

首をかしげていると、さらに支配人が続けた。

「それに専用劇場があるので、練習場所には困りません！」

専用劇場を持たない劇団は毎回公演の度に劇場を借り、公演当日までは練習場所もいちいち借りなければならない。ビロードウェイのような劇団がひしめき合うところでは、場所を確保するのも一苦労だ。その手間がないのは、大きなメリットの一つだろう。

「ふむふむ、それじゃあ、その辺りを盛《も》り込んだ内容でストリートＡＣＴをしましょう」

ストリートＡＣＴ自体は、いづみも劇団員時代に数え切れないほど繰《く》り返《かえ》した。

いづみの暮らしている地方にも、ビロードウェイほどの規模ではないが演劇が盛んな街はあり、劇団員たちが街頭でも切磋琢磨《せっさたくま》していた。劇団員にとっては人前で芝居をするいい稽古にもなり、投げ銭で副収入も得られる。劇団にとっても宣伝効果がある上、街の活性化にもつながるとあって、演劇の盛んな場所では条例などで推進されていることも多かった。

「まず登場人物は私たち三人、支配人は支配人役で、私は監督役《かんとくやく》。咲也くんはオーディションを受けに来た劇団員志望の男の子。設定は、オーディションの最中ってことにしましょう」

「わかりました！」

「さすが、幸夫さんの娘さんですね。慣れてらっしゃる」

支配人の言葉が少し照《て》れ臭《くさ》い。

「私も以前、劇団にいたので、ストリートＡＣＴもやったことがあるんです」

「そうだったんですか。経験のある方は違いますね～」

「頼もしいです！」

支配人と咲也から尊敬のまなざしを向けられて、なんとなく居心地《いごこち》が悪い。

(段取りを組むのはできるんだけど、その先は……まあ、やってみるしかないよね)

そう心に決めると、いづみは人通りの多い天鵞絨駅の方へと歩き始めた。

そして通行の邪魔《じゃま》にならず、付近に他の劇団員がいない適当な場所を見つけると、いよいよストリートＡＣＴを始める。

口火を切ったのは支配人だった。

「やあ！　僕は劇団ＭＡＮＫＡＩカンパニーの支配人だよ。これから路上オーディションを始めるんだ」

(自己紹介から入っちゃった……そういえば、公演の冒頭《ぼうとう》もそうだったな。あれはこの人の脚本だったんだ)

妙《みょう》に納得をしながらも、いづみも監督として支配人の隣に立ち、成り行きを見守る。

「では、さっそく最初の方、お名前と自己紹介をどうぞ！」

「は、はい！　一番！　佐久間咲也！　十七歳《さい》！　趣味《しゅみ》は、好きな戯曲《ぎきょく》の台詞《せりふ》を河原で練習することで、特技は人の名前と顔を覚えることです！」

支配人の進行で咲也のオーディションが始まる。咲也の演技は舞台と同じく緊張気味だが、オーディションというシチュエーションを考えれば、許容範囲内《はんいない》だった。

「志望動機はなんですかー？」

「元々お芝居に興味があったんですが、たまたまこの劇団で住み込み劇団員を募集しているのを見かけて、思い切って応募《おうぼ》しました！」

「へ～、そうだったんだ～！」

本気で感心している様子の支配人を見て、まさか実際の入団面接も行ってないのではと怪しんでしまう。今までのいい加減な様子を見る限り、ありえないことではない。

「では、監督から、入団試験の課題をお願いします！」

そんなことを考えていると、突然水を向けられた。

「え!? あ、ああ、ええと、そうねーではーこれから入団試験の課題を発表します、いえ、するわ！」

芝居をする、となると途端に声が上《うわ》ずり、出てくる言葉は抑揚《よくよう》のない棒読みになってしまう。

何度も繰り返したこの瞬間は、いつも自分自身に落胆《らくたん》する。

「ひどいね」

「何これ、罰《ばつ》ゲームとか？」

「こういう設定なんじゃない？」

通りすがりの人々が、口々にそう話すのが聞こえてくる。

ストリートＡＣＴは舞台と違って、客との距離《きょり》が近い。反応がダイレクトに伝わってきて、つまらなければすぐに観客は離《はな》れていく。だからこそ、時に舞台以上に厳しい稽古の場となる。いづみも嫌というほどそれを知っていた。

（やっぱり、私なんかじゃだめだよね……）

「監督？　どうしたんですか？」

突然黙《だま》り込んだいづみに、咲也が問いかける。その表情は芝居などではなく、心底心配している様子だった。

「ごめん。私劇団にいたけど、どんなに練習しても大根すぎて役者としては使い物にならなかったの」

素直にそう告げると、咲也が勢いよく首を横に振る。

「大根なんて、そんなことないですよ！」

「大根ぶりなら僕も自信があります」

咲也に続いて支配人までも、励ましているのかそんな風に胸を張る。支配人の言葉はさておき、二人の気持ちがうれしい。

「二人とも……今は弱音なんて言ってられないね。やれるだけやってみよう！」

「はい！」

「どうせだめなんですから、だめでもともとですよ！」

（支配人は前向きなんだか後ろ向きなんだかよくわからないけど……）

今はできることをやるしかない。そんな思いで、ぐっと腹に力を込める。

「頑張りましょう！」

いづみは気合いを入れて、再び監督としての芝居に戻った。

三十分ほど、オーディションと称《しょう》した課題をこなした咲也はさすがに息切れをしていた。

「監督、次の課題は何を……」

「そ、そうねー、ええと……」

支配人の問いかけに考え込むふりをしながら、さりげなく辺りを見回す。

観客はほぼゼロだった。いても、待ち合わせのついでなのか遠巻きに眺《なが》めているくらいだ。

（やっぱり、全然人が集まらない。咲也くんも疲《つか》れてるし、一旦《いったん》場所を変えた方がいいかな）

そう考えた時、ふと視線を感じて振り返った。

少し離れたところに、微動《びどう》だにせずにじっといづみを見つめる少年がいる。ベージュのメッシュが入った黒髪《くろかみ》の、やけに整った顔立ちをしている少年だった。きめの細かな肌《はだ》に切れ長の目は少し潤《うる》んでいて、口元のほくろと共に印象的だ。

思い返してみると、さっきからずっとそこに立っていた気がする。

（もしかして演劇に興味があるのかな）

どうせ場所を変えるなら、と思い切って声をかけてみる。

「……あの、演劇に興味はありますか？」

いづみがそう話しかけると、少年が大げさなまでに肩を震わせた。まさか声をかけられるとは思っていなかったのかもしれない。

「ずっと見てくれてましたよね？」

「あ……え……」

少年は言葉にならない声を漏《も》らすばかりで、ただ視線をさまよわせる。その頬《ほお》が一気に赤く染まっていった。

「あれ？　真澄《ますみ》くん？　碓氷《うすい》真澄くんだよね？」

少年に気づいた咲也がそう声をかける。

「咲也くん、知り合い？」

「話したことはないですけど、うちの学校の後輩《こうはい》です」

「お前、誰？」

咲也に向き直った少年はさっきの様子がウソのように無表情だった。感情の見えない冷たい目で咲也を見据えている。

「あ……やっぱりオレのことなんて、知らないよね」

咲也は照れたように頭を掻《か》く。

「えっと、真澄くん？　もし演劇に興味があるなら、試しに劇団に入ってみない？」

咲也と同じ学校とあれば、つながりがある分少し誘いやすい。藁《わら》にもすがる思いでそうたずねる。

「アンタ、その劇団にいるの？」

「えーと、私はお手伝いというか……」

「……入ってないんだ？」

内部の人間でもないのに勧誘《かんゆう》するというのもおかしいだろうかと、いづみがためらっていると、支配人が勢いよく会話をさえぎってきた。

「何言ってるんですか、監督！　監督はこの劇場の主宰兼総監督《しゆさいけん》じゃないですか！」

「いやいや、それはお芝居の設定上のもので――」

（しかも、ただの監督より仰々《ぎようぎよう》しい肩書《かたがき》になってるし）

「謙遜《けんそん》しなくてもいいんですよ、監督！　よっ！　監督の中の監督ー！」

（さりげなく押し付けようとしてる気がする！）

きっぱりと否定しようとした時、真澄が口を開いた。

「アンタがいるなら……入る」

「え!?」

あまりにもあっさりと承諾《しようだく》を得られた上、その理由に驚いてしまう。

「やったー！　一人ゲット！」

「本当？　真澄くん!?　入ってくれるの!?」

飛び上がって喜ぶ支配人と咲也に囲まれ、真澄が迷惑《めいわく》そうに眉をひそめる。

「お前はどうでもいい」

「そ、そうかもしれないけど、うれしいよ！」

いづみとしても団員が増えたことは嬉しい。けれど、理由が理由だけに素直に喜べない。

（どうしよう……私まだ、この劇団に入るなんて決まってないのに）

本当のことを話すべきか迷うものの、今は一秒でも時間が惜《お》しい。ともかく事情については後で話すことにして、団員の頭数を揃えることが先決だ。

（貴重な新入団員だし、騙《だま》してるみたいで悪いけど、今は黙っとこう）

いづみはそう決めると、改めて真澄に向き直った。

「じゃあ、さっそくで悪いけど、ストリートACTに参加してもらえるかな？」

演技ができなかったとしても、真澄なら立っているだけで絵になるし、人目を引く。

「何すればいい？」

唐突ないづみの申し出にも、真澄はあっさりとうなずいた。

「適当に話を合わせてくれるだけでいいから」

「わかった」

場所を変えてオーディションのストリートACTを再開したいづみは、真澄の思いがけない才能に驚かされた。

(この子、意外と呑《の》み込みが早い。勘《かん》がいいし華もあるし、いいかも!)

相手の芝居を受けて返すというやり取りがスムーズで、芝居がかったところがない。佇《たたず》まいも自然体で、慣れているように見える。これなら、素人はだめだという古市の基準もクリアできるだろう。

「……今のでいい?」

「え?」

芝居の途中《とちゅう》、不意に真澄がいづみにそうたずねる。

「今の感じでいい?」

「う、うん、いいから、お芝居を続けて」

「わかった」

ただ一つの欠点は、芝居の最中度々こうしていづみに確認を求めるところだった。その度に芝居が中断してしまうのが、もったいない。

「……今のどう?」

「いちいち聞かなくていいから!」

(ちょっと変な子だけど、見込みはありそう)

いづみはそんな風に思いながら、真澄の芝居を見守った。


そうして四人でストリートACTを続けていると、いつのまにか日が暮れ始めていた。

「時間切れ、ですかね」

支配人の言葉で、空を見上げる。真っ赤に染まった太陽が建物の合間に消えていこうとしているところだった。

「そんな――！」

「もうおしまい？」

悲痛な声をあげる咲也の横で、事情を知らない真澄がわずかに首をかしげる。

(どうしよう。このままじゃ、劇団が潰されちゃう！　せっかく新しく真澄くんも入ってくれたのに……なんとかしなくちゃ。あともう一人、誰か――)

辺りを見回すが、いづみたちのストリートACTの観客は相変わらずほとんどいない。

声をかけられそうな相手も見当たらず、ただただ、焦《あせ》りが募《つの》る。

「……ふう。なかなか条件に合うところってないんだな」

不意に小さなつぶやきが聞こえてきた。近くの公共掲示板《けいじばん》を眺めていた茶髪の青年が目に留まる。

ハイネックのトレーナーにジーンズ、スニーカーというラフな出で立《い》ち《た》で、歳は大学生くらいだろうか。

青年は一通り掲示板の物件情報を眺めて、ため息をついた。その姿を見て、いづみは既視感を覚える。

（あの子、昼間、劇団を探してた子だ！　しかもたしか、団員寮のこと聞いてた！）

考える間もなく、いづみはその青年に駆け寄った。

「ねえ！　団員寮を備えてる劇団に興味ない!?」

突然声をかけられた青年は、呆気にとられたようにいづみを見つめた。ややあって、ああ、と声をあげる。

「あれ、昼間の……」

「あの時、劇団探してるって言ってたよね？　もう見つかった？」

「いえ、まだ……団員寮がある劇団があるんですか？」

すかさず支配人が手をメガホン代わりにして、声を張り上げる。

「ＭＡＮＫＡＩカンパニー、ＭＡＮＫＡＩカンパニーをよろしくお願いします！　団員寮完備毎日二食付きのＭＡＮＫＡＩカンパニーでございます！」

「毎日二食付き……？」

「そう！　どうかな？」

青年は戸惑いの表情を浮かべながらも、考え込むように顎に手を当てる。

「誰、こいつ」

不審《ふしん》そうな目つきで、真澄が青年を頭の先から足の先まで眺める。

「新入団員候補」

「俺がいるのに？」

明らかに不満そうだ。

「まだ足りないの」

「アンタ、誰でもいいんだ……尻軽《しりがる》」

「人聞きの悪いこと言わない！」

「俺がいればいいだろ？」

「ちょっと黙ってて、真澄くん」

余計な邪魔をされて、貴重な団員候補に逃げられては困ると、いづみが真澄の口をふさぐ。真澄はもがもがと言いながら顔を赤くしていたが、いづみは構わず青年に声をかけた。

「この子のことは気にしなくていいから、入団を考えてみてくれないかな？」

「俺、全然経験ないけどいいの？」

「オレも未経験で入りました。一緒に頑張りましょう！」

咲也が青年に笑いかけると、支配人もそれに続く。

「僕も演劇始めて八年ですけど、今でも未経験同然です！」

（それはどうかと思うけど……）

「あと、俺、役者っていうより、劇作家志望で脚本書いてみたいんだけど……」

「今ちょうど欠員があるので問題ないです！」

青年の申し出にも、力強く支配人がうなずく。

（まず間違《まちが》いなく今の脚本より悪くなることはないだろうし……）

「それじゃあ、劇作家兼役者ってことで、どうかな？」

いづみが問いかけると、青年が小さく頭を下げた。

「わかりました。よろしくお願いします！」

これで古市と約束した二人目の団員が確保できた。いづみはほっと息をついた。

「俺、皆木《みなぎ》綴《つづる》っていいます」

「よろしくね、綴くん！」

「これから、よろしくお願いします！」

口々に挨拶《あいさつ》をするいづみと咲也の後ろで、真澄が不満そうに小さく鼻を鳴らす。

「俺だって、脚本くらい……」

「張り合わなくていいから！」

何が不満なのか、ぶつぶつと文句を言う真澄を放っておいて、改めて空を見上げる。

いつの間にか日はさらに落ちて、建物の陰《かげ》に隠《かく》れてしまっていた。

「もう日が暮れちゃう。急いで劇場に戻らないと！」

いづみは言うなり走りだした。咲也と支配人も続く。

「急ぎましょう！」

「え？　走るんですか？」

「事情は走りながら説明するから！　今はとにかく走って！」

呆気にとられている綴にそう告げる。

「なんかワケありっぽいな……」

「わかった。アンタについてく」

綴と真澄もいづみたちの後を追った。

「ぜえ、ぜえ、ぜえ……」

「支配人、走り始めたばっかりでバテすぎです！」

一人大幅《おおはば》に遅《おく》れている支配人を置いて、いづみたちはひたすらMANKAI劇場を目指した。

大きな音を立てて劇場の扉を開くと、ロビーの長椅子《ながいす》に古市が優雅《ゆうが》に足を組んで座っていた。

「ほう、逃げはしなかったか」

「はあ、はあ……何とか間に合いました、よね⁉」

息を切らしながら咲也がそう確認すると、遅れて支配人がよたよたと転《ころ》がり込んでくる。

「ぜえぜえ、新……ぜえぜえ、入団……ぜえぜえ」

「無理しない方がいいっすよ、支配人」

まともに言葉にならない支配人の背中を、労《いた》わるように綴がさする。

いづみは深呼吸をすると、大きく口を開いた。

「はあ、はあ、新入団員、連れてきました！」

「……来た」

指し示された真澄が小さくうなずく。

古市は真澄と綴の姿を確認すると、ゆっくりと立ち上がった。

「首の皮一枚繋がったか……運のいい奴らだ」

「じゃ、じゃあ、取り壊しはこれで……⁉」

「良かった……」

ほっと胸を撫《な》でおろす支配人といづみに、古市が首をかしげてみせる。

「何を安心している。俺は団員を集められたら、今日のところは引き上げると言っただけだ。昼間説明した通り、新入団員が二人増えたところで、この劇団が存続できるはずはない」

「えええ！」

「そんな……」

やっとの思いで団員を連れてきた支配人といづみががっくりと肩を落とす。古市の言うことは正論といえば正論だが、あまりにも容赦がない。

「もう解散？」

「ワケありのワケがシビアすぎる」

いまいち事情を把握《はあく》できていない様子の真澄と綴は、いづみたちの後ろで成り行きを見守ることしかできない。

「せっかく新生春組が発足《ほっそく》できそうなのに……やっぱり無駄《むだ》だったんだ……上げて落とすとか鬼畜《きちく》ぅ……」

ぐちぐちとつぶやく支配人の言葉を聞いて、古市がぴくりと眉を上げる。

「新生春組？」

「そうです！　集まれば新生春組の公演が――！」

「その新生春組とやらの旗揚《はたあ》げ公演はいつやるんだ」

「え？　えーと、いつくらいですかね、監督？」

「え!?　私？」

突然話を振られて面食らってしまいながらも、新入団員を揃えて、旗揚げ公演をやる現実的なスケジュールを頭の中で組み立ててみる。

「……うーん、もしみんなで旗揚げ公演をやるとしたら、じっくり基礎《きそ》から稽古を積んで半年後くらいには……」

「そんなに待てるか」

いづみの提案を古市があっさりと切り捨てる。

「でも、みんな経験も浅くて集まったばかりです。それくらいの時間は必要です」

「来月だ」

両腕を組んだ古市が、短く言い切った。

「は？」

「死ぬ気で猛《もう》練習して、来月中には公演を行え」

「来月!?　無理ですよ！」

一カ月かそこらの稽古で本番を迎えるのは、あくまでも基礎ができているプロの話だ。基礎がないうちは舞台の稽古すらままならない。無謀《むぼう》にもほどがある。

「鬼！　悪魔《あくま》！　じわじわいたぶろうなんて、ドSキャラで人気取りですか!?」

支配人がきいきいと金切り声で古市を非難する。

「わけのわからん言いがかりをつけるな。特別に最後のチャンスをやろうと言ってるんだ。

今から言う三つの条件を満たせたら、借金の完済はしばらく待ってやらんこともない」

「条件……？」

「いいか一度しか言わないから、よく聞け」

眉をひそめるいづみに、古市が一歩近づいた。

「一、来月中に新生春組の旗揚げ公演を行い、千秋楽を満員にすること。二、年内にかつてと同じく春夏秋冬四ユニット分の劇団員を集め、それぞれの公演を行い、成功させること。三、一年以内に劇場の借金を完済すること。どれか一つでも達成できなければ、問答無用でこの劇場をバーレスク用に作《つく》り替《か》える」

「無理です！　一つ残らず全部無理です！」

間髪《かんはつ》容《い》れずに支配人が悲鳴をあげる。

「なら、今すぐ看板下ろせ」

「殺生な！」

古市から突き付けられたのは、あまりにも厳しい条件だった。団員を集める時間、新人を稽古する時間、すべてに関して足りなすぎる。

「旗揚げ公演だけならまだしも、年内に四回の公演なんて、いくらなんでも無茶です！あと十カ月もないのに！　せめて、丸一年くらい待ってくれても――」

「甘《あま》ったれんじゃねえ！」

古市の一喝《いっかつ》で、いづみは言葉を呑み込む。

「この劇団の借金がいくらか知ってんのか？　一千万だ」

「い、一千万……⁉」

あまりの額に愕然《がくぜん》とする。

「うわー……マジっすか」

「想像できない……」

後ろで話を聞いていた綴と咲也も声を漏らす。

「……無理ですね。諦めましょう」

「監督までそんなこと言わないでください……！」

いづみがあっさりと引き下がると、支配人が泣きそうな顔ですがり付く。

「わかったか？　俺は最大限の譲歩《じょうほ》をしてやってる。これ以上は譲《ゆず》れん。それとも……」

古市がいづみに顔を近づけて、顎に手をかけた。

「お前が泡《あわ》に沈《しず》んで返済するっていうなら、話は別だがな」

その表情は冷酷《れいこく》そのもので、目の奥には底知れない暗さがあった。ウソや冗談《じょうだん》で言っているようにはとても見えない。その指先の冷たさに、背筋が凍《こお》る。

「この人に触《さわ》るな」

乾いた音を立てて古市の手が弾《はじ》かれる。真澄がいづみの肩を引き、二人の間に割って入った。

古市と真澄が無言でにらみ合う。

「監督が泡に沈めば助かる……」

一触即発《いっしょくそくはつ》という空気の中、場違《ばちが》いな支配人の声が小さく聞こえてくる。

「ちょっと、支配人⁉　何、真剣《しんけん》に考えてるんですか⁉」

「ダメだろそれは！」

いづみに続いて綴が突っ込む。

「泡って何ですか……？」

支配人は一斉《いっせい》に非難を浴びると、言葉の意味がわかっていない咲也の背中にさっと隠れた。

「い、いやあ、ちょっと考えてみただけですってば。ひゅー、ひゅー」

わざとらしく両手を頭の後ろで組んで、斜《なな》め上に視線をそらす。

(口笛ならせてないし、とぼけ方が古過ぎる……)

「ふん。それから、もう一つ条件がある」

古市は真澄といづみから一歩離れると、そう付け加えた。

「……なんですか？」

「お前だ」

古市がいづみを指差す。

「私？　私は泡なんて――」

「お前がこの劇団の総監督とやらになること。これが最後の条件だ」

「それならいけます！」

いづみが返事をする前に、支配人が即答《そくとう》する。

「ちょっとそんな簡単に言わないでください！　大体なんで私が条件に……」

「そこの天パのポンコツぶりは、今日でわかっただろう。そいつに任せたら来月まで持たずに劇団は解散する」

「う……否定できない……」

その場にいた誰よりも早く支配人本人がうなずくと、誰も異議を唱える人間はいなかった。

「私は、今日の団員集めを手伝っただけで、監督なんてそんなつもりは……」

「なんだ、やっぱり逃げるのか。父親と同じだな」

「――どういう意味ですか」

聞き捨てならない言葉だった。

「お前の父親は総監督でありながら、劇団を放り出して逃げたと聞いている。大方経営がうまくいかなくなって、投げ出したんだろう。娘のお前も、しょせん蛙《かえる》の子は蛙だな」

あまりの言葉に、目の前がかっと赤くなる。

「幸夫さんはそんな人じゃありません！」

一瞬《いっしゅん》何も言えなかったいづみに代わり、支配人が食《く》って掛《か》かる。

「だったら、なぜこの劇団はこんな状況になっている？」

「それは……」

（お父さんが、逃げ出した……？）

今の劇団の状況を見ると、古市の言葉を否定することができない。それでも、父の姿を思い返せば、いつでも劇団の話ばかりしていた姿が浮かんでくる。

（そんなはずない。あんなに熱心に劇団に打ち込んでいたお父さんが投げ出すなんて、そんなの……）

幼い頃は寂しい思いもした。どうしてもっと父と遊べないのか、母に泣きついて困らせたこともあった。

（全然家には帰ってこなかったし、たまに帰って来ても演劇のことばかりで、遊びにも連れてってもらえなかった。でも、それは演劇が好きだから。この劇団を愛してたからだ）

自分も同じ道を志したことがあるからこそ、理解できた。演劇の道に足を踏み入れた時、ようやく父の気持ちがわかったのだ。

父が劇団を見放すはずがない。姿を消したのも何か事情があるはずだ。今はそう思える。

愛していた劇団がこんな風に消えてしまうことは望んでいないだろう。

（お父さんの劇団がなくなるなんて……そんなの嫌だ。この劇場は、きっとお父さんが作り上げた城だ。お父さんが演劇にすべてを捧《ささ》げてきた証《あかし》で、結晶《けっしょう》。そんな宝物を壊させたりしない）

いづみはぐっと拳を握り締めると、古市を見据えた。

「……私が逃げなかったら、ヤクザさん、さっき言ったこと撤回《てっかい》してくれますか」

「さっき言ったこと？」

「お父さんは逃げ出したんじゃない。この劇団を放り出したんじゃないって」

「お前が本当に条件をすべてクリアできたらな」

「わかりました」

いづみがうなずく。もう覚悟《かくご》はできていた。

「劇団の総監督になるっていうことは、今年いっぱいこのへっぽこ劇団の面倒を見るっていうことだ」

「はい。責任をもってやり遂《と》げます」

「やったー！　監督万歳《ばんざい》！」

「ふん。せいぜいやるだけやってみるんだな」

万歳三唱する支配人をよそに、古市は小さく鼻を鳴らす。

「どうせ来月の公演で引導《いんどう》が渡《わた》されることだろう。千秋楽の空っぽの劇場を見に来てやる」

そう告げる古市の表情からはさっきまでの冷酷さは消え、どこか面白がるような表情に変わっていた。

踵を返して歩きかけた古市の足がふと止まり、振り返る。

「……それと、俺の名前はヤクザさんじゃねえ。古市左京《さきょう》だ」

左京はそれだけ言うと、大股《おおまた》で劇場の扉へ向かった。

「引き上げるぞ、迫田！」

「あいあいさー！」

劇場の外から聞こえてくるショベルカーの地響きが、だんだんと遠ざかっていく。

「後でほえ面《づら》かくなよー！」

支配人は扉の隙間《すきま》から顔を覗かせて、声だけ威勢よく叫んだ。

(相変わらず支配人は変わり身が早い……)

本当にこの支配人で劇団は大丈夫なのかと、一抹《いちまつ》の不安がよぎってしまう。

「よーし、新生春組、来月の公演にむけて頑張っていきますよー！」

「お、おー！」

「大丈夫なのか……？」

支配人の掛《か》け声《ごえ》に咲也が応えるものの、綴は不安げな声を漏らす。

「大船に乗ったつもりでどーんと構えてください！」

あくまでも自信満々な支配人の様子が余計に不安をあおる。

「なんでそんなに楽観的なんですか！　普通《ふつう》なら準備に半年はかかるのに、来月公演なんて……」

「監督がいるから大丈夫です！」

「だから──」

「幸夫さんがいなくなってから、ずっと監督不在だったんです。私一人で全部やってきて、どうにもならなくて……でも、監督が来たからには、きっともう大丈夫です！　元の劇団みたいに、みんなで頑張っていけます。幸夫さんの娘さんなら、何も心配いりません！」

そう言い切る支配人からは、幸夫に対する絶対の信頼《しんらい》が伝わってきた。

（お父さんがそれだけ信頼されてたっていうことなのかな……）

父が慕《した》われていたということは単純にうれしい。

「ふんふんふーん、一年後には借金完済かー。完済したら、この劇場も改装しちゃおっと！」

（にしても、この危機感のなさが、今の事態を招いた気がする……）

鼻歌交じりに捕《と》らぬ狸《たぬき》の皮算用をする支配人を見て、思わず目が据《す》わってしまう。

「あの、劇団はなくならないんですよね？」

「色々やばそうだけど、本当にやってけるのか?」

「アンタも劇団に入るんだよな」

咲也や綴や真澄が口々に不安を漏らす。

(みんな、心配だよね……ここは監督である私がしっかりしなくちゃ)

「ここまで来たら後には引けないから、私が責任をもってなんとかします!」

集まったばかりの団員たちを見て、なんとかできるのは経験者である自分だけだという責任感が湧いてくる。

「よろしくお願いします、カントク!」

「それじゃあ、乗り掛《か》かった舟《ふね》だし、俺も頑張ります」

「劇団はどうでもいいけど、アンタが残るならいい」

「みんなよろしくね!」

「は~幸夫さんがいなくなって以来のこの安心感! 今日からゆっくり寝《ね》られますよ~」

支配人だけが、どうにも緊張感に欠ける。

(本当に大丈夫かな……先行き不安すぎるけど、お父さんが大事にしていたMANKAIカンパニー、絶対に守ってみせるからね……!)

いづみは心の中でそう父に誓《ちか》った。

第2章　新入団員

「ここがMANKAIカンパニー団員寮《だんいんりよう》です」

左京《さきよう》たちが劇場を後にしてから、いづみたちは支配人の案内で団員寮へと向かった。

劇場のあるビロードウェイから一歩脇道《わきみち》に入った住宅街、そこに大きな邸宅《ていたく》があった。

劇場と同じくそれなりに年季が入っているものの、ずいぶんと立派だ。

扉《とびら》を開けると広い玄関《げんかん》が広がっていて、かなりの人数分が収納できそうな大きさのシューズボックスが備えられている。

「結構広いんですね」

支配人について廊下《ろうか》を左に進みながら、いづみが感嘆《かんたん》の声を漏《も》らす。

「一階にはレッスン室、談話室、お風呂《ふろ》があります」

そう言いながら支配人が左手のドアを開けると、そこは大きなリビングダイニングだった。

「談話室の隣《となり》にキッチンがあって、食事は基本的にこの談話室でとることになってます」

ソファセットのあるリビングスペースの隣には、大きなダイニングテーブルが置いてある。キッチンはその奥《おく》だった。

「団員用の部屋は一階に六部屋、二階に六部屋の計十二部屋です」

「十二？　春組《はるぐみ》だけで全部使っていいんすか？」

綴《つづる》がそうたずねる。

「いえ。各組三部屋ずつの振《ふ》り分《わ》けになってます。それぞれ、二人部屋です」

元々四つのユニットで構成されていたということは、最大一組六人収容できるということだ。

「咲也《さくや》くんももうここで生活してるの？」

いづみが昨日入団したばかりだと言っていた咲也にたずねる。

「はい。オレは101号室を使わせてもらってます。荷物が少ないので、昨日のうちに整理しました」

「俺もコインロッカーに荷物預けてあるんで、今日からでもここ使いたいっす」

綴がそう申し出ると、支配人が両手を広げた。

「どうぞどうぞ！　部屋は空いてますからお好きな部屋を選んでください」

「じゃあ、階段横の102号室で」

「私もここでみんなと一緒《いっしょ》に住むことになるんですよね」

そう言いながら、室内を見回す。この人数では十分すぎるくらいの広さだ。

「監督《かんとく》の部屋は、昔幸夫《ゆきお》さんが使っていた二階の部屋があるので、そこを使ってください」

「お父さんが……」

実際にここにいた、という実感が湧《わ》いてきて、じーんとする。

「じゃあ、俺もその部屋でいい」

「却下《きやつか》」

真澄《ますみ》の言葉を即《そく》切り捨てる。無表情ながらも不満そうな真澄に、小さくため息をついた。

「大体真澄くんはまだ高校生なんだから、寮に入るなら親御《おやご》さんの許可を取らないと」

「別にいい」

「良くありません」

劇団に所属する未成年は多いが、どこの劇団も基本的に保護者の許可を得ることが条件になっている。

「咲也くんもちゃんと許可をもらったんでしょ？」

「あ、いや、えっと、うちは……」

咲也が気まずそうな表情で口ごもる。

「まさか、言ってないの⁉」

「はい……」

「え⁉　そうだったんですか⁉」

いづみより先に支配人が驚《おどろ》いたような声をあげる。

「支配人も知らなかったんですか⁉　未成年者誘拐《ゆうかい》とかで捕《つか》まっちゃいますよ⁉」

「ええ⁉　そ、そそそんな、まずいじゃないですか！」

途端《とたん》に青ざめる。保護者に許可も取らずに未成年者を勝手に寮に入れれば、咎《とが》められるのは責任者である支配人だ。

「とにかく、心配してるだろうから連絡しないと。咲也くん、連絡先を教えて」

「わかりました……」

咲也は素直《すなお》にうなずきながらも浮《う》かない表情でスマホを取り出し、電話番号を告げた。

「今の時間、家にいらっしゃるかな？」

「多分いると思います」

「わかった。電話してみるね」

教えられた番号に電話をすると、二、三回の呼び出し音の後つながった。

「はい、吉永《よしなが》です」

応対したのは中年女性の声だった。

(あれ？　咲也くんの苗字《みようじ》と違《ちが》うな)

念のため佐久間《さくま》咲也の自宅で合っているか確認《かくにん》すると、間違《まちが》いないという。

「夜分にすみません。私、劇団ＭＡＮＫＡＩカンパニーの立花《たちばな》と申します」

「は？　劇団？」

（ひとまず、咲也くんが劇団に入団したことと、寮生活について説明しないと……）

いぶかしげな相手に、いづみがかいつまんで経緯《けいい》を説明した後、連絡が遅《おそ》くなってしまったことを詫《わ》びる。

「というわけなんですが、ご了承《りょうしょう》いただけますでしょうか」

「それって、費用は掛《か》かるんですか？」

「いえ、あくまで住《す》み込《こ》みでの団員という形での採用ですので、福利厚生《こうせい》に含《ふく》まれています」

「それなら構いませんが」

女性はやや突《つ》き放《はな》したような口調で告げる。

（ずいぶんあっさり納得《なっとく》してくれたな。しかも、理解があると言うよりは、お金のことしか気にしてない？）

「学校にだけは行かせてください。私どもの責任が問われますので」

「はい、それはもちろんです」

「お話はわかりました。それでは、これで」

あっさり切ろうとする相手に、慌《あわ》てて付け加える。

「咲也くんに代わりましょうか？」

「結構です。失礼します」

言うなり、電話が切られる。

（なんだか、冷たい感じだったな……）

なんとなくすっきりしない気分になりながらも、心配そうに様子をうかがっていた咲也に向き直る。

「咲也くん、ご家族の了承はとれたからもう大丈夫《だいじょうぶ》だよ」

「そうですか、良かった……ありがとうございます、カントク」

「連絡は他にしなくても大丈夫？」

（名字が違ったし、ご両親は他にいるとかそういうことはないのかな）

いづみの言わんとしていることが伝わったのか、咲也があいまいに微笑《ほほえ》みながら首を横に振《ふ》る。

「大丈夫です。オレ、小さい頃《ころ》に両親を亡《な》くしていて、親戚《しんせき》の家に居候《いそうろう》させてもらってるんです。だから、名字が違うんです」

「そうだったんだ……」

「今の家には半年前からお世話になってるんですけど、友達の家を転々としたりして、あんまり帰ってなくて……自分の部屋を持つのは初めてだから、うれしいです。これから劇団員として頑張ります」

咲也は自《みずか》らの境遇《きょうぐう》をそう説明すると、微笑んだ。

(結構複雑な家庭環境《かんきょう》だったんだな)

「そうだね。頑張らないと、この団員寮も潰《つぶ》されちゃうしね」

いづみはあえて深いところはたずねずに、そう返す。

「それは困ります！」

「俺も困るっす」

「じゃあ、潰されないように頑張ろう！」

咲也と綴に発破《はっぱ》をかけて、真澄の方へ向き直る。

「さ、次は真澄くん。ご家族の連絡先を教えて」

「まだ付き合い始めたばっかりなのに、両親に会いたいとか……」

「そういう意味で挨拶《あいさつ》するわけじゃないし！　そもそも付き合ってないから！」

「ふーん。はい、連絡先。でも連絡つかないと思う」

真澄はつまらなそうに、連絡先を表示したスマホの画面を見せる。

「時間をずらした方がいい？」

「時差もあるし忙《いそが》しいから、いつも捕まらない。留守電に入れとけばいい」

「時差!?　海外にいらっしゃるの!?」

「今はどこだったかな……忘れた」

「とにかく電話してみよう」

そう言って電話をかけてみるものの、呼び出し音だけが何度も繰《く》り返《かえ》される。

(つながらないな……しょうがない。留守電にメッセージ入れとこう)

いづみは留守電サービスの案内に従って、さっき咲也の家族にした説明をもう一度繰り返した。

「一応留守電は入れたけど、今日は帰った方がいいかもしれないね」

「家に帰っても誰《だれ》もいないし」

「そう？　それなら、今から帰すのも心配だし、ここに泊《と》まった方がいいかな」

「部屋はあと１０３号室が残ってますけど、どうします？」

支配人がそうたずねるも、真澄は興味なさそうに首をかしげる。

「アンタと同じ部屋じゃないなら、どこでもいい」

「これから新しい人も増えるだろうし、全部部屋が埋《う》まっちゃうのもなんだよね……」

「オレ、真澄くんと同室でもいいですよ」

「俺も別にいいっすよ」

咲也と綴が快《こころよ》く申し出る。

「うーん、じゃあ、グーパーで決めようか」

グーパージャンケンの結果、咲也がパー、真澄と綴がグーで二人部屋に決まった。

「じゃあ、とりあえず真澄くんと綴くんが同室っていうことで」

「アンタがそう言うなら」

「了解《りようかい》っす」

真澄と綴がうなずいて、部屋割りが無事に完了《かんりよう》する。

「それじゃ、決まりね」

いづみがそう手を打った時、亀吉《かめきち》がどこかから飛んできてダイニングテーブルの端《はし》に止まった。

「メシー。腹へったゾー。おい、なんか食わセロ」

「あ！　もうこんな時間ですね」

支配人がはっとしたように時計を確認する。時計の針はいつの間にか七時を指していた。

「さあ、そろそろご飯にしましょう。今日は監督就任と新入団員を祝って、ごちそうを作りますから！」

それから三十分後、ダイニングテーブルの上には見たことのないような料理が並んでいた。

「さあ、召《め》し上《あ》がれ！」

煮物《にもの》のようなスープのような、何とも形容し難《がた》いものが皿によそってあった。具材は野菜から海藻類《かいそうるい》にキノコ、肉類など見る限り統一性がなく、汁《しる》の色はうっすらと緑色だ。酸《す》っぱいような甘《あま》いような匂《にお》いがして、見た目では何の料理かもわからない。

「こ、これは……」

「別の意味での飯テロっすね……」

「きょ、今日はまだいい方だと思いますよ」

ひるむいづみと綴に対して、咲也がフォローにならないようなフォローを入れる。

「ってことは、いつもはもっとひどいってこと!?」

「食欲が失《う》せた」

真澄は箸《はし》を持つことなくそっぽを向く。

「遠慮《えんりょ》しないでください。おかわりもありますから！」

支配人が満面の笑みで持ってきた鍋《なべ》には、まだなみなみと緑色の何かが入っていた。

「じゃあ、とりあえず、一口……」

「そ、そうだね。食べてみたら意外とおいしいかもしれないし。いただきます」

「あ、気をつけてくださいね！」

勢いよく口に入れた綴といづみを、咲也が心配そうに見つめる。

「ぐっ――ギブっす」

綴が噴《ふ》き出しかけるのをなんとか口元を押さえて我慢《がまん》する横で、いづみが目を白黒させる。

薄《うす》い緑色の外見からは想像できないほど甘ったるい味が舌に広がって、むせそうになる。慌てて水を飲み込んだ。

「ごちそうさま」

「碓氷《うすい》くん、一口も食べてないじゃないですか！」

一人涼《すず》しい顔をしている真澄は、手を付けるそぶりすら見せない。

(だ、ダメだ。生活の基盤《きばん》はまず食事からっていうし、この食事じゃ根底から団員がダメになってしまう)

なんとかしなくては、と得体のしれない料理をじっと見つめる。

(この材料をなんとかできる方法は……)

この具材を受け入れ、かつ甘い味を帳消しにする何か、と考えていづみの頭にひらめいたのは一つだけだった。

「——カレーにします！」

「え？」

「カレーなら、このどうしようもない味付けも一種のスパイスとして活用できます！」

ぽかんとする支配人に、力強くそう告げる。

「本当っすか？」

一口食べてしまった綴は半信半疑だ。

「カレーの方がいいですか？　それじゃあ、作り直して――」

「私がやります！」

支配人がキッチンに戻《もど》ろうとするのを止めて、いづみがキッチンへ向かう。

「アンタ、料理できるの？」

「人並みにはね。今後も食事当番は私がやります」

真澄にうなずいて、そう宣言する。これがマシなレベルということは、支配人の料理には期待できない。

「そんな、監督に食事当番まで任せるわけにはいきませんよ。心配しなくても、私がきちんと――」

「じゃあ、俺もたまに交代します」

支配人の言葉をさえぎって、綴がそう申し出る。

「綴くん、料理できるんですか？　すごいですね」

「うちの親、仕事で忙しくて、俺が弟の食事作ることもあったから。チャーハンくらいなら作れる」

感心したような声をあげる咲也に、綴がそう説明する。

「でも、作り直すにしても、この物体はどうにもならないんじゃないっすかね」

「それでもカレーなら……カレーなら、きっとやってくれるはず。ちょっと待ってて」

いづみは綴にそう告げると、腕《うで》まくりをしてキッチンに向かった。

それから十分後、さっきとは中身の色も香《かお》りも一変した鍋をテーブルの上に置いた。

「お待たせ。できたよ」

「大丈夫っすか?」

見た目はカレーそのものだったが、さっきの甘さを知る綴の顔は不安げだ。

「味はばっちり」

「アンタの料理ならなんでも食べる」

「おいしそうな匂いですね」

真澄も咲也も身を乗り出して、鍋の中身を覗《のぞ》き込む。

「どこのカレールー使ったんですか?」

支配人の言葉に、いづみの眉《まゆ》がぴくりと上がる。

「……ルー? それってまさか、あらかじめ調味料も配合も決められた市販《しはん》のルーのことですか?」

「え? そうですけど……」

「そんなもの使うわけないじゃないですか。邪道《じゃどう》。怠慢《たいまん》。カレーに対する冒《ぼう》とくです」

カレールーはあくまでも気軽においしくカレーを食べるために用意されたものだ。真のカレー好きは他人の舌に甘えることなく、自らの舌でもって自分なりの究極の味を追い求めなければならないというのが、いづみの持論だった。

「ええ？　じゃあ、どうやって作ったんですか？」

支配人の問いに、よくぞ聞いてくれたとばかりにいづみがスパイス論を披露《ひろう》し始める。

「ごちそうさま」

「うまかったっす」

いづみがとうとうとスパイスについて語っている間に、真澄と綴はカレーを一皿ぺろりと平らげていた。

「あ、あれ!?　二人とももう食べちゃったんですか!?」

「いつの間に!?」

真面目《まじめ》に話に聞き入っていた支配人と咲也が驚きの声をあげる。

「スパイス談義が長すぎ。味はおいしかったけど」

「じゃあ、私もいただきます！」

「いただきます！」

綴の言葉を聞いて、支配人と咲也もカレーをよそい、一口頬張《ほおば》る。

「こ、これは……！」

「おいしいです！　オレ、こんなにおいしいカレー、生まれて初めて食べました！」

「私もです」

感動の声をあげる支配人と咲也に、いづみが満足げにうなずく。

「当然です。この配合にたどりつくまで、どれほどの時間と労力を費《つい》やしたか……そもそも……」

と、再び熱くスパイスについて語り始める。

「おかわりしよう……」

「支配人、らっきょうないっすか」

「オレもおかわりします！」

「人の話を聞きなさい！」

カレーに夢中な支配人と綴、咲也にそう告げるが、三人とももういづみの話を聞いていなかった。

「ごちそうさまでした」

「ごちそうさまでした。おいしかったです！」

「ごちっした」

結局三回おかわりした支配人と咲也、綴が満足げに椅子《いす》に背中をもたせかける。

「毎日食べたい」

「そう？　バリエーション的には三六五日カレーいけるけど」

キレイに皿を空《から》にした真澄に、いづみがそう返す。カレー好きが高じて編み出したレシピは数え切れないほどある。

「そ、それはちょっと……」

さすがに一年中毎日は厳しいと、綴が止めた。

「それにしても、こうしてみんなでごはん食べるのっていいですね」

「そうだね。にぎやかで楽しい」

咲也の言葉にうなずく。いづみも母親と二人暮らしが長かった上に、母も働いていたこともあり、大人数で食卓《しょくたく》を囲んだ経験はあまりない。

「昔の団員寮を思い出します」

支配人はそう目を細めると、何かを思い出したように声をあげた。

「あ、そういえば初代春組の公演ビデオがあるんですけど、みんなで観《み》ませんか？」

「いいですね。それじゃあ、コーヒーでも淹《い》れます」

そう言いながら、いづみが腰《こし》を上げると、咲也も続いた。

「じゃあオレ、手伝います！」

「じゃあ俺、コーヒー淹れるアンタを見てる」

「見てるだけかよ！」

真澄の言葉に綴が突《つ》っ込《こ》み、いづみが笑い声をあげた。

そうして淹れたてのコーヒーと共に始まった春組の公演ビデオの内容は、いづみの思った以上のものだった。

（これが初代春組……）

「すごいですね……」

咲也の感嘆《かんたん》の声にうなずく。

「客席中、スタンディングオベーションだよ」

「ＭＡＮＫＡＩカンパニーって、こんなにすごい劇団だったんですね」

そう感じたのは咲也だけでなかったのだろう。綴も真澄も自然と見入っていた。

役者の演技のレベルはもちろん、脚本《きやくほん》も演出も完成度が高く洗練されている。

「春組は明るくて正統派なプログラムが多かったので、四組の中でも一番人気でした」

支配人がそう説明すると、綴は考え込むように顎《あご》に手を当てた。

「ロミジュリって使い古されたモチーフだけど、新鮮《しんせん》っすね」

「最初はモチーフとして使うにしても、悲劇だし、春組のイメージとずれるから別の組でやろうって言ってたんですけど……劇団の脚本家がどうしてもって譲《ゆず》らなくて。春組らしくアレンジを加えて、結果大成功でした」

「そうなんすか……」

「オレたちもいつか、こんな風になれますかね」

咲也がぽつりとそう漏らす。

「ハードル高そうだけど」

「なろう。絶対に」

自信なげな綴に、いづみが力強く告げる。

（こんなすごい舞台《ぶたい》を作った劇団を潰したりなんかしない。お父さんが作り上げたこの舞台に恥《は》じないものを、私も作らなくちゃ……！）

そんな思いがいづみの中に湧き上がる。

「なりましょう！」

「はい！」

「ま、やるしかないんすよね」

いづみの気持ちが伝わったのか、支配人や咲也も綴もそう返した。

「明日からいよいよ稽古《けいこ》開始だよ。七時に稽古場集合だからね」

「マジっすか。昔やってたパン屋のバイト並み……」

「わかりました！」

「アンタが起こして」

「甘えない！　今日は早く寝《ね》て、明日に備えよう！」

いづみは、さりげなく肩《かた》にもたれてくる真澄の頭を押《お》し返《かえ》して、そう発破《はっぱ》をかけた。

翌朝、いづみが約束の時間五分前に稽古場のドアを開けると、すでに咲也たち三人が集まっていた。

「おはようございます！　カントク！」

「はよっす」

「眠《ねむ》い」

眠い目をこすっている真澄以外は、早朝ということも感じさせないすっきりした顔をしている。

「おはよう、みんな！　あれ？　支配人は？」

昨日の夜、初稽古は自分も参加すると意気込《いきご》んでいた支配人の姿がない。

「いつも朝食が十二時くらいなんで、多分寝てると思います」

「それ、もう昼だな」

咲也の言葉を聞いて、綴が苦笑いをする。

「そう。じゃあ、始めよっか」

「はい！」

「まずは、準備運動ね」

いづみがそう言って、それぞれに距離《きょり》を取るように指示をする。

「準備運動？」

「演技にそんなの必要なんすか？」

「全公演乗り切るには基礎《きそ》体力が必要だし、いずれ殺陣《たて》とかやるなら、怪我《けが》をしないように柔軟《じゅうなん》からしっかりやらないとダメ」

首をかしげる真澄と綴にそう説明した。演劇は思っている以上に全身を使うものだ。普《ふ》段《だん》の動きを何気なくするのと、芝居《しばい》として意識してやるのとでは、体の使い方が違う。

「準備運動が終わったら、発声練習をやるから。それじゃあ、みんな、広がってー」

いづみの指示で咲也と綴が距離を開けるが、一人真澄だけがうつむいたまま動かない。顔を覗き込むと、目が閉じていた。

「真澄くん、起きて！」

肩を揺《ゆ》らすと、ようやく目が半分開いて、のろのろと動き始めた。どうやら朝には弱いらしい。

一通り準備運動を終えると、いづみは再び三人を集合させた。

「はい、それじゃあ次はいよいよ、基本的な演技の稽古を始めるよ。初めてだし、レクリエーションの意味も込めた簡単なエチュード、即興劇《そっきょうげき》をしてもらうから」

「ストリートＡＣＴみたいなものですか？」

咲也の質問にうなずく。

「そう。みんなにそれぞれ簡単な人物設定をつけるから、それに沿ってアドリブでお芝居してね」

経験のない団員たちには、まずは芝居をすることに慣れさせるのが第一だ。

「やってみます！」

「了解っす」

うなずく咲也と綴の横で、また一人真澄だけが反応がない。

「……すぅ」

「真澄くん、起きなさい！」

微《かす》かな寝息《ねいき》が聞こえてきて、思わず大声を出す。綴が小さく肩をすくめた。

慣れないながらも各々《おのおの》試行錯誤《しこうさくご》しながら芝居をする三人のエチュードの様子を、いづみがじっと見つめる。

（咲也くんは昨日も見たけど、ちょっとぎこちないな。綴くんも未経験って言ってただけあって、同じレベルだ）

初心者なのだから当然想定内だった。それに比べて、とまだ眠そうな真澄へと視線を移す。

（やっぱり、真澄くんが段違《だんちが》いでこなれてる。未経験とは思えないな）

昨日確認したので、芝居の経験がないことは間違いない。しかし、そうとは思えないほど、真澄の動きもセリフの呼吸も自然だった。

「はい、そこまで！　一旦《いったん》止めます。また設定を変えるね」

いづみが手を叩《たた》くと、真澄がすぐさま寄ってくる。

「今のどうだった？」

「良かったよ」

「本当に？」

「うん」

何度も確認してくる真澄に、本心からうなずく。真澄なら、一カ月後の本番という無茶なスケジュールにも対応できるだろう。

（咲也くんと綴くんには、なるべく色々な役をやってもらって、得意なところを見極《みきわ》めよう）

時間の制約がある以上、オールマイティに伸《の》ばすことはできない。得意な分野に特化して舞台に上がれるレベルまで仕上げればいい。

いづみがそんなことをつらつらと考えていると、また寝息が聞こえてきた。

「真澄くん、起きて！」

「やる気でない」

「せっかくほめたのに」

「適当だった」

真澄から半目でじっと見られて、いづみが言葉に詰《つ》まる。

（真澄くんは上手なんだけど、全体的にこなれてるっていう以外に、どこがどうとはほめにくいんだよね。今のメンバーの中では即戦力だから、すごくありがたいんだけど……これから課題は考えていかないと）

「まずはみんなの特性を見極めてるところだから。のびのびやってみて」

気を取り直すようにいづみがそう言うと、咲也と綴が大きくうなずいた。

「……すぅ」

「真澄くん！」

目を離《はな》すとすぐに意識を手放す真澄の肩を叩く。前途多難《ぜんとたなん》だといづみの口から思わずため息が漏れた。

それから午前、午後と初稽古を終えたいづみは、今後の稽古の計画を立てるべく自室へと向かった。

「あ、監督。ちょうど良かった」

廊下で支配人から呼び止められ、足を止める。

「どうかしました？」

「真澄くんのご両親から連絡が入ってまして、入団の許可取れました」

「そうですか。良かった。心配してませんでした？」

いづみの問いかけに、支配人が首をかしげる。

「どうでしょう。留守電に秘書の方から一言入ってただけなので……」

「ええ？」

「なんだか、ドライな感じですよねー」

「そうですね……」

忙しいとはいえ、子供のプライベートのことまで秘書に任せるというのは、普通《ふつう》の家庭ではあまり考えられないことだ。

（真澄くんのおうちって、どんなご家庭なのかな……）

ぼんやりとそんなことを考えながら、支配人と別れて自室に戻る。

翌日、稽古場に向かうと、昨日と同じように三人が揃《そろ》っていた。

「おはよう！　今日も一日頑張りましょう！」

「おはようございます！」

「はよっす」

相変わらず真澄が半分寝ていることを除けば、寝坊《ねぼう》する者もおらず、幸先《さいさき》がいい。

「さて、今日は新入団員の勧誘《かんゆう》をします」

「三人じゃ、やっぱり少ないですか？」

昨日の夜考えていた内容を告げると、咲也が首をかしげた。

「初代春組も五人だったたし、最低限それくらいはいないと脚本が制限されちゃうから、あと二人は増やさないと」

稽古期間を考えると、団員を増やすなら早ければ早い方がいい。

「たしかに、主役と相方と脇役《わきやく》一人っていうのは話をふくらましようがないっすね」

脚本担当を希望していた綴が同意する。

「でしょ？　だから、ひとまずメインキャストは五人で、それ以上必要な時は他の劇団の人に客演をお願いすればいいかなと思って。というわけで、綴くんと真澄くんを無事にゲットできたストリートＡＣＴで、新入団員を募集《ぼしゅう》します！」

「はい！」

元気よく返事をする咲也と綴の横で、真澄は相変わらず舟《ふね》をこいでいた。

「いい加減起きなさい、真澄くん！」

いづみの大声にも、真澄は半分目を開けただけだ。

「でも、初心者のストリートＡＣＴで大丈夫なんすかね」

心配そうな綴の言葉ももっともだった。実際、先日のストリートＡＣＴの結果は散々《さんざん》なものだ。

「それが問題なんだけど……そういえば、綴くんがこの劇団を選んでくれたのは団員寮があるからだよね？」

「そうっすね。自立したかったのと、自宅からビロードウェイに通うっていうのも交通費とか考えると厳しいんで」

「じゃあ、綴くんみたいな人を探せば、いいのかな」

「俺みたいな、っていうと……」

「宿なしって感じの人？」

珍《めずら》しく起きていた真澄がぽつりとつぶやく。

「俺、そんな風に見えんのか……」

「そ、そんなことないですよ！」

地味にショックを受けたらしい綴を、咲也が励《はげ》ます。

「あとは真澄くんみたいな子とか！」

「アンタには俺一人でいい」

咲也の言葉には、真澄が首を横に振った。その目はいづみだけを見つめている。

「真澄くんみたいな特殊《とくしゅ》な人材は他にいないと思う」

理由はわからないが、慕《した》われているらしいことを感じながら、いづみがそう告げる。

「ターゲットは宿なしの人か……じゃあ、ストリートACTは宿なしの人に親近感をもってもらえるような設定にしよう」

「宿なしって連呼《れんこ》するのやめてほしいっす」

いづみの言葉に、綴が眉を下げた。

寮の外に出ると、抜《ぬ》けるような青空が広がっていた。ぽかぽかとした春の陽気が心地《ここち》良い。

休日のビロードウェイはいつも以上に人が多かった。あちこちで多彩《たさい》なストリートACTが行われていて、人だかりができている。

新生MANKAIカンパニーの新団員三人もさっそく通りの一角で芝居を始めた。

「MANKAIカンパニーで俺も家を持てた！」

「これであったかいご飯を毎日食べられるね、あんちゃん！」

「もう犬小屋で寝なくてもいいんだね」

綴、咲也、真澄が兄弟で劇団に入ったという設定で繰《く》り広《ひろ》げられるエチュードは、それなりに人目を引いていた。

「何あれー」

「大根すぎてうける」

（反応はいまいちだけど、注目は集めてるかな）

ある程度熟練した役者のストリートACTが多い中、咲也たちのぎこちない演技はある意味目立っていた。真澄の容姿も手伝って、ちらほらと足を止める人がいる。

「ダイコン、なるほどこれがジャパニーズダイコンネ……」

ふと独特のイントネーションのつぶやきが聞こえて、振《ふ》り返る。

見れば浅黒い肌《はだ》のエキゾチックな装束《しょうぞく》を着た青年が立っていた。すらりとした長身に、目元以外をすっぽりと覆《おお》い隠《かく》すマスクをかぶっていることもあって、かなり目立つ。

（外国人？　すごい目立ってる……）

「白くてリッパなダイコンダヨ」

エキゾチックな青年はそう言いながら、まじまじといづみの足を見つめていた。

（って、私の足見てる⁉）

「失礼な！　大根ほど太くないし、そもそも大根って大根役者のことだから！」

思わず声を荒《あら》らげると、青年は驚いたように肩をすくめた。

「オー、ソーリー。失礼したヨ、レディ」

その独特の話し方も相まって、周囲の人々が青年をちらちらと気にしている。

（この子、ただの観光客にしてはうさんくさすぎる。どこかの劇団所属の役者なのかな。役に入り込んでるのかも）

「君、どこの劇団？　ストリートACT中だから、ジャマしないでね」

他の劇団員のストリートACTをジャマしないというのは、暗黙《あんもく》の了解となっている。そのために場所取りもお互《たが》いに干渉《かんしょう》しないよう、注意を払《はら》わなければならない。

「オー、クールジャパンはさすがナンデモアリな国ダネ。でも、ワタシ、ストリップ見るなら女子がイイネ」

「ストリップじゃなくてストリートACT！　君の役者ぶりはわかったから、ストリートACTやるなら場所を変えて」

「ワタシ、通りすがりの外国人ネ。ヤクショ違うネ」

とぼけた青年といづみの会話が聞こえたのか、周囲の人々からクスクス笑い声が漏れる。

「あのマスクの人、誰だろ？」

「俳優かな？」

(困ったな……この子の方が目立ってるよ)

いつの間にか、ストリートACTよりも青年の方に人の注目が集まっている。

「カントク、どうかしたんですか？」

「誰、そいつ」

「どっかの公演の宣伝っすか」

事態に気づいたらしい咲也に続いて、真澄、綴も芝居を中断して集まってきた。

「役者じゃないんだって」

「役者じゃないなら、その格好は？」

衣装《いしょう》じゃないのか、と綴がゆったりとした青年の衣服を指し示す。

「ワタシの国では、これがフツウネ。この国の皆肌出しすぎ、ハレンチだらけダヨ」

青年の話しぶりからは、本当にその服装が衣装ではないことが伝わってくる。

「外国から来たの？　観光中？」

「留学中ネ。ここ、舞台のメッカ、興味あったヨ」

「演劇に興味があるんだ？　住むところはもう決まってるの？」

思わず意気込んでそうたずねる。

「まだダヨ」

青年の返答を聞いて、いづみは心の中で小さくガッツポーズをした。

（ってことは、新入団員候補かも……！　よーく見ると、マスクの中の顔も整ってるし、舞台映《ば》えしそう）

「それじゃあ、ＭＡＮＫＡＩカンパニーに入らない？　住み込みだから、住むところには困らないし、演劇の勉強もできるから」

努めて明るく微笑んで勧誘する。今は、とにかく一人でも多くの人に声をかけることが大事だ。

「三人ともキャラが被《かぶ》らないし、インパクトがある。舞台に立ってるだけで、世界ができるっていうのは貴重だもん」

明らかに戸惑《とまど》っている綴に、いづみがあっさりうなずく。

「台詞《せりふ》大丈夫なんすか」

「ダイジョブダヨ」

綴に対する青年の返答は短いものの、明らかにイントネーションがおかしい。

「全然大丈夫じゃない」

「ダイジョブ、ダイジョブ。ワタシ、MANZAIカンパニー入るヨ」

綴の心配をよそに、青年は軽い調子でそう告げた。

「MANKAIカンパニーね」

いづみがそう訂正《ていせい》すると、青年はわかってるとばかりに何度もうなずいた。

「外国人まで手出すとか、ストライクゾーン広すぎ……」

「そういう言い方しない！」

あいかわらず誤解を招きそうな真澄の発言も、きっちりと否定しておく。

「ワタシ、シトロン。ヨロシクネ」

「よろしくお願いします！」

「本当に大丈夫かね……」

笑顔《えがお》でシトロンを歓迎《かんげい》する咲也の横で、綴は相変わらず心配そうな表情を浮かべていた。

それから日暮れまでストリートＡＣＴを繰り返し、何度か勧誘をしたものの、結局入団につながりそうな人材は見つからなかった。

「今日はこれまでかな」

「オレ、まだやれます！」

時計を確認するいづみに、咲也が意気込んでそう告げる。

「やみくもに時間かけても、みんな通り過ぎてくだけじゃね」

「急がば回せって言うネ、回してみるヨ」

綴の意見にシトロンが妙《みょう》な調子で同意し、咲也の体をクルクルと回し始めた。

「ちょ、ちょっとやめてください、シトロンさん！　目が回っちゃいます！」

「それを言うなら急がば回れ、ね。それも回り道するっていう意味で、回転するわけじゃないから」

いづみが訂正すると、シトロンがオー、と声をあげる。

「ミステイクネ」

「そう言いながら回すのやめてください！」

咲也の悲鳴を楽しんでいると勘違《かんちが》いしたのか、シトロンは朗《ほが》らかな笑顔で、咲也をコマのように回し続けていた。

「綴くんは、どうやって団員寮付きの劇団を探そうとしたの？」

「そこの駅前の掲示板《けいじばん》に劇団の宣伝とか、寮とかシェアハウスの物件情報がのってるんで、それを見たり……」

綴が掲示板を指差すと、ちょうど掲示板の前に立っている男がいた。

「うう、目の前がぐるぐる回って、足元がふらふらするー……」

ようやく回転を止めてもらった咲也は、目が回ったのか足元がおぼつかない。そのまま掲示板の方へよろけて、立っていた男にぶつかってしまった。

「痛――っ」

「――す、すみません！　目が回ってしまって……！」

「すみません、大丈夫ですか」

咲也に続いていづみが頭を下げる。

「え、ええ」

「ソーリー。サクヤのミスはワタシのミスネ」

「お気になさらず」

サラリーマンらしきスーツ姿の男は、軽く手をあげると、再び掲示板に向き直った。

掲示板には周辺の物件情報がずらりと貼《は》り付けられている。

（この人、物件情報見てたんだ……もしかして）

「あの、どこかこの辺りで住む場所を探してるんですか？」

「え？　ええ、まあ、そうですが……」

唐突《とうとつ》ないづみの問いかけに、男は戸惑ったような表情を浮かべる。そんな表情でもどこか上品で、相手に嫌《いや》な印象を与えない。

ウェーブがかった髪は無造作に見えるが、決してラフではなく、きちんとセットされていることがわかった。靴《くつ》は曇《くも》り一つなく磨《みが》かれ、細身のスーツも体の線にぴったりと沿っていて仕立てがいい。

いづみは居住《いず》まいを正すと、小さく頭を下げた。

「私、MANKAIカンパニーの主宰兼監督《しゅさいけんとく》をしております立花と申します。当カンパニーでは現在住み込みの団員を募集しておりまして、もしご興味があればと思ったのですが」

演劇に興味があるとは限らないが、この周辺で物件を探しているということは、MANKAI寮が男の条件に当てはまる可能性はある。

「住み込み……」

男は考え込むように、顎に手を当てた。

「団員寮があるんです。平日の夜と公演前の土日、稽古に参加して公演に出れば、寮費《りょうひ》と朝晩の食費は無料です！」

「寮費と食費がタダ、ですか……寮の部屋は一人部屋ですか？」

「いえ、基本的には二人部屋で、バストイレは共同です」

「二人部屋ですか……荷物が多いので、一人部屋でないと厳しいですね」

「そうですか……」

とりたてて劇団に対するこだわりがないのであれば、二人部屋を許容しろというのも難しい話だろう。

今回もはずれかと、いづみが引き下がろうとすると、咲也が横から口を挟《はさ》んだ。

「オレ、今一人部屋です。春組用の部屋があと一部屋余ってるし、そこを一人で使ってもらったらどうでしょう？」

現在、春組用の空き部屋は一部屋だけ。男にその部屋をあてるとすれば、必然的にシトロンも二人部屋ということになる。

「咲也くんとシトロンくんは二人部屋でもいい？」

「大丈夫です」

「ワタシもオッケーダヨ。ジャパニーズタコ部屋憧《あこが》れてたネ」

咲也とシトロンがあっさりとうなずく。

「と、いうわけで、一人部屋も可能です」

いづみがそう告げると、男はゆっくりとうなずいた。

「それなら、詳《くわ》しいお話を聞かせてください」

「はい！　では、団員寮にご案内しますね！」

部屋を気に入ってくれれば、入団してくれるかもしれない。そうなれば一気に新団員が五人揃《そろ》う。いづみは思った以上の成果に、満面の笑みを浮かべた。

「外国人の次はリーマン……俺も就職する」

「真澄くんはまず高校卒業してからね！」

相変わらずずれている真澄を適当にいなして、いづみはシトロンたちをＭＡＮＫＡＩ寮へと案内した。

茅ケ崎至《ちがさきいたる》と名乗ったスーツの男は、寮の部屋の広さと設備を確認した後、あっさりと入団を決めた。

第3章 ロミオとジュリアス

「と、いうわけで、本日めでたく茅ヶ崎至《ちがさきいたる》さんとシトロンくんが入団してくれましたー！」

その夜、ミーティングのために談話室に集合した面々に、いづみが拍手《はくしゅ》をしながらそう告げる。新入団員が一気に揃《そろ》うという幸先《さいさき》のいいスタートに、いづみの表情も明るい。

「改めてヨロシクダヨ」

そう挨拶《あいさつ》するシトロンの顔にマスクはもうない。室内では使わないと説明しながらマスクを外した時は、いづみを始め、その場にいた全員がざわめいた。

（シトロンくんのマスクを取った顔、まだちょっと慣れないな。予想以上に美形でびっくりしちゃった）

少し長めの艶《つや》やかな銀髪《ぎんぱつ》に、彫《ほ》りの深いエキゾチックな顔立ち。スカイブルーの瞳《ひとみ》は吸い込まれそうなほどに澄《す》んでいた。立っているだけで絵になるというのは、俳優にとってそれだけで武器になる。思わぬ拾い物だ。

「おおー！　新生春組《はるぐみ》結成三日目にして団員五人揃うなんて、快挙です！　さすが、監《かん》督《とく》！」

支配人のテンションもおのずと高くなるというものだ。

「それで、その至さんは？」

「引《ひ》っ越《こ》しの準備のために帰られました。稽古《けいこ》には明日から参加されるそうです」

綴《つづる》の問いかけに咲也《さくや》が答える。

「それではこれから、来月の公演の演目を決めたいと思います」

「至さんがいる時じゃなくてもいいんですか？」

いづみが口火を切ると、咲也が首をかしげた。

「もう公演まで七週間しかないから、すぐに脚本《きゃくほん》を用意しないと間に合わないの」

このスケジュールでは一日の遅《おく》れすら惜《お》しい。至にも演目を決める話はしたが、あいにく今日は都合がつかないと断られたのだった。

「昔の脚本を使うわけにはいかないんでしょうか？」

「それもいいかもしれませんね」

支配人の言葉にいづみがうなずく。

「先代春組のロミオとジュリエット、すごく面白《おもしろ》かったですよね！」

咲也もそう同意したが、真澄《ますみ》は小さく首をかしげた。

「同じだと比べられるだろうけど」

「それは、ちょっとつらいかな……」

先代の脚本の完成度の高さは間違《まちが》いないが、その分玄人《くろうと》向けで難しいともいえる。過去の公演を知っている人が見たら落差を余計に感じてしまうかもしれない。

「ロミオとジュリエット、イイネ。ワタシの国でもロミオが宇宙に帰ってくシーンでみんな大号泣《だいごうきゅう》ダヨ」

「それ、話が違《ちが》うと思う」

いづみの知るロミオとジュリエットとは掠《かす》る要素が一つもない。

「あの――」

ふと、それまで黙《だま》り込んでいた綴が手をあげた。

「何、綴くん？」

「できれば、俺が新しい脚本を書きたいんすけど……」

遠慮《えんりょ》がちに、けれどはっきりとした口調でそう告げる。

「そっか……元々脚本家志望だもんね」

(でも、このメンバーだと読み合わせから時間がかかるだろうから、脚本は今すぐにでも必要……綴くんの気持ちはわかるけど……)

今はとにかく時間が惜しいということもあって、既存《きそん》の脚本を使うこと以外は考えていなかった。

「皆木《みなぎ》くんの脚本は次の公演から、ってことでどうですか？」

「次の公演ができるって決まってるんすか？」

支配人の問いかけに、綴が淡々《たんたん》と聞き返す。支配人もいづみも答えることができなかった。

時間が惜しい。それは間違いない。しかし、脚本が書きたいという綴の気持ちもいづみには痛いほどわかった。今回一度しかチャンスがないかもしれないからこそ、なおさら。

「綴くん、脚本書くのにどれくらい時間がかかる？」

「習作なら何本か書いたことがあるんすけど、二時間くらいのものはまだ……」

「そう……」

経験がない以上、どれだけ時間がかかるかわからない。最悪、書き上げられないということだって十分に考えられる。

(期限付きでやってもらうか……でも、その間稽古をしてもらった方がスキルアップにはなるし……今回は諦《あきら》めてもらった方がいいのかな……)

現在の状況《じょうきょう》、あらゆるリスク、他との兼《か》ね合《あ》いを考えると、どうしてもそういう結果になってしまう。

「一週間……一週間だけチャンスをもらえませんか。それでダメなら諦めます。稽古も出るんで」

考え込んでいるいづみの気持ちが伝わったのか、綴がそう告げた。その表情はどこまでも真剣《しんけん》で、切羽詰《せっぱつ》まっているように見えた。

(本当に脚本が書きたいんだ)

今の綴には実績がない。あるのは意欲だけだ。確実性を第一に考えるなら、今回は諦めるように説得するのが代表であるいづみの責任でもある。

「わかった。一週間、稽古は出なくていいよ。その代わり、必ず脚本を一本仕上げて」

考えた結果、いづみはそう告げた。

「え……いいんすか?」

綴自身、まさか承諾《しょうだく》されるとは思っていなかったのだろう。拍子抜《ひょうしぬ》けしたような声をあげる。

「それで、中途半端《ちゅうとはんぱ》なもの出して来たら、怒《おこ》るから」

「怖《こえ》え……」

「当然です。この劇団の存続がかかってるんだから。ただ『書きたかった』っていう自己満足で終わらせないでね」

任せる、いづみはそう決断した。その思いを込めて、綴にそう告げる。

いづみの気持ちが伝わったのか、綴は深くうなずいた。

チャンスというのは、いつでも与《あた》えられるものではない。それをいづみは痛いほど知っている。かつて自分も何度もそれを与えられたからこそ、綴の気持ちを無下《むげ》にはできなかった。いづみは結局そのチャンスを生かすことはできなかったが、機会自体を得られないのとでは、まったく意味が違う。

「綴くん、頑張ってください！」

時間的に厳しい状況ということを理解しつつも、綴の希望が叶《かな》えられたのがうれしいのか、咲也もそう応援《おうえん》する。

「どんなものにするかは決めてるんですか？」

「初代春組の公演映像を見てから、ずっと頭の中にロミオとジュリエットのイメージが浮《う》かんでて、それにするつもりっす」

支配人の問いかけに、綴があっさりとそう答えた。構想があるなら、期待は持てるかもしれないといづみは少しほっとする。

「イイネ！　ワタシ、捕《とら》えられた宇宙人やるヨ」

「それロミジュリと違うから」

シトロンの言葉に、綴があきれたようにため息をつく。

「ジュリエットはアンタ？」

「私⁉　私がやるわけないでしょ。私はあくまでも監督。もう舞台《ぶたい》には立たない」

真澄に突然《とつぜん》たずねられて、いづみは目を丸くした。自分が舞台に立つことなんて考えもしなかった。

（そう、決めたんだから。もう役者として舞台には立たない。立てない。その資格はない……）

演劇を離《はな》れると決めた時、そう決意した。本当はまたこんな風に演劇に関わるとも思っていなかった。

「立ち上げ当時からＭＡＮＫＡＩカンパニーの役者は男性だけなんです。伝統的に、女性の役も男性が演じます」

「そうなんですか」

支配人の言葉で思い返してみると、たしかに公演ビデオの出演者は男性だけだった。

「じゃあ、やっぱり、今回も誰《だれ》かが女装するんですか？」

「初代春組には女形《おんながた》って言われてる女装のうまい役者がいたんですけど、どうですかね……」

咲也の問いかけに、支配人が首をひねる。

「このメンバーで女装するのはちょっとチープになりそうで怖いかな」

頭の中でそれぞれが女装した姿をイメージしてみるものの、どうにもしっくりこない。

「そこは、任せてもらえませんか」

何か考えがあるのか、綴がそう告げた。

「……わかった。綴くんを信じるよ」

「っす」

任せると決めた以上、いづみは綴の脚本が上がってくるのを待つことしかできない。

「それじゃあ、脚本のことは綴くんに任せて、今日は解散。明日は平日だから、咲也くんと真澄くんは学校だよね。遅刻《ちこく》しないようにね」

「アンタが起こして」

真澄の言葉を無視して、咲也の方を向く。

「咲也くん、よろしくね」

「はい！」

元気よく返事をする咲也の横で、真澄はつまらなそうにため息をついた。

解散後、いづみと支配人が夕飯の片付けをしていると、ふと脚本の話になった。

「監督、脚本のこと皆木くんに任せて大丈夫《だいじょうぶ》ですかね？　一応初代春組公演の脚本探しときましょうか？　先に他のみんなでそっちの読み合わせ始めとくとか……」

支配人も心配なのだろう。念のため、とそう提案する。

万が一のことを考えれば、それが安全ではある。ただ、その間読み合わせ以外の稽古ができないということにもなる。

いづみは蛇口《じゃぐち》の水を止めると、ゆっくりと首を横に振《ふ》った。

「ううん。きっと大丈夫。綴くんを信じましょう」

（綴くんのあの目はきっとやってくれる。ただの勘《かん》だけど、この勘を信じてみたい）

まっすぐに、ただ脚本が書きたいという気持ちだけでぶつかってきた綴の目を思い浮かべる。不思議といづみの心に不安はなかった。


翌日、夕食後に稽古場に集まった団員は、二人増えて一人減っていた。

「えー、今日から至さんとシトロンくんが稽古に参加します。綴くんは脚本執筆《しっぴつ》のためにお休みです」

「ヨロシクダヨ」

「演劇経験ないから、迷惑《めいわく》をかけるかもしれないけど、よろしくね」

シトロンと至が微笑《ほほえ》む。

「至さん、もう引っ越し準備はいいんですか？」

咲也がそうたずねると、至はあっさりとうなずいた。

「必要なものだけ自分の車で運んできたから、あとは来週引っ越し業者に運んでもらうだけ」

「車持ってるんですね！　かっこいいなあ！」

「何か必要な時は言ってもらえれば、車出すから」

咲也に尊敬のまなざしで見つめられた至があいまいに微笑む。

「それじゃあ、何かの時はよろしくお願いします」

「もちろん」

至はいづみの申し出にも快くうなずいた。

（頼《たの》もしいなあ。支配人はもとより、団員にもこういう大人の人っていなかったから、新《しん》鮮《せん》かも）

何より劇団の活動では大人数の移動や、荷物の運搬《うんぱん》など、車が必要になる場面も多いだけに、至のような人材はありがたい。

改めて新入団員の入団を喜びつつ、いづみは準備運動と発声練習の指示を出した。

「次は、簡単なパントマイムをやってもらいます。セリフはなし、動作だけで、相手にシチュエーションを伝えてね。私が出題者にお題を伝えるから、他の人はどんな状況か当ててみて。まずは気楽にゲーム感覚でいいから」

いづみはそう説明すると、一番手として稽古経験者の咲也を指定した。他の人に聞こえないようにお題を耳打ちする。

「咲也くんは出かける前を動作で表現してみて」

「わかりました！」

「スタート！」

いづみの声かけで、咲也が演技を始める。

カクカクとした動きは相変わらずぎこちなく、操《あやつ》り人形のように見える。

「わかったヨ！　盆踊《ぼんおど》りダネ」

「ブー」

「ロボット？」

「ブー」

シトロンに至と立て続けに不正解を連発する。

（たしかに、ぎこちない動きはロボットに見えなくもない……）

思わず納得《なっとく》してしまうと、真澄が声をあげた。

「骨折して動けない」

「ブブー」

今のところ全員不正解だ。

咲也は無言のまま、カクカクした動きを繰《く》り返《かえ》している。お題を知っているいづみには、歯磨《はみが》きをしている姿だとなんとなく想像できなくもないが、他の人にはおそらく難しいだろう。

「なんだろネー」

「うーん……」

シトロンと至が首をひねっているうちに、五分が経過した。

「はい、時間切れ。正解は、出かける前というシチュエーションでした」

「歯磨きしたり、髪《かみ》をとかしてみたんですけど……」

「わからないネー」

「ちょっと難しかったかな」

シトロンと至の言葉に、がっくりと咲也が肩《かた》を落とす。

(咲也くんは不器用なのかな)

パントマイムは観察力と繊細《せんさい》な動きが求められる。咲也にとっては苦手分野といえるかもしれない。

「はい、次は真澄くん」

「何すればいい？」

近づいてきた真澄の耳にお題を告げる。

「人と待ち合わせしてるところをやってみて」

「わかった」

耳打ちに、くすぐったそうに首をすくめて、真澄が小さくうなずいた。

それから、一呼吸置くときょろきょろと辺りを見回す。

「何か探してるところ？」

「あ、惜しい」

咲也の言葉に、いづみが答える。

「待ってるネ」

「それも惜しい」

真澄が腕時計《うでどけい》を確認《かくにん》した後、ポケットからスマホを取り出すような仕草をする。その流れはごく自然で、何も持っていないのに見えないスマホが想像できる。

「わかった。人を待ってるところだ」

「正解！」

間もなく至が正解を言い当てた。かかった時間はわずかだ。

「今のでいい？」

首をかしげる真澄に、いづみは何度もうなずいてみせる。

（真澄くんはパントマイムもうまいな。本当にそつがない）

初めての稽古でも、たいがいのことはそれなりにこなしてしまう。基礎《きそ》の段階では、頭一つか二つ分くらい他の団員よりも抜《ぬ》きんでていた。

「次は、至さんお願いします」

「お手柔《てやわ》らかに」

特に緊張することなく前に出た至に続いて、シトロンもパントマイムを披露《ひろう》する。

二人とも制限時間までには当ててもらうことができた。

(至さんとシトロンくんは初心者としては及第点《きゅうだいてん》かな。経験をつめば、もっとこなれてきそう)

見通しの明るさに少しほっとする。

「それじゃあ、次のお題は――」

「稽古ってたしか、九時までだったよね」

至の言葉に、慌《あわ》てて時計を確認する。

「あ、すみません、もう九時だったんですね」

いつも稽古の時間はあっという間に過ぎてしまう。

「オレ、まだまだやれます！」

「ワタシ、延長、サービスするネ」

「怪《あや》しい商売みたいに言わない」

まだまだ体力が有り余っているらしき咲也にシトロンが続く。

「俺もアンタと一緒《いっしょ》なら朝までもいい」

「いかがわしい！」

言い方にひっかかりはあるものの、真澄もやる気があることに違いはない。

「うーん、でも明日も学校とかあるし、あんまり無理しない方がいいんじゃないかな。俺も仕事だし」

少しだけ延長を、と言いかけたいづみは、至の言葉に口をつぐんだ。

「そ、そうですよね。今日はここまでにしましょう」

「あの、オレもう少しだけ発声練習していってもいいですか？」

「三十分だけならね」

まだ物足りない様子の咲也にそう告げる。

「ワタシも付き合うヨ」

「俺もアンタがいるなら残る」

「じゃあ、俺はこれで。お疲《つか》れさま」

一緒に残るというシトロンや真澄に手を振って、至が稽古場を出ていった。

(至さんは結構あっさりしてるな。元々演劇がやりたかったわけじゃないからかもしれないけど……)

長時間稽古すればいいというものでもないし、それぞれ生活もある。至の言うこともっともだと同意しつつも、演劇に対する意欲に関して少しひっかかりを感じてしまった。

「アメンボ赤いなあいうえお！」

「アメーアカーウオー！」

咲也に続いてシトロンが声を張り上げる。真澄はその場に残っただけで稽古に付き合う気はないらしく、壁際《かべぎわ》の椅子《いす》に腰《こし》を下ろしていた。

「アメンボ、赤いな、あいうえお、ですよ。シトロンさん」

「アカーアカーマンボー！」

「違いますって」

「ジャパニーズむずかしいネー」

シトロンの言い間違いに、いづみも咲也も思わず笑ってしまう。

（シトロンくんの課題はいわずもがな、日本語だな。やる気はあるみたいだから、公演までもう少し上達するといいんだけど）

「アメーヨコーイエー！」

（……果てしなく、不安だな）

先の長さを感じて、いづみは心の中で苦笑いを浮かべた。

綴抜きでの稽古が一週間続いて、いよいよ脚本の締切《しめきり》の日となった。いまだに綴からの音沙汰《おとさた》はない。

「綴くん、ここのところ見かけないですけど、大丈夫ですかね」

「真澄くん、綴くんの様子はどう？」

夕食の時間、心配そうな咲也の言葉を受けて、いづみが真澄にたずねる。

「知らない」

「部屋にはいるんだよね？」

同室の真澄の素っ気ない返答に、首をかしげる。

「多分」

「多分!?　同室なんだし、話したりしないの？」

「しない。存在を認識《にんしき》してない」

「ええ!?」

「パソコンと同化してる」

「ずっとパソコンの前にいるってこと？」

「多分」

あまりの言葉に、絶句してしまう。

「ツヅル、この前話しかけてもノーリアクションだったヨ」

「大学も休んでるみたいだし、様子を見に行った方がいいんじゃないかな」

シトロンと至の証言も続き、いづみもにわかに心配になってくる。

「そうですね。どちらにしても、もう期限ですし……」

「もしまだ脚本ができてなかったら、どうなるんですか？」

「他の脚本を使うよ」

咲也の問いに、いづみがきっぱりと答える。

「途中《とちゅう》までできてても、ですか？」

「これ以上は待てない。練習期間が公演の出来《でき》に関わるから、確実に明日から読み合わせを始めないと」

これ以上読み合わせを遅らせれば、公演当日まで間に合わない可能性が高い。今だって、ぎりぎりのタイミングだった。

「そうですか……」

いづみの決定が揺《ゆ》るがないとわかったのか、咲也が心配そうに視線を落とす。

「厳しいけど、この劇団もアマチュアの団体じゃないし、しょうがないね」

至が咲也をなぐさめるようにそう告げた。

(直接最後通牒《つうちょう》を渡《わた》すのは気が引けるけど、これも監督の仕事だ。一週間稽古を遅らせた分、これから挽回《ばんかい》しないと……)

いづみは一度深呼吸すると、椅子から立ち上がった。

「綴くんのところに行ってくるね」

「オレも行きます！」

「ワタシも心配ダヨ」

綴のことが気にかかるのか、すぐさま咲也が立ち上がり、シトロンも続いた。

「アンタが行くなら行く」

真澄も立ち上がり、いづみが残った至に視線を向ける。

「至さんはどうします？」

「悪いんだけど、俺は部屋に戻《もど》らせてもらってもいいかな。今日の稽古も休みたいんだ。昨日の夜から体調が悪くてね……」

「え？　大丈夫ですか？」

「少し休めば治ると思う」

「わかりました。お大事にしてください」

「ありがとう。それじゃ」

至は力なく微笑むと、談話室を後にした。

「さてと、みんな行こうか」

（綴くんを信じるっていう判断は間違ってたのかな……）

じわじわと後悔《こうかい》が膨《ふく》れ上がってくる。重い足取りで綴の部屋へと向かった。

ノックをして、中に声をかける。

「綴くん、いる？　約束の一週間になったから、脚本のことで相談したいんだけど」

しばらく待つものの、返事はない。

「返事がないですね」

「メイビー、スリーピング中ネ」

「死んでるかも」

咲也、シトロンに続いた真澄の言葉にぎょっとする。

「え⁉　綴くん、開けるよ⁉」

勢いよく部屋のドアを開ける。

と、綴が部屋の中央で仰向《あおむ》けに倒《たお》れていた。

「綴くん、大丈夫ですか⁉」

あわてて咲也といづみが駆《か》け寄《よ》る。

「オーツヅル、死んでしまうとはナニゴトカ」

「大変、救急車呼ばないと――」

のんきなシトロンの言葉をさえぎって、いづみがスマホを取り出そうとすると、真澄が一点を指差した。

「パソコン」

「え？」

「パソコン見て」

言われた通り、起動されたままのパソコンに視線を向けると、画面に大きく文字が浮かんでいた。

「ええと、『書けたー』？」

読み上げた咲也の言葉の意味が一瞬《いっしゅん》理解できず、いづみはぽかんと口を開ける。

「書けたーって……書けた⁉　脚本が書けたってこと⁉　綴くん⁉」

思わず綴の肩を揺さぶると、綴の口から寝息《ねいき》が聞こえてきた。

「寝てる……」

「なんだ、寝てるだけだったんですね……」

いづみと咲也が同時にほっと息をつく。

「ホラ、ワタシの言った通りネ」

「良かった……ちゃんと脚本書き上げたんだ……」

（綴くんを信じて、本当に良かった……）

安堵《あんど》の気持ちで、一気に体中の力が抜けそうになるのを、すんでのところで堪《こら》える。そうなれば、今は一秒でも時間が惜しい。

「よし、すぐに印刷しよう！」

「オレ、やります！」

「お願い」

咲也がさっそくパソコンの操作を始める。

「ツヅル、ツヅル、起きるのデス」

「綴くんはもう少し寝かせておこう。きっとずっと寝ないで頑張ったんだろうから」

いづみは綴を起こそうとするシトロンをやんわりと止めた。締切に間に合わせるため、パソコンの前でずっと脚本執筆に打ち込んでいたのだろう。髪はぼさぼさで、服もよれよれだ。

「オーそうだネ。目の下にビッグベアー、ダヨ」

「熊《くま》じゃなくて隈《くま》ね」

シトロンにそう訂正《ていせい》しながら、改めて綴の顔を見つめる。シトロンの言う通り、その目の下にはくっきりと隈が浮かび上がっていた。

「お疲れさま、綴くん」

いたわりの気持ちを込めてそうつぶやくと、何かいい夢でも見ているのか、綴がわずかに微笑んだ。

談話室に戻ると、さっそく皆で咲也に印刷してもらった脚本を読んでみる。

「ええと、タイトルが、『ロミオと』……『ジュリアス』？」

「ジュリエットが男になってるみたいですね」

「ふーん」

「オー斬新《ざんしん》ネ」

咲也、真澄、シトロンがそれぞれに反応を示す中、いづみが先を読み進めてみる。

「男同士の友情ものみたい」

友人になったロミオとジュリアスが、対立するそれぞれの家の事情で引《ひ》き離《はな》され、争いに巻き込まれていくというあらすじだった。

（……これ、面白い）

最後まで読んで、真っ先に浮かんだ感想がそれだった。

「この脚本、すごく面白いと思います！」

いづみの心の声に咲也の声が重なる。

「うん。単純にジュリエットを男に替《か》えただけじゃなくて、友情ものとして成り立ってる」

「イイネ」

「普通《ふつう》」

咲也といづみにシトロンも同意するのに対して、真澄は淡々《たんたん》としている。

「それじゃあ、さっそくこの脚本で配役を――」

と言いかけた時、談話室のドアが勢いよく開いた。

「――監督、脚本！」

走ってきたらしい綴が肩で息をしている、

「綴くん？　もう起きたの？」

いづみを始め、全員が紙の束を持っているのを見て事情を察したのか、綴が息を整えながら口を開く。

「きゃ、脚本、どうっすか……？」

死刑《しけい》宣告を待つような、やや怯《おび》えたような目で綴がいづみの返答を待つ。

「ばっちり。来月の公演はこれでいこう」

いづみがにっこり笑ってそう告げると、綴の表情がぱっと明るくなった。

「本当っすか！」

「うん」

「っしゃー！　良かったああ……」

一気に力が抜けたのか、その場にへたり込む。

「お疲れさま。女装問題をどうするのかと思ってたけど、こんな風に解決するとは思わなかったよ」

「ジュリエットを男にするなんて、よく思いつきましたね」

いづみに続き、咲也が感心したようにそう告げる。

「ロミオとジュリエットじゃないけど、俺も家庭環境《かんきょう》が原因で友達と引き離されたことがあってさ……それをヒントにした」

「実体験なんだ？」

「そのまんまじゃないっすけど、俺の家貧乏《びんぼう》だったんで、資産家の息子《むすこ》だった友達は俺と遊ぶなって親に言われたらしくて……すごく気の合う友達だったんすけど、疎遠《そえん》になっちゃいました」

綴が過去を思い出すように、遠くを見つめる。

「気持ちわかるヨ。大人のジョージつらいネー」

「大人の事情な。一気にいかがわしい」

しんみりしていたところを一気に現実に引き戻されたように、綴が苦笑いする。

「脚本では最後、引き離される悲劇じゃなくて、一緒に旅立つハッピーエンドになってますね」

咲也の言葉に綴がうなずく。

「先代春組は王道で明るいイメージだったって聞いたから、イメージはそのまんまの方がいいかなと」

「そうだね。新生春組の旗揚《はたあ》げ公演の脚本として、すごくいいと思う。じゃあ、綴くんも集まったことだし、さっそく配役を決めていこうか」

至は体調不良で夜の稽古に出られないと言っていたため、今夜はこれでフルメンバーだ。

いづみがどう配役を決めるか考えていると、綴が声をあげた。

「あ、一応当て書きにしたんす」

「そうなの？」

「主役のロミオは咲也のつもりで」

「え!?　オレですか!?」

咲也が目を丸くする。

「やっぱ、この中で一番最初の団員だし、春組っぽい感じがするから」

「明るく元気でまっすぐ、王道ってイメージだもんね」

綴にいづみが同意すると、慌てたように咲也がぶんぶんと首を横に振った。

「そんな、オレは舞台の上にさえ立てれば、脇役《わきやく》でもなんでも、背景でもいいんです」

「背景って、そんな役ないから」

思わずいづみが噴《ふ》き出してしまう。

「だって、本当に、オレでいいんですか……？」

「ノープロテインダヨ」

「プロブレムだろ。日本語以外も弱いのかよ」

綴に突っ込まれながらも、シトロンも賛成する。

「どうでもいい」

真澄から反対意見が出ることもなかった。

「じゃあ、座長は咲也くんに決まり！」

「頑張ります！」

咲也がぐっと拳《こぶし》を握《にぎ》り締《し》める。

「ちなみに座長には、リーダーとして春組をまとめてもらいたいと思ってます。お願いしてもいい？」

「リーダー……？　オレにできるでしょうか」

不安そうな咲也の目をいづみがじっと見つめる。

今の春組メンバーの中では、おそらく演劇をやりたいという気持ち、このＭＡＮＫＡＩカンパニーに対する思い入れも咲也が一番強い。それだけでリーダーの資格としては十分だろう。

そんな思いを込めてうなずいてみせる。

「大丈夫だよ。咲也くんなら、きっと」

「……頑張ります！」

「よし、その意気！」

にっこり微笑むと、綴に向き直った。

「他の配役はどうなってるの？」

「ジュリアスが真澄」

「ふーん」

相変わらず真澄は興味なさそうに、あいづちを打つ。

「ロミオの友達、マキューシオが俺。ジュリアスの兄貴分、ティボルトが至さん」

「年齢的《ねんれいてき》にも丁度いいね」

なるほど、といづみがうなずく。

「で、ロレンス神父がシトロンさん」

「オーウ、神父はセリフ少ないヨー」

「わざとっす」

嘆《なげ》くシトロンに、綴があっさりとそう告げる。

「これが才能あふれるワタシに対する新人いびりネー」

「アンタ、日本語あんまり話せないでしょ！」

「そっか。神父役は台詞《せりふ》は少ないけど、短い時間でインパクトを残さなくちゃいけないし、シトロンくんにぴったりだね！」

いづみがそう同意すると、綴がうなずいた。

この短期間で芝居《しばい》の技術はどうにかなっても、長いセリフのイントネーションを克服《こくふく》するのは難しい。妥当《だとう》な判断といえた。

「当て書きだけあって、イメージもばっちり。想像以上だよ、綴くん！　あとは練習をこなして、最高の状態で演じるだけだね！」

想像以上の出来栄《できば》えに、いづみが綴を絶賛する。

「はい！」

「その練習が大変そうっすけどね」

「楽しみダヨー」

咲也や綴やシトロンがそれぞれの反応を返す中で、いづみは自然と顔が緩《ゆる》んでしまうのを止められなかった。

「なんか、アンタ、テンション高い」

「そりゃあそうだよ。こんなにいい脚本ができたんだもん。稽古が楽しみ」

真澄の指摘《してき》を否定するでもなく素直《すなお》に認める。

「ふーん。俺だって、脚本くらい……」

「真澄くんは役者として頑張ってくれればいいから！」

相変わらずいちいち張り合おうとする真澄を適当にいなす。

「さ、いよいよ明日から読み合わせを始めるから、みんな、ちゃんと読み込んできてね！」

いづみは団員たちにそう告げると、夜の稽古をその場で解散とした。


（脚本が完成したおかげで、今日はみんな、一段とやる気が出てたな）

談話室でのメンバーの様子を思い起こしながら、いづみはずっと自室にこもったままの至の部屋へと向かっていた。

至にも脚本を渡して、配役の決定を知らせなくてはならない。

（体調はもう大丈夫かな……）

心配しつつ、ノックをする。

「至さん、いますか？　立花《たちばな》ですけど」

しばらく待ってみるものの、返答はない。寝ているのかと耳を澄ませると、部屋の中からはカタカタという小さな物音が不規則に聞こえてきた。

「至さん、入りますよ？」

そう一声かけてドアを開ける、と中から鋭《するど》い声が飛んできた。

「――入るな！」

厳しい声に、思わず身がすくむ。

「い、至さん？」

「あーマジふざけんなよ。今ので三キルは逃《のが》した。くそ、殺すぞ雑魚《ざこ》」

思わず疑問形になってしまうほど、目の前の至の姿も言動も、いづみの知るそれとは違《ちが》っていた。

普段《ふだん》ふわっとブローされている髪は前髪だけちょんまげのように結ばれていて、いつも柔らかな笑みを浮かべている表情も消《き》え失《う》せ、完全に目が据《す》わっている。口も悪く、同一人物とは思えない。

いづみがドアの横で呆然《ぼうぜん》としていると、テレビ画面を見つめていた至の視線が、いづみの方に向いた。その目は鋭く、思わずびくりと肩が震《ふる》える。

至はゲーム機のコントローラーをソファに放ると、大股《おおまた》でいづみに近づいてきた。そのまま、ドンと大きな音を立てていづみの後ろの壁《かべ》に手をつき、顔を近づけてくる。

「いいいい至さん？」

整った顔が異様に近くにあることも気になるが、何よりどんよりとしたその目が気になる。

「勝手に入ってんじゃねえよ。今取り込み中なの、見てわかんない？」

今まで聞いたことのないような冷たく、突《つ》き放《はな》したような声だった。

「取り込み中っていうか、ゲーム中……というか、どちらさまですか……」

色々気になることはあったが、最終的に出てきたのはそれだった。

「茅ヶ崎至ですけど何か」

「えええええ……」

(あの大人な至さんがこんなことに……)

頭が混乱して、何がどうしてこうなったのかまったくわからない。

「さ、さては、よっぽど具合が悪いんですね……!?」

いづみは無理やりそう結論付けると、持ってきた脚本を至の胸に押し付けた。

「あの、これ、脚本、読んどいてください！　配役も書いてありますから！　お大事に！　お邪魔《じゃま》しました！」

そうまくしたてると、部屋から飛び出し、ドアを閉めた。

「び、びっくりした……」

色々な意味で心臓がドキドキしている。

(明日には治ってるといいな……治ってるよね？)

病気のせいかどうかもわからないまま、いづみは祈《いの》るような思いで至の部屋を後にした。

第4章 前途多難

翌日の稽古《けいこ》は週末だったため、午前中から始まった。

「それでは今日からいよいよ読み合わせを始めます。みんな、台本は読んできたよね？」

「はい！　よろしくお願いします！」

「セリフ五つしかなかったヨー」

「自分で書いた分、頭には入ってるんで大丈夫《だいじょうぶ》っす」

咲也《さくや》、シトロン、綴《つづる》に続いて、真澄《ますみ》が小さくうなずいたのを見て、いづみが至《いたる》の方を向く。

「至さん、ちゃんと台本読まれました？」

内心、昨日のことを思い出して不安を覚えつつも、そうたずねる。

「うん、届けてくれてありがとう。寝《ね》ぼけてたんだけど、変なことしなかったかな？」

いつものように柔《やわ》らかな笑《え》みを浮《う》かべる至を前に、いづみは思わず顔が引きつってしまう。

「い、いいえ、大丈夫です」

（今日はいつも通りだ……治って良かったけど、昨日の至さんは何だったんだろう）

寝ぼけていたわりにはずいぶんとハッキリしていた言動を思い出して、首をひねる。

「あれ？　真澄くん、台本は？」

咲也が手ぶらの真澄にたずねると、真澄はつまらなそうにそっぽを向いた。

「もう全部入ってるから必要ない」

「え⁉　台詞《せりふ》全部覚えたの⁉」

いづみが驚《おどろ》きの声をあげると、真澄があっさりうなずく。

「すごいね、真澄くん。オレと同じくらい台詞があるのに……」

咲也が心底感嘆《かんたん》の声を漏《も》らすのも無理はなかった。準主役とあって、真澄のセリフの量はかなりのものだ。あれを一夜にして覚えられる役者なんて、ベテランでもそうはいない。

（記憶力《きおくりょく》まであるなんて、本当に才能の塊《かたまり》だな。すごい逸材《いつざい》を引き当てちゃったのかも……）

今更《いまさら》ながら自分の運の良さに感謝しつつ、いづみは読み合わせの開始を告げた。

『一緒《いっしょ》に旅に出よう、ジュリアス。えっと――こんな窮屈《きゅうくつ》な町は飛び出して――世界中を一、巡《めぐ》るんだ！』

『ロミオ、お前には力がある。僕には頭脳が。二人ならきっと何でもうまくやれる』

咲也がつっかえながら台詞をなぞっていくのに対して、真澄は淀《よど》みがない。すぐに立《た》ち稽古《けいこ》に入れそうなレベルだった。

『ロミオ、失恋《しつれん》したんだって？　気にするな。女なんて世界にごまんといるさ』

綴は頭に入っていると言った通り、咲也ほどつっかえることはなかったが、まだ感情を込めるには至らない。

『家も名も――ええと、捨ててくれ、ジュリアス。僕たちには――』

咲也が何度目かわからないつまずきをすると、真澄が大きくため息をついた。

「やりづらい」

「え？」

「いちいちつっかかるから、やりづらい」

「あ、ごめん」

咲也も自分が足を引っ張っているのを自覚しているのか、しゅんとして頭を下げる。

「最初なんだから、そんなこと言ってもしょうがないだろ」

「まずは通すことが大事だから」

綴といづみが取りなすように声をかけても、真澄は緩《ゆる》く首を横に振《ふ》る。

「棒読みすらできてないじゃん」

「ごめん……」

「アンタも、自分で書いたくせに入ってないし」

真澄はそう言いながら、綴に矛先《ほこさき》を向ける。

「普通《ふつう》、作者はキャラとか摑《つか》んでて当然なんじゃないの」

「誰《だれ》が摑んでないんだよ」

「何も考えないで台詞言ってるって感じ」

「それは、表現できてないだけで、別にわかってないわけじゃねえし」

「あっそ。結果は同じだけど」

真澄の身もふたもない言い方に、綴が反発するように眉《まゆ》をひそめる。

「真澄くん、言いすぎ」

たとえそれが真実を言い表していたとしても、言い方というものがある。いづみが咎《とが》めるように言うと、真澄がすねた表情をした。

「本当のことだし」

「……すみません、オレが下手くそだから」

頭を下げる咲也の肩《かた》を、謝《あやま》る必要はないというように綴が叩《たた》く。

「真澄、和を乱すなよ」

「アンタらと同じように下手になれってこと？」

「そういうことじゃねえだろ」

冷静に話をしようとする綴に対して、真澄の言葉は刺《とげ》があり、綴もついつい声を荒《あら》らげそうになる。

「頭に血がついてるヨ、二人とも」

「それをいうなら血が上ってる。でも、シトロンくんの言う通りだよ。二人とも落ち着いて」

シトロンといづみの言葉で、綴が小さくため息をつく。

「俺は落ち着いてるつもりっす」

真澄は反省の色もなく、そっぽを向いていた。あくまでも自分は間違《まちが》ったことは言っていないということだろう。

(この雰囲気《ふんいき》のまま続けてもしょうがないな)

「ちょっと休憩《きゅうけい》にしよう」

空気を変えるため、そう告げる。

「はい。すみません……」

咲也が再び謝罪すると、綴は大きくため息をついて、腰《こし》に手を当てた。

「疲《つか》れた」

真澄は無表情だったが、不満そうな様子が声に表れている。

「なんだかエアーが薄《うす》いネー」

「それを言うなら悪い、だよ」

シトロンの言い間違いが、わずかにその場の空気を和《なご》ませてくれる。

「ごめん、まだ本調子じゃないから、俺はこれで早退させてもらってもいいかな」

ずっと様子を見守っていたらしい至が、わずかに首をかしげながらそう申し出た。

「え？」

まだ稽古が始まって一時間も経《た》っていない。予想外の言葉に、思わずいづみの口から間の抜《ぬ》けた声が出てしまう。

「ごめんね」

申し訳なさそうに眉を下げられれば、それ以上何も言えない。

「いえ、お大事に……」

（まさか、またあの状態になるんじゃ……明らかにゲームしてたし、体調悪いって本当なのかな……）

いづみはなんとなく釈然《しゃくぜん》としないまま、稽古場を出ていく至の背中を見送った。

その日から数日にわたって読み合わせの稽古は続けられたが、進みは相変わらず遅々《ちち》としていた。

『ロミオ、お前は将来この家を背負《しょ》って立つ男になる』

『この街を』

綴のセリフに続いて、真澄が短く告げた。

「え？」

「『この家を』じゃなくて『この街を』」

「あ、やべ……」

「自分で書いたくせに、入ってないじゃん」

「お前、人の台詞まで覚えてんのかよ」

「これだけ毎日聞いてればバカでも覚える」

真澄があきれたようにそう言う。

「嫌味《いやみ》かよ」

「被害妄想《ひがいもうそう》」

「何？」

綴の声に険《けん》が混じったところで、いづみが割って入る。

「はい、ストップ。綴くん、先を続けて」

最近の稽古は、この流れで中断することが多い。

綴も自覚しているのか、きまり悪そうにうなずいて、先を続けた。

（読み合わせを始めてから数日経ったけど、いまだに流れるようにはいかないな。そろそろ立ち稽古に進みたいんだけど、この様子だと練習時間が足りないかもしれない……）

経験者の稽古であれば読み合わせにこんなに時間をかけたりしない。未経験者ばかりだからこその予定のずれに、いづみは焦《あせ》りを感じ始めていた。

「次、アンタだろ」

「わかってる」

真澄と綴は目を合わせることすらしない。

(稽古以前の問題として、雰囲気が悪いし……)

「あ、ご、ごめん。その次、オレだよね」

咲也は場の雰囲気にのまれて焦るのか、相変わらずミスを連発している。

(こういう空気の中だと、やりづらくてよけいにミスが多くなっちゃうんだよね)

いづみは内心ため息をつくと、手を叩いた。

「はい、今日はこの辺で終わりにします。進みが遅《おそ》いから、みんなもう少し自主練しといてくれるかな」

「みんなっていうか二人だけど」

いづみの言葉に真澄がぼそりとつぶやく。

「誰のことだよ」

「さあ」

綴が食《く》って掛《か》かると、真澄はそっぽを向いてしまう。

「本当、嫌味だよな」

「ごめん、練習が必要なのってオレだよね」

咲也がしょんぼりと頭を下げると、真澄は面倒《めんどう》そうにため息をついた。

（真澄くん、芝居《しばい》の才能は文句ないんだけど、こういうところは困るな……）

空気の悪さや、連携《れんけい》の悪さは稽古の進みに影響《えいきょう》する。このままでは本当に公演初日までに間に合わないだろう。舞台《ぶたい》は真澄だけができていても、成り立たないのだ。


その夜、咲也は寝間着《ねまき》に着替《きが》えると、先にベッドに入っていたシトロンに声をかけた。

「シトロンさん、そろそろ電気消しますね」

「オッケーダヨ」

照明のスイッチに手をかけたところで、ノックの音がした。

「なあ、起きてる？」

綴の声を聞いて、咲也がドアを開ける。

「綴くん？　起きてますけど」

ドアの向こうには、寝間着姿で枕《まくら》を持った綴が立っていた。何やら憮然《ぶぜん》とした表情をしている。

「こんな時間に珍《めずら》しいヨ」

何事かと、シトロンもベッドの上から下りてくる。

「枕持って、どうしたんですか？」

「あいつといたくないから、ここで寝かせてくれ。床《ゆか》でいい」

「え？　あいつって真澄くんですか？」

咲也が目を丸くする。

「名前聞くだけでむかつくわ。なんなんだ、あいつ。部屋で自主練してても、いちいちつっかかってくるし」

「そうなんですか。珍しいですね」

咲也が不思議そうに首をかしげた。

「珍しい？　いつものことだろ」

「いえ、真澄くんって、学校でもいつも一人でいるみたいで。あの外見だからすごく目立つし、女子に人気なんですけど、誰が話しかけても、全然相手にしないって有名なんです」

咲也の言葉に、綴が意外そうな表情を浮かべる。

稽古中の皆に対する不遜《ふそん》な態度といい、監督《かんとく》に対する情熱的な好意の表し方といい、咲也の説明とは全く印象が異なる。

「カントクにべったりなのもびっくりしましたけど、オレたちには興味ないって感じで、

反応もしないイメージだったんで……」

「そういえば、ロミジュリの稽古始まってから、やたらと突《つ》っかかるようになったよな」

綴が思い起こすようにつぶやく。

「わかた！　ツンデレダヨ」

「デレがねえし」

シトロンの言葉にすかさず綴が突っ込む。

「真澄くん、両親がほとんど海外にいて、家にずっと一人らしいんです。だから、あんまり人と関わることに慣れてないのかも……」

思案気《しあんげ》に咲也がそう話す。

「家に一人？　兄弟《きょうだい》もいないのか？」

「一人っ子だと思います」

「そっか……家に一人とか、想像できねえな。俺兄弟多いし」

十人兄弟という今時珍しい大家族の三男坊《ぼう》である綴にとって、家に自分一人というのは生まれてこの方経験したことがない未知の状況《じょうきょう》だ。

「あの、真澄くんの言ってることは確かに厳しいんですけど、正しいと思うんです。オレはどうしても、自分の番が来ると慌《あわ》ててつっかえちゃうし、練習が足りないのかなって……」

咲也がそう言いながら、視線を落とす。

「気にしないヨー。ワタシ、セリフいえなくても気にしてないヨ」

「シトロンさんはちょっとは気にした方がいいっすよ」

手をひらひら振るシトロンに、綴が苦笑いする。

「でも、まあ、そうだな。よし、朝練でも始めてみるか」

「あ、いいですね！　オレもやります！」

「ワタシも出るヨー。早起きは山門《さんもん》のトクさんダヨ」

「誰だよ、トクさんって。それを言うなら、三文《さんもん》の得」

自分の申し出にすぐさま参加を表明した咲也とシトロンに、綴は笑顔《えがお》を浮かべた。

「それじゃあ、明日六時に稽古場集合で」

「はい！　今日は早く寝ないとですね。綴くん、オレのベッド使ってください」

咲也が自分のベッドを指し示すと、綴がわずかにためらった後、首の後ろを掻《か》いた。

「あー、いや、いいや。やっぱ、自分の部屋戻《もど》るわ」

「そうですか？」

「一応、あいつにも朝練のこと言っとかないと」

きまり悪そうに綴が顔をそむけると、咲也がぱっと表情を明るくした。

「そうですね！　真澄くんもきっと出てくれると思います！」

「わかんねえけどな」

真澄の返答を想像したのか、綴が顔をわずかにゆがめる。

「じゃあ、カントクとイタルにも伝言ダイヤルネ」

「そうしましょう！」

そうと決まれば善は急げとばかりに、咲也たちはまず至の部屋へと向かった。

「至さん、いますか？」

ノックをしながら、綴が部屋の中に声をかける。

が、返答はない。

「……あれ？」

「もう寝てるんですかね」

咲也が首をかしげると、綴はドアに耳を近づけながら首を横に振った。

「いや、中でカタカタっていう音が聞こえる」

「さてはゴキブリネ」

「え!?」

シトロンの言葉で、咲也がわずかに身をのけぞらせる。

「この音、多分あれじゃないか。コントローラーの――」

綴がそう言いかけた時、咲也は意を決したように勢いよくドアノブに手をかけた。

「ゴキブリなら、退治しないと！　開けますよ、至さん！」

そのままドアを大きく開ける。

「っしゃー！　十キル。ざまあ、俺に挑《いど》むなんて百年はええよ」

テレビの前でちょんまげ頭のままガッツポーズをとる至を見て、咲也が動きを止めた。

「至、さん……？」

「あ、やっぱゲーム中だ」

綴が案《あん》の定《じよう》といった様子でつぶやく。

「ん……？」

そこでようやく三人の存在に気づいたように、至がテレビから視線を外した。

「イタル、リラックスモードドネ。ジャパニーズ干物《ひもの》！」

「あー……何か用？」

そう言いながら首をかしげる至は、見るからに三人に興味がなさそうだった。

「え、ええと、みんなで明日から朝練しようかと話してて、至さんもよかったらどうですか？」

咲也が戸惑《とまど》いながらも、そう告げる。

「朝練って何時？」

「六時から始める予定っす」

「六時かー。考えとく」

至は綴に素っ気なく返答すると、再びテレビに視線を戻し、コントローラーを操作し始めた。

「それじゃ、失礼します」

「おつー」

頭を下げる咲也に対して、至は視線も向けずにそう返した。

部屋を出た三人の間に、沈黙《ちんもく》が広がる。

「ちょっと普段《ふだん》のイメージと違いましたね」

たっぷり間があった後、咲也がぽつりとつぶやく。

「ちょっとどころじゃねえし。至さんがやってたの、ちらっと見ただけだけど、コアなオンラインゲームだ。世界中で廃人《はいじん》続出とか」

綴の言葉に、シトロンがうなずく。

「『アルティメットウェポン４』、戦争もののオンラインＦＰＳ《ファーストパーソン・シューティング》ゲーダヨ。レベル１２４で、あの装備は重課金兵ネー。立派な廃人ダヨ」

「そんなことまでわかるお前もやばいだろ！」

あの一瞬《いっしゅん》でそこまで判断したシトロンに、綴が思わず突っ込みを入れる。

「ワタシの国では義務教育のイッカンダヨ」

「本当ですか!?」

「嘘《うそ》だろ！」

あっさり信じそうになる咲也を綴が慌てて止める。

「イッツジョークダヨ」

「なんだ、てっきり本当なのかと……」

咲也は照れたように笑うと、至の部屋のドアへと視線を移した。

「それにしても至さん、朝練出てきてくれますかね」

「うーん、どうだろうな。ゲームするので忙《いそが》しいかも。ま、とりあえず監督に話しに行こうぜ」

咲也は心配そうな表情を浮かべながらも、綴に促《うなが》されていづみの部屋へと向かった。


翌日、いづみが朝の六時に稽古場を訪《おとず》れると、咲也、綴、シトロン、真澄の四人が揃《そろ》っていた。

「おはようございます！」

「はよっす」

「モーニンダヨ」

「おはよう、みんな。朝練なんて感心！」

　昨晩、綴たちから朝練の話を聞いた時は少し驚いたが、その気持ちがうれしかった。きちんと自分たちの状況を理解して、なんとかしようとしている。意欲があるのとないとでは、上達具合にも大きな差が出る。

「カントクまで付き合わせて、すみません」

「みんなが頑張ってるんだし、私も全力でサポートするよ」

　本心からそう言って、にっこりと笑う。基礎《きそ》の足りない部分は稽古量でカバーするしかない。

　いづみを始めやる気にあふれている中、真澄は一人、立ったまま寝息《ねいき》を立てていた。

「真澄くんも出てきてくれたんだね」

「寝てるけどな」

　咲也と綴が真澄を見て苦笑《くしょう》していると、稽古場のドアが開いた。

「おはよ」

「至さん！　出てきてくれたんですか!?」

　やや眠《ねむ》そうながらも、時間通り姿を現した至に、咲也が驚きの声をあげる。

「うん。なんで？」

「いや、ゲームで忙しいのかと……」

（あ、やっぱり、あの夜の至さんは夢じゃなかったんだ……）

咲也の言葉で、いづみは以前見た至の姿を思い出す。おそらく咲也もあの姿を目にしたのだろうということは、いづみにもわかった。

「早起きするとソシャゲの体力無駄《むだ》にしないからいいかなと思って」

「ソシャゲ？　体力？」

言っている意味がよくわからず、いづみが首をかしげる。

「ソーシャルゲームの略ダヨ。遊ぶのに体力ポイントを消費するケド、時間が経つと体力ポイントが回復ネ。寝てる間は体力が貯《た》まりっぱなしで勿体《もったい》ないネ」

「そんなとこだけ流暢《りゅうちょう》っすね!?」

淀みなく説明するシトロンに綴が突っ込む。

「ワタシの国では一般《いっぱん》常識ダヨ」

「そうなんですか!?」

「嘘だから！」

またも信じそうになる咲也を、綴が律儀《りちぎ》にたしなめた。

それから毎回平日の稽古は朝練と、みんなが帰宅した後の夜稽古の二回行われた。

『ごめんごめん、ジュリアス。次は僕がジュリアスのために走るよ』

『あんなことが何度もあってたまるか』

『見てよ、ジュリアス。もうすぐ夜が明ける』

脚本のラスト、咲也と真澄が旅立つシーンを二人が読み上げる。

「今、つっかえずに通せたな」

「え!?」

綴の指摘《してき》に、自覚していなかったらしい咲也が驚《おどろ》く。

「スラスラ言えたヨー」

「そういえば、そうですね！」

シトロンも同意すると、咲也の顔がぱっと明るくなる。

「ちょっとずつ、息あってきたのかも」

「最低限だけど」

「最初の一歩ってことでいいんじゃない」

綴の言葉に真澄が水を差しながらも、至がそうまとめる。

「良かったああ。みなさんとの朝練のおかげです！」

咲也は心底ほっとしたように微笑《ほほえ》んだ。

（たしかにここ数日の朝練の効果は出てるのかも）

いづみもほっと胸を撫《な》でおろす。とはいえ、安心できる状況ではなかった。

（これでようやく読み合わせの段階が終わったところか……思った以上に時間がかかりすぎてるな）

いづみの不安をよそに、稽古場には安堵《あんど》の雰囲気が流れていた。

「立ち稽古もこの調子でいけばなんとかなるんじゃね」

「そうですね！　頑張りましょう！」

（ここで安心しちゃうと危険かも……）

安心し切っている綴と咲也の様子をいづみがじっと見つめていると、咲也が不思議そうな顔をした。

「カントク……？　どうかしたんですか？」

「え？　ううん。それじゃあ、今日はこの辺にしよう。お疲れさま」

「あ、はい。お疲れさまでした」

やや腑《ふ》に落ちない様子ながらも、咲也はそう頭を下げた。

いづみとしては、ここで満足してもらいたくないという気持ちがあったが、せっかく明るいムードになっているところに水を差してやる気をそぐような真似《まね》もしたくなかった。

どうしたものかと思案気に視線を落とすいづみを、真澄がじっと見つめていた。

その夜、いづみは一人自室に戻りながら、稽古のことを思い返していた。

（せっかくちょっとずつうまくいってるところに、まだまだだって怒《おこ》って水を差すのも逆効果だし、どうしたらいいのかな。みんなの意識をもっと上に向けて、もっと頑張る気にさせるには……）

そんなことを考えていると、廊下《ろうか》の向こうから支配人が段ボールを抱《かか》えてよたよたと歩いてくる。

「よいしょ、よいしょ……」

段ボールを二つ重ねているため、完全に前が見えておらず、危なっかしい。

「支配人、何してるんですか？　手伝いましょうか？」

心配になってそう声をかけると、支配人が段ボールの後ろから顔を出した。

「いえいえ、大丈夫です。これで最後なので」

「それ、なんですか？」

「初代組の衣装《いしょう》とか小道具です。この機会に一度全部整理しとこうと思いまして」

「衣装とか、まだ使えそうですか？」

「いや〜、管理が悪かったせいか、こんな感じで……」

そう言いながら支配人が段ボールをわずかに傾《かたむ》けると、中身が見えた。ぐちゃぐちゃに丸まった布が敷《し》き詰《つ》められていたが、どれも色あせていて、穴が空いているものまである。

「ぼ、ボロボロですね」

初代の遺産は使えそうにないとなると、すべて新しく揃えなければならない。一体どれだけお金がかかるだろう、と思わず気が遠くなりそうになった時、支配人が慌てたように声をあげた。

「大道具については、頼《たよ》りになりそうな知人がいるので、任せてください！」

「本当ですか？　お願いします」

「衣装係は新しく募集《ぼしゅう》しましょう。すぐに見つかるといいんですが……」

「色々ありがとうございます」

「いえいえ！　監督と役者には安心して稽古に専念してもらわなくてはいけませんから」

頼りないと思っていたが、仕事はちゃんとしてくれるらしい。いづみは少しだけ支配人を見直した。

「稽古の方はどうですか？」

「ようやく読み合わせが終わったところです」

「そうですか……うーん、やっぱり、初代組のようには進まないですね」

平均的な稽古スケジュールを知る支配人も顔を曇《くも》らせる。初代組はもちろんここまで時間をかけることはなかっただろう。

と、そこでふといづみの頭にひらめいた。

（そっか、初代組のレベルを意識させれば――）

「支配人、頼《たの》みがあるんですけど」

「はい？」

「初代春組の方に連絡って取れますか」

初代組のレベルを知るには、初代組のメンバーに直接指導してもらうのが一番だ。初代のレベルの高さを目の当《まあ》たりにすることで、団員たちももっと目標を高く持つことができるし、刺激《しげき》にもなる。

いづみがそう説明すると、支配人は合点《がてん》がいったようにうなずいた。

「そういうことなら、元春組で、今は演劇学校の教師になってる人がいるので、呼んでみましょうか。忙しい人なので、いつ捕《つか》まるかはわからないですけど……」

「お願いします！」

演劇学校の教師なら適任だ。いづみは勢いよく頭を下げた。

それから数日、立ち稽古が始まったものの、進みは相変わらず芳《かんば》しくなかった。

「咲也くん、立ち位置違うよ」

「あ、すみません」

いづみの指摘に、慌てて咲也が位置を変える。

「ドンマイネ」

でも和やかだ。稽古場の雰囲気はあくま

誰かのミスに対しても、厳しい指摘が飛んでくることはない。稽古場の雰囲気はあくまでも和やかだ。

それ自体は問題ない。ただ、緊張感《きんちようかん》のなさがいづみには気がかりだった。

(立ち稽古は始まったけど、やっぱりみんなどこか気がゆるんじゃってる感じだな……)

「ロミオは上手《かみて》から登場」

「ごめん！」

「ドンマイマーイネ」

真澄の指摘で、咲也が下手《しもて》から上手に移動する。あいかわらず咲也の単純なミスは減らなかった。

「あ、俺、ちょっとトイレ」

そう言って、至は出番のないシーンを見計らって席を立った。これで四度目だ。

「絶対ゲームだ……」

綴がぼそりとつぶやく。

(……どうにかしないと、このままじゃ公演に間に合わないかもしれない)

いづみの焦りだけが募《つの》っていく。

『一緒に旅に出よう、ジュリアス。こんな窮屈な町は飛び出して、世界中を巡るんだ』

（いい雰囲気を壊《こわ》すのは心苦しいけど、ここは心を鬼《おに》にして――）

いづみが意を決して口を開きかけた時、野太い声が稽古場に響《ひび》いた。

「おいおい、ここは幼稚園《ようちえん》のお遊戯《ゆうぎ》会場か？　見てらんねえなあ」

いつの間に入ってきたのか、壮年《そうねん》の男がずかずかと稽古場の奥《おく》へと歩いてくる。

「どちら様ですか？　ここは関係者以外立ち入り禁止ですよ」

いづみが男の前に立つと、男が眉をひそめた。

「ああん？　お前こそ誰だよ――って、ん？　ああ、あんたが監督の娘《むすめ》か！　ハナ垂らしてたチビがこんなにおっきくなったか！」

いぶかしげな表情をしていた男が、一気に相好《そうごう》を崩《くず》す。

「監督って……」

「松川《まつかわ》に――今は支配人だっけか、泣きつかれたんだよ。新団員をしばき倒《たお》してくれってな！」

「それじゃあ、あなたが初代春組の――!?」

「おう、俺が初代春組の鹿島雄三《かしまゆうぞう》だ」

雄三はそう名乗ると、にやりと笑った。

「どう見てもヤクザ」

「オー、ジャパニーズ名物の一つネ」

真澄とシトロンが遠慮《えんりょ》なくつぶやく。

「ユウゾー老《ふ》けたナ」

稽古場の隅《すみ》にいた亀吉《かめきち》がバサバサと羽音を立てて飛んでくると、雄三は驚くでもなく肩に止まらせた。

「おー亀吉、久しぶりだな。相変わらず口が悪い鳥だぜ」

「おまえほどじゃねえヨ」

気安く話す様子は、顔見知りのように見える。

「亀吉とも知り合いってことは、本当にこの人があの初代春組団員の方なんですね」

咲也も納得《なっとく》がいったようにうなずいた。

「おら、さっさと始めな。てめえらの一番最初の客になってやらあ。ありがたく思えよ」

雄三はそばにあったパイプ椅子《いす》を引き寄せてどっかりと座《すわ》ると、そうどやした。いづみが慌ててみんなを集める。

「それじゃあ、みんな、至さんが戻ってきたら、冒頭《ぼうとう》から通しで」

「は、はい！　よろしくお願いします！」

そうして、雄三がにらみを利《き》かせる中、通し稽古が始まった。

途中《とちゅう》ミスはありつつも、なんとかラストシーンまで通す。が、雄三は両腕《りょううで》を組んで一点をにらみつけたまま、一切《いっさい》言葉を発しなかった。

「どうでしょうか」

いづみが恐《おそ》る恐《おそ》るそうたずねると、ようやく雄三が動きだし、首を回しながらため息をついた。

「はー。途中で三百回は席立とうかと思っちまったぜ」

「それ、一セリフごとにっていうレベル……」

「そういうことさな。聞くに耐《た》えねえセリフ聞かされるっつーのは、客にとって苦痛でしかねえのよ」

綴のつぶやきに、雄三があっさりとうなずく。

「まずそこの外国人」

「ワタシネ？」

「セリフが五つしかねえのに、出来ねえってのは幼稚園児以下だ。日本語のセリフが言えねえなら、この国で日本語劇に出ようなんて思うんじゃねえ」

「オーゥ……」

雄三の厳しい指摘に、シトロンが悲しそうに肩をすくめてみせる。

「そんな言い方ないです。シトロンさんは留学生で、日本語勉強中なんです。これから練習すれば……」

「セリフと日本語は別もんだ。外国人が日本語のセリフ頑張って言ってると思ったら、そこで客は醒《さ》める。全体がぶち壊しなんだよ」

思わずといった様子で咲也がフォローするが、雄三の正論に何も言えなくなってしまう。

「次、マキューシオ。言いてえことは伝わってくるが、空回りしてんな。この脚本に思い入れがつえぇのか」

「俺がこの脚本書いたんす」

「ああ、だからか。独《ひと》りよがりなんだよ。その先に客がいること考えて、伝わるようにしなきゃ、ただの自己満足だ」

雄三に言い切られて、綴が言葉を呑み込む。

「その次、ティボルト。こいつは、別に言うことねえな」

「え？」

「やる気ねえなら、さっさと舞台から下りろ。以上」

至は雄三の切り捨てるような言葉にショックを受けた様子もなく、ただ黙《だま》って聞いていた。

「次、ジュリアス役。お前か」

雄三の視線が真澄に止まる。

「何を気にしてんのか知らねえが、ちらちら監督の娘意識しすぎだ。演技自体たいしてうまくもねえくせに、すかしてんじゃねえ。てめえの演技はつまんねえんだよ」

「何？」

真澄が眉をひそめる。

（真澄くんすらばっさり……）

今の春組団員の中では一番芝居のできる真澄ですら、雄三にとっては問題外ということだ。

「真澄くんでもだめなんだ……」

「容赦《ようしゃ》ねえな……」

いづみの気持ちとシンクロするように、咲也と綴がつぶやく。

「こいつなら通用すると思ってたのか？　芝居なめてんじゃねえぞ、ひよっこどもが」

雄三はぴしゃりとそう告げると、咲也に視線を向けた。

「最後、主役のロミオ」

「は、はい！」

名指しされて、咲也がぴしっと姿勢を正す。

「問題外だな。主役のくせに舞台のことがまったくわかってねえ。一からやり直せ」

あまりの言葉に、咲也の顔から表情が消える。

「まずはこんなとこだ。暇《ひま》になったら、また観《み》に来てやるよ」

雄三はそう捨てゼリフを残し、来た時と同じようにさっさと稽古場のドアへ向かっていった。

団員たちの間に重たい沈黙《ちんもく》が流れる。

「うざ……」

各々《おのおの》ショックを受けたり、考え込んだりと黙《だま》り込む中で、真澄だけが忌々《いまいま》しそうにつぶやく。

（みんな、すっかり意気消沈《しょうちん》しちゃってる。やりすぎたかな……）

いづみが心配していると、雄三がドアの前でふと足を止め、振《ふ》り返《かえ》った。

「ああ、そうだ――おい、あんた」

「はい？」

雄三に手招きされて、いづみが小走りに駆《か》け寄《よ》る。

「……あのロミオ、その気になりゃ、いくらでも伸《の》びるぞ」

雄三はいづみだけに聞こえるように、小さくそう告げた。

「つまり、あいつを生かすも殺すもお前次第《しだい》ってことだ。言っとくが、今の惨状《さんじょう》は監督の責任だからな。しっかり受け止めろよ」

雄三の指摘に、いづみがはっとする。

（そうだ。みんながこんなにダメ出しされたのは、私がしっかり指導できていなかったから――）

団員たちの精神面の心配をしている場合ではない。自分も雄三の言葉を正面から受け止めて、やるべきことをやらなくてはいけない。

かつて演劇に打ち込んでいた頃《ころ》は、一劇団員として主宰《しゆさい》や演出家の決めた方針に従うだけで良かった。全体のことは誰かが見て考えてくれる。

でも、今はそうではない。ＭＡＮＫＡＩカンパニーの行く末も、咲也や入団してくれた綴たちの未来も、いづみの肩にかかっている。彼らを立派に舞台に立たせる責任がある。

いづみは改めてそのことに気づかされた。

「──気を引き締《ひし》めて、頑張ります」

真剣《しんけん》なまなざしでそう告げると、雄三はおう、と短く返事をした。

「……今の姿、幸夫《ゆきお》さんに見せてやりてえな」

「え？」

独り言のようなつぶやきに、いづみが目を見開く。

「なんでもねえよ」

「お父さんのこと、何か知ってるんですか？」

思わずそう食い下がると、雄三はややバツが悪そうに顔をそむけた。

「俺の口からは何も言えねえ。悪いな」

そう言われると、いづみもそれ以上何も聞けない。

雄三は小さく手をあげると、そのまま去っていった。

その夜、普段騒《さわ》がしい夕飯の食卓《しょくたく》は、打って変わって静まり返っていた。

「ごちそうさまでした……」

「ごちっす」

咲也と綴がスプーンを置く小さな音が、談話室にやけに響く。

「え!? みなさん、もういいんですか？ 全然食べてないじゃないですか」

普段ならおかわりを繰《く》り返《かえ》すだけに、支配人が目を丸くする。

「ワタシももういいヨ」

「ごちそうさま」

「俺も部屋戻る」

シトロンに至、真澄がそう言いながら席を立つ。

「え？ え？ いいんですか？ 監督の黄金カレーですよ。全部私が食べちゃいますよー!?」

支配人のそんな言葉に返事をする者もおらず、次々に談話室を出ていった。

「……みんな、どうしちゃったんですかね」

「雄三さんの言葉がそうとう効いたみたいで」

「あ！ 雄三さん来てくれたんですね」

「連絡とってもらって、ありがとうございました」

「いえいえ、でも、みんな大丈夫ですかねー。傷心のまま退団なんてことになったり……」

いづみの短い説明で事情を察したらしい支配人が、心配そうにドアの方を見つめる。

「そんなことありません！」

いづみは思わず立ち上がって、首を横に振った。

「で、ですよねー」

いづみの勢いに気圧《けお》されたように、支配人が同意する。

いづみは内心湧《わ》き上《あ》がりそうな不安に、必死に蓋《ふた》をして抑え込んだ。

（雄三さんの指摘は厳しいけど的確だし、みんな、これでやる気をなくしちゃわないよね。今は落ち込んでたとしても、きっとまた前を向いてくれるはず。私がしっかりみんなを信じて、サポートしてあげなくちゃ）

そう前向きに意識を変えると、気合を入れるように両手で軽く頬《ほお》を叩いた。


その夜遅《よるおそ》く、咲也とシトロンの部屋のドアが静かに開いた。

枕と布団《ふとん》を両腕に抱えた咲也が、ドアの隙間《すきま》をこじ開けるようにして姿を現す。

そのままひたひたと足音を立てないように廊下を進むと、洗面所の方から綴が歩いてきた。

「咲也？」

綴が戸惑ったように声をかける。

「枕と布団なんて持って、どこ行くつもりだ？」

綴の言葉に咲也がわずかに視線を落とす。

「……雄三さんに言われた言葉が忘れられなくて、眠れないんです」

「ああ、お前もか」

綴の声はため息交じりだった。気分を変えるために顔でも洗ってきたところだったのか、前髪《まえがみ》が少し濡《ぬ》れている。

「オレ、舞台に立ってるだけで幸せで、満足して、全然舞台全体のことなんて考えてなかったんです。このままじゃ続けられません」

咲也の決意が込められた言葉を聞いて、綴がわずかに目を見開く。

「まさか、出ていくって言うんじゃ――」

「だから、少しでも舞台のことをわかるように、舞台の上で寝てみようと思って」

「は⁉」

予想外の言葉に、綴が思わず声をあげる。

「頭の中がぐるぐるしてて、何したらいいかわかんないんです。でも、ただじっと部屋で寝てることができなくて……」

「だからって、何も、舞台の上で寝なくてもいいだろ」

「ワタシもつきあうヨー」

いつのまにか、咲也の後ろには同じように布団と枕を持ったシトロンが立っていた。

「シトロンさんまで!?」

「準備もバッチリネ」

「二人とも、こんな夜中に寮《りょう》から劇場まで布団抱えていくのか!?」

布団と枕を抱えた奇妙《きみょう》な二人の姿を見比べる。

「バカだってわかってるんですけど、ちょっとでも何かわかるかもって思って……」

咲也が照れたようなバツが悪そうな表情で苦笑いすると、綴はぐしゃぐしゃと自分の髪《かみ》をかきまぜた。

「ああ、もう、しょうがねえな！」

「綴くん？」

「付き合ってやる。布団貸せ」

そう言いながら、咲也の布団を半分奪《うば》い取る。

「この際、真澄と至さんも巻き込むぞ」

綴は先頭に立って自分の部屋の方へと歩き始めた。咲也とシトロンも慌ててそれを追う。

「まだ起きてますかね？」

「真澄は起きてた。至さんもどうせ、ゲームだろ」

そのやり取りから二十分後、ＭＡＮＫＡＩ劇場の暗い舞台の上に五人の姿があった。

「なんで俺まで」

敷き詰められた布団の上に、しっかり一人分のスペースを確保しながら、真澄がため息をつく。

「ここまで来て文句言うな」

綴はそう言いながら、自分の寝るスペースがないと言わんばかりに真澄を押《お》しのける。

「至さんも付き合わせちゃって、すみません」

「俺はゲームがあれば、別にどこでも寝られるから」

至は仰向《あおむ》けでスマホを眺《なが》めながら、咲也にそう答えた。

「合宿みたいで楽しいヨ」

「シトロンさんの国にも合宿なんてあったんですか？」

シトロンの言葉に咲也が首をかしげる。

「モチロンダヨ。キャンプ張って、敵に見つからないように寝《ね》ずの番《ばん》ネ」

「敵？」

「銃弾《じゅうだん》の音聞きながら寝るヨ」

「それ、なんか違う！」

すかさず綴が突っ込むと、すでに目を閉じていた真澄が眉をひそめる。

「うるさい」

「オーソーリー。おやすみダヨ」

「おやすみ」

シトロンと綴がそう告げると、舞台の上には静寂《せいじゃく》が訪れた。

耳が痛くなるような静けさの中、ややあって咲也が口を開く。

「……あの、みんな、起きてます？」

「……起きてる」

すぐに綴が答えた。寝息が聞こえてこないことからも、他のメンバーも起きていることがわかる。

「今日の雄三さんの言葉聞いて、どう思いました？」

「むかついた。知ったようなこと偉《えら》そうに言いやがって、と思った」

「うざい」

「正直厳しいと思った」

綴が忌々しげに告げると、真澄と至がそれに続く。

「ムチ打ち快感思ッタネー」

「変態か！」

シトロンの気の抜けたセリフに綴が突っ込んだが、咲也は同意するようにうなずいた。

「うん、オレも最初はひどいと思ったんですけど、雄三さんの言うことはもっともだし、愛のムチなのかなと思うようになりました。カントクも最近、オレたちの稽古見て悩《なや》んでるみたいでしたし」

「立ち稽古始まった辺りから」

「真澄くんも気づいてたんだ」

「アイツのことは俺が一番わかってる」

咲也は真澄の憮然とした表情を見て微笑んだ。

「カントクのこと、一番よく見てるもんね！」

「監督も、俺たちの芝居に満足してなかったってことか」

咲也と真澄のやり取りを聞いていた綴が、考え込むようにつぶやく。

「多分。それで、目を覚まさせようとしてくれたんじゃないかと思うんです」

「まさに愛のムチ打ちダヨー。気持ちいいネー」

「その言い方は変態っぽいから！」

綴はシトロンに突っ込みながらも、気持ちを切り替《き》《か》えるように小さく息をついた。

「でも、そうだな。客の言葉にいちいち反発してってもしょうがねえんだよな。あれを糧《かて》にしねえと」

「そうですよ。オレ、舞台のこともっと知りたいです。もっともっと芝居がうまくなりたい」

咲也の言葉に、綴が深くうなずく。

「俺も。あの雄三さんを見返してえ」

「その意気ダヨ！　ワタシもがんばるネ」

「頑張りましょう！」

意気込《いきご》む三人の様子を至がじっと見つめていた。珍しく、スマホはスリープ状態で、画面が真っ暗になっている。

「至さん？　どうかしたんですか？」

咲也が問いかけると、至はごまかすようにふいと視線をそらす。

「いや――そろそろ寝ないと、明日遅刻《ちこく》するなと思って」

「あ、そうですね。すみません。それじゃあ、おやすみなさい！」

「おやすみ」

「おやすみダヨ」

気持ちを切り替えることができたのか、三人の声はさっきよりも明るく、真澄に至って

はすでに寝息を立て始めていた。

そんな中、至は一人真っ暗なスマホの画面をじっと見つめていた。


その夜、いづみは自室にこもって稽古メニュー作りに勤《いそ》しんでいた。

雄三から出された課題を克服《こくふく》するには、それぞれ専用のメニューを組まなければならない。団員たち一人一人の得手《えて》不得手を考慮《こうりょ》した上で、慎重《しんちょう》にメニューを組んでいく。

幸い、劇団員時代に手あたり次第取り組んだ稽古の経験が役に立った。結局身にならなかった苦い思い出を掘《ほ》り返《かえ》しながら、いづみは団員たちの稽古メニューを決めていく。

ようやく作業が一段落して、いづみが風呂《ふろ》に入れたのはいつもよりもずっと遅い時間だった。

やや冷めてしまった湯にカラスの行水で浸《つ》かって、二階の自室に戻ろうとしたいづみは、ふと階段横の部屋に目を留めた。

（あれ？　咲也くんたちの部屋のドアが開いてる……）

部屋の明かりは消されているらしく、中は真っ暗だ。

「二人とも、もう寝てるの？　ドア閉めるよ？」

いづみはそう小さく声をかけながら、そっと中の様子をうかがった。暗がりの中、空《から》っぽのベッドが目に入る。

「……え!?　布団がない!?」

一瞬にして、支配人の言葉が脳裏《のうり》によみがえってくる。

（ま、まさか、雄三さんの言葉がショックで本当に出ていっちゃったわけじゃないよね……）

そんなはずはない、と即座《そくざ》に心の中で否定しつつも、咲也とシトロンの布団がないのは紛《まぎ》れもない事実だ。

（とりあえず、この辺りを探してみよう）

いづみはそう決めると、談話室やレッスン室を確認《かくにん》しに向かった。

結局あちこち探したものの、寮内のどこにも咲也たちの姿はなかった。残すはＭＡＮＫＡＩ劇場のみ。

いづみは募《つの》る不安を抑え込みながら、静まり返っている劇場に入り、客席側の扉《とびら》を開けた。

「咲也くん、シトロンくん、どこにいるの？」

がらんとした劇場内に、いづみの小さな声が響く。

と、間もなく微《かす》かな寝息が聞こえてきた。それも一つではない。大小さまざまな寝息が舞台の方から聞こえてくる。

不審《ふしん》に思いながら、舞台の方へと近づいていくと、不自然に盛り上がった布団の海が見えてきた。

やがて、暗がりの中でも咲也やシトロンたち劇団員の頭が布団から出ているのがわかる。しかも、揃いも揃って口を軽く開けて、寝息を立てていた。

「み、みんな寝てる……？　でも、なんでこんなところで……？」

「……むにゃむにゃ、カントク、頑張りますから……」

咲也の寝言《ねごと》が耳に届いて、一気にいづみの肩から力が抜ける。

「よくわからないけど、板の上で何か考えたかったのかな。舞台から逃《に》げないで、向き合おうとしたんだね」

いづみの顔が自然とほころぶ。

「おやすみ、みんな。また明日から頑張ろうね」

小さくそう告げると、いづみは咲也たちを起こさないようにそっとその場を離《はな》れた。

翌日以降の稽古の雰囲気はそれまでとは一変していた。

「ロミオ、セリフ一つ抜かした」

「ごめん！」

「俺のセリフの後だよな。もっとロミオに投げかけるようにして言ってみる」

「あ、それだとすごく言いやすいです！」

真澄の指摘に対して、咲也や綴を中心に他のメンバーがどう改善すべきか案を出す、そんな形が徐々《じょじょ》にできあがっていった。

ミスに対してなあなあで許し合っていた今までとは大きな違いだ。

（みんなの雰囲気が変わったな。ただミスを許し合うんじゃなくて、解決に導こうとするようになった。心配してたけど、私が思ってるよりも、みんなしっかりしてる）

雄三の指導の効果と、団員たちの気の持ちようの変化にいづみは舌を巻いた。

「みんな、集まって」

いづみは切りのいいところでそう声をかけると、団員たちを集めた。

「雄三さんのアドバイスを受けて、それぞれ弱点を克服できるように専用メニューを組んだから、明日の朝練から実践《じっせん》してほしいの」

「専用メニュー、ですか？」

首をかしげる咲也に、一枚の紙を手渡《てわた》す。

「はい、これ。詳《くわ》しくはその紙を読んでね」

「オレは、ストリートＡＣＴ……」

「本当ならたくさん舞台に立つのが一番の勉強になるんだけど、この劇団ではそれも無理だしね」

本来であれば、新人は脇役《わきやく》を何度も経験して舞台の経験を積む。しかし、今のMANKAIカンパニーにはその時間も、それだけの公演をこなす力もない。

「ビロードウェイを舞台に見立てて、なるべく回数をこなしてみて。慣れれば、もっと落ち着いて舞台に立てるようになるし、観客や共演者の動き、色んなものが見えてくると思う」

「わかりました。頑張ります！」

「ワタシも付き合うヨ」

「俺も。勉強になるしな」

「ありがとうございます！」

シトロンと綴の声かけに、咲也が満面の笑みを浮かべる。

「俺は芝居を観《み》ること？」

真澄が手渡された紙にざっと目を通して、たずねた。

「真澄くんは一つでもいいから、何か好きな舞台を見つけてほしいの。きっと芝居に興味を持つことができれば、もっと魅力的《みりょくてき》な演技ができるようになる」

ただ器用なだけでなく、個性や味が出るようになれば、真澄の演技の魅力はもっと増すはずだと、いづみは考えていた。

「アンタ以外興味ない」

「同じくらい興味を持てるものを見つけて」

相変わらずな様子の真澄に少しあきれながらも、いづみがそう言い募ると、真澄は少し考え込むように視線を落とした。

「だったら、一つだけ……」

「何？」

「なんでもない」

真澄はそう言ったきり、黙り込んでしまった。

「この間、舞台の無料券もらったから、行くか？」

「無料で観られる舞台もあるみたいだよ。今度一緒に行こう」

「一人で行く」

綴と咲也の親切な言葉に対しても、取り付く島もない。

「ほんとかわいくねえな！」

「券はもらう」

「そこはもらうのかよ！」

綴の突っ込みに、真澄は小さく鼻を鳴らした。

「ったく。で、俺は他の脚本を読むことっすか」

綴がもらった紙をひらひらと振って見せる。

「綴くんは自分の脚本を自分で演じてるから、視野が狭《せま》くなってる部分があると思う。もっと色んな時代、色んな脚本家の脚本を読んで、演じてみて。きっとセリフは言いにくいし、やりづらいと思うけど、冷静に脚本を見る癖《くせ》ができると思う」

「色んな脚本家か……膨大《ぼうだい》っすね」

そう言いながらも、綴の表情はどこか楽しげだ。脚本に関することであれば、苦でもないのだろう。

「オレ、よく図書館で脚本を借りてきて演じてたんです！　良かったら、おすすめ教えますよ！」

「あ、それ助かる。頼むわ」

綴は咲也に微笑んだ。

「俺は基礎練？」

至の問いに、いづみがうなずいた。

「至さんは決して素質がないわけじゃないのに、基礎の部分で他のみんなより遅《おく》れが出てきてるような気がします」

最初は才能や器用さのわずかな差だった部分が、今は少しずつ広がってしまっている。

「ゲームしてるから」

「……あー」

真澄の指摘に、至が納得したような声を漏らす。

「少しの間稽古を抜けてるだけですけど、積み重なると目立ってくると思います」

いづみの言葉に、至は視線を落として沈黙した。

「至さん？」

「いや、わかった。もうちょっと色々考えるよ」

その表情はいつも通りだったものの、いづみはなんとなくひっかかりを感じた。

（ゲームに費《つい》やす時間を考えなおしてくれるってことかな？）

そう結論付けて、小さく頭を下げる。

「よろしくお願いします」

「手伝えることがあったら、なんでも言ってくださいね！」

「……ああ、うん」

咲也の申し出にも、至はどこか心ここにあらずといった様子だった。

（なんだか、上《うわ》の空《そら》っていう感じだな。まさか、またゲームのこと考えてるんじゃないよね……）

思わずそんな疑念が湧き上がってくる。

「ワタシは滑舌《かつぜつ》とイントネーションネ」

シトロンは紙の内容を読み込んで、そう確認する。

「今回のセリフに出てくる部分だけを抜き出してあるので、それだけ完璧《かんぺき》に言えるようになってください」

「オッケーダヨ」

シトロンが軽い調子でうなずいた。

「言いづらいとこあったら、セリフ変えるんで言ってください」

「オーツヅル優しいネ。でも、心配無料ヨ」

「心配無用っす」

普段の言い間違えの数を考えるに前途多難《ぜんとたなん》と言えるが、前向きなシトロンならきっと本番までに間に合うだろうといづみは考えていた。

「それじゃあ、みんな、明日からあらためて頑張ろう！」

いづみが明るくそう声をかけると、咲也たちは気合いを入れるように返事をした。

第5章 本音

週末の稽古《けいこ》は朝から調子が良かった。団員たちの演技を眺《なが》めながら、いづみは手ごたえを感じていた。

（雄三《ゆうぞう》さんの一件のおかげで、みんなの気持ちも変わってきた。この調子でいけばきっと大丈夫《だいじょうぶ》……）

「はい、それじゃあ、一時間休憩《きゅうけい》――」

そう声をかけた時、稽古場のドアが開いた。

「監督《かんとく》、見つかりましたよ！」

入ってくるなり、支配人がそう叫《さけ》ぶ。

なんのことかと思っていると、支配人の後ろからひょっこりとショートカットの小柄《こがら》な少女が顔を覗《のぞ》かせた。

「失礼しまーす」

続いて、日に焼けた肌《はだ》のがっちりとした男が入ってくる。

「ご紹介します！　新しく衣装係《いしょうがかり》として応募《おうぼ》してきてくれた瑠璃川幸《るりかわゆき》くんです！」

「どーもー」

紹介された少女が抑揚《よくよう》のない調子で淡々《たんたん》と挨拶《あいさつ》をする。

「女の子?」

衣装係というにはあまりに幼いため、思わずいづみがそう声を漏《も》らすと、幸が露骨《ろこつ》に顔をしかめた。

「は?」

「あ、ご、ごめん。違《ちが》うんだ?」

年齢《ねんれい》というよりも、女の子というところに反発していることに気づいて、慌《あわ》てて自分の勘違《かんちが》いを謝罪する。

「オー、これがジャパニーズ男の娘《おとこのこ》ネ!」

「本当、余計なことばっかり知ってんすね。シトロンさん」

綴《つづる》があきれたようにシトロンを見つめる。

「学生さん?」

改めて、いづみがそうたずねると、幸はあっさりとうなずいた。

「今、中学三年。ネットで販売《はんばい》したりしてる経験はあるから、問題はないと思うけど?」

「中学三年じゃ、受験勉強しないといけないいんじゃね」

綴がそう首をかしげる。

「うち、エスカレーター式だから余計なお世話」

「あっそ。口悪いな……真澄《ますみ》2号か」

切り捨てるような言い方に、綴が肩《かた》をすくめる。

幸はそんな綴の言葉も気にした様子はなく、辺りを見回した。

「公演まで時間がないって聞いたから、ざっと役者を確認《かくにん》しときたくて。主役は誰《だれ》？」

「あ、オレ、ロミオ役の佐久間咲也《さくまさくや》！　よろしくね！」

ぴんと手をあげた咲也を幸がじっと見つめる。

「……元気１００％、濃縮還元《のうしゅくかんげん》って感じ。１対４くらいで薄《うす》めよ」

「え!?」

幸は手に持ったメモ用紙に何やら書きつけると、目を丸くしている咲也から視線をそらす。

「はい、次は」

一向《いっこう》に名乗りあげない真澄に代わり、いづみが真澄を紹介する。

「ジュリアス役、碓氷《うすい》真澄くん。ほら、挨拶して」

「アンタ以外の女に興味ない」

「今までの会話、全部スルーしてたね!?」

まったく話を聞いていない真澄に、思わずいづみが突っ込む。

「サイコストーカー……と」

幸は小さくつぶやきながら、またメモ用紙に何か書きつけた。

(あのメモ、色々すごいことが書かれてそうだな)

そう思っていると、幸が綴の方に目を留《と》める。

「そこの村人Cは?」

「って俺かよ⁉」

「そう。村人C役?」

「違う! マキューシオ役、皆木《みなぎ》綴」

「マキューシオ? ふーん、村人Cがマキューシオ、ね」

「わかりにくいあだ名つけんな!」

綴の主張もむなしく、メモ帳にはしっかりと村人Cと書かれていたのが、いづみのところからもちらりと見えた。

「俺はティボルト役、茅ヶ崎至《ちがさきいたる》。よろしく」

至がにっこりと笑って自己紹介すると、幸は表情も変えずにじっと見つめた。

「インチキエリートって感じ……」

「ある意味見抜《みぬ》いてるな……」

「ひどいな」

幸のつぶやきを認める綴に、至が苦笑いを浮かべる。

「ワタシはロレンス神父役のシトロンダヨ」

「インチキ外国人、と」

シトロンに関しては一瞥《いちべつ》しただけで、そうメモ帳に書きつけていた。

(けちょんけちょん……)

幸の勢いに気圧《けお》されながらも、いづみも自己紹介をする。

「最後に私が監督兼主催《けんしゆさい》の立花《たちばな》です」

「ふーん。なるほどね」

幸はいづみの顔もじっと見つめた後、納得《なつとく》したようにうなずき、メモ帳を仕舞《しま》った。

「じゃあ、ざっとデザイン画のラフ書いてくるから、また打ち合わせってことで」

「う、うん。よろしく」

幸は言うなり、さっさと稽古場を出ていった。

「なんだか、すごい濃《こ》いキャラだったね」

「そうですね」

圧倒《あっとう》されてしまいながら、いづみと咲也がうなずき合う。

「それで、さっきからずっと黙《だま》ってるこの人は？」

綴が、いつからそうしていたのか、じっと直立不動で押し黙ったままのがっしりとした男を指す。

すっかりその存在を忘れていたいづみは、思わずびくりと肩を震《ふる》わせた。

「全然気づかなかった」

真澄も驚《おどろ》いたようにわずかに眉《まゆ》を上げる。

「大道具をお願いする大工の鉄郎《てつろう》くんです！　先代の頃《ころ》からたまに手伝ってもらってたので、大工の腕《うで》はお墨付《すみつ》きです！」

支配人がそう紹介すると、鉄郎は小さく頭を下げた。

「監督兼主催の立花です。よろしくお願いしますね」

「……」

挨拶をするいづみに対して、鉄郎が何事かつぶやく。しかし、その声はあまりに微《かす》かすぎて聞こえなかった。

「『よろしくお願いします』だそうです」

「聞こえるんですか⁉」

支配人の解説に、いづみが驚きの声をあげる。

「っていうか何か言ってたんだ」

綴が感心するのも無理はなかった。口をわずかに動かしているのが見えなければ、何か言っているとはとても思えないほどの音量だ。

「……」

「『頑張ります』だそうです」

「なんでわかるんすか」

「昔からの付き合いなんで、なんとなくですかねー」

綴の心底といった様子の問いに、支配人が軽い調子で答える。

「……」

「はは、そうですよね」

支配人は鉄郎に向かって相槌《あいづち》を打ちながら笑いかけた。

「会話してる……！」

いづみは思わず衝撃《しょうげき》を受けながらも、気を取り直すように咳払《せきばら》いした。

「そ、それじゃあ、鉄郎さんとの打ち合わせは支配人に任せます」

「お任せください！」

「衣装に大道具って、なんだか色々進んできた感じがしてワクワクしますね！」

「そうだなー」

咲也の言葉に綴が同意する。たしかに、自前の制服に、段ボールの大道具だった時と比べると雲泥《うんでい》の差《さ》だ。

（衣装と大道具についてはもう心配いらないし、あとは芝居《しばい》の完成度をあげるだけだ！）

いづみは拳《こぶし》を握《にぎ》り締《し》めると、改めて気合いを入れ直した。


翌日の昼過ぎ、いづみは倉庫の中を覗き込んでいた。

平日は学生組も会社員の至も外に出ていて、寮内《りょうない》は静かだ。いづみはその時間に細々《こまごま》とした雑用や掃除《そうじ》を済ませている。

当番のトイレ掃除をして、トイレットペーパーの補充《ほじゅう》をしようとしたところだった。

「あれ？　トイレットペーパーの予備がもうない」

いつもの棚《たな》の上を確認して、一人つぶやく。先週まではまだいくつかあったはずのトイレットペーパーは、一つ残らずなくなっていた。

どこかに移動したのかときょろきょろしていると、廊下《ろうか》から近づいてくる足音が聞こえた。

「よいしょ、よいしょ……」

支配人が古ぼけた段ボール箱を抱《かか》えて、倉庫へと歩いてくる。

「支配人、トイレットペーパーの予備ってどこかにありますか？」

「あ！　すみません、買わないといけないの忘れてました！」

急いで行かないと、とつぶやく支配人の両手は段ボールでふさがっている。

「また衣装と大道具の整理中ですか？」

「今度は映像資料の整理をしてまして……」

「じゃあ、私が買ってきますよ。他に何か必要なものはありますか？」

「それじゃあ、ティッシュペーパーとガムテープとマジックとファイルとノートとカーテンとほうきと、それから――」

「そんなにあるんですか⁉」

スマホにメモをしながら、果てしなく増えていくリストに思わず声をあげる。寮の備品はそれぞれ数が必要でかさばることもあり、一人では到底《とうてい》運べない量だ。

「なかなか時間が取れなくて……」

支配人がそう言って眉を下げた時、ちょうどシトロンが廊下を通りかかった。

「カントク、どうかしたネ？　パトカーが鉄砲《てっぽう》くらった顔してるヨ」

「ハトが豆鉄砲《まめでっぽう》！　一気に殺伐《さつばつ》としてるから！」

そう突っ込んだ直後、ひらめいたようにいづみは手を打った。

「そうだ！　シトロンくん、暇《ひま》なら私の買い出しを手伝ってもらえない？」

「オー、オフコース！　カントクとショッピングデート、イイネ！」

快くうなずくシトロンに、いづみが微笑《ほほえ》む。

「良かった。それじゃあ、支配人、行ってきますね」

「よろしくお願いしま〜す〜」

段ボール越《ご》しに支配人から見送られて、いづみはシトロンと共に買い物に向かった。

外の陽気はすっかり春めいて、日中の日差しの下ではやや汗《あせ》ばむほどの気温の高さだった。散歩するには丁度いい。

あちこちのお店をはしごするうちに、あっという間に二人の両手は埋《う》まっていった。

「文房具《ぶんぼうぐ》はこれくらいかな」

いづみが片手に買い物袋《ぶくろ》をぶら下げたまま、メモを確認する。

「ワタシ、荷物もつヨ」

シトロンがいづみの右手の荷物を受け取る。

「ありがとう」

「カントクはこっち歩くネ」

そう言って、さりげなく歩道側へといづみを導いた。

(シトロンくんって紳士《しんし》なんだな)

一連の動作はごく自然で、手慣れている。歩く姿や所作《しょさ》も優雅《ゆうが》で、気品が感じられた。シトロンが人目を引くのはその独特の装束《しょうぞく》や背の高さのせいだけではないのだろう。動きが上品でどことなく普通《ふつう》とは違っている。

そんなことを考えていると、不意にシトロンが足を止めた。

「――」

道路の向こう側をじっと見つめている。その表情は、今まで見たことがないくらい険《けわ》しいものだった。

「シトロンくん？　どうかした？」

「しっ」

いづみの問いかけに対して、短く答えて口元に人差し指をあてる。その視線は、さっきからずっと一点に固定されたままだ。

不思議に思っていづみもシトロンの視線の先を追うものの、変わったものは見つけられなかった。

それでも大人しく黙ったまましばらく待っていると、やがてシトロンの肩から力が抜《ぬ》けた。

「……シトロンくん？」

「なんでもないヨ。次はドラッグストアネ」

「う、うん」

何事もなかったかのように微笑んで歩きだすシトロンは、いつも通りの様子に戻《もど》っている。

（どうしたんだろう？）

いづみは内心首をかしげながらも、シトロンの後を追った。

ドラッグストアでの買い物を終えて、いづみが出口に向かうと、さっとシトロンが前に出てドアを押し開けた。

ドアを押さえたまま、道を開ける。

「さ、カントクお先にどうぞダヨ」

「ありがとう」

いづみは少しまごつきながらも、礼を言ってシトロンの前をすり抜《ぬ》けた。

（レディファーストなんて、あんまり慣れてないからちょっとドキドキするな）

シトロンのように振《ふ》る舞《ま》う男性はそう多くない。いづみ自身、誰かと一緒《いっしょ》にいても、自分でドアを開けるのが当たり前になっている。

「シトロンくんはエスコートがうまいね」

「オー、カントクのような、すてきなレディと歩いてると、自然となるだけダヨ」

自然と口から漏れたほめ言葉に対して、シトロンはにっこり笑ってそう答えた。

（お世辞もスマートだ……シトロンくんの新たな特技を見つけてしまった気がする）

いづみがわずかに頬《ほお》を染めていると、シトロンが再び足を止めた。

「――」

シトロンの表情に緊張《きんちょう》が走る。

「シトロンくん？」

「こっちへ――！」

シトロンはいづみの手を引くと、そのまま近くの路地裏へと駆《か》け込んだ。

薄暗《うすぐら》い路地裏に入ると、シトロンが壁《かべ》に貼《は》りつくようにして大通りの様子をうかがう。

「ど、どうしたの、突然《とつぜん》？」

「黙って」

あまりに真剣《しんけん》な口調に、いづみも慌てて口をつぐむ。

（通りの方を気にしてる……？）

シトロンはじっと大通りを見つめたまま、眉をひそめた。

「もう追手《おって》がここまで……」

「え？」

小さく聞こえてきた言葉が理解できず、いづみが聞き返す。

「……ワタシ、劇団に迷惑《めいわく》かけるかもダヨ」

シトロンは少し考え込んだ後、ぽつりとつぶやいた。

「どういう意味？」

「実は、ワタシ、留学しに来たわけじゃないヨ。国から逃《に》げて来たネ」

「え⁉」

「追手に見つかると、連れ戻されるヨ」

そう言って、弱々しく微笑む。途方《とほう》に暮れた迷子のような、それでいてどこか達観《たつかん》したような、今まで見せたことのないような表情だった。

「……それ、冗談《じょうだん》じゃないんだよね？」

いつも冗談のようなことばかり言っているだけに、いづみは思わずそうたずねてしまう。

しかし、いづみ自身、シトロンの表情からウソではないことをなんとなく理解していた。

「ワタシ、冗談言わないヨ。劇団には、いない方がいいかもしれないネ」

寂《さび》しげに視線を落とすシトロンに、いづみは勢いよく首を横に振《ふ》った。

「そんなことない。シトロンくんはこの劇団の一員なんだから、いなくなったら、みんな困るよ」

そこまで一息に伝えてから、いづみは確認するようにたずねる。

「悪いことして、追われてるわけじゃないんだよね？」

「違うヨ。ただ、奴《やつ》らにとって、ワタシが目ざわりなだけダヨ」

「だったら、何も問題なんてないよ。シトロンくんが見つからないように、私も協力する」

そう言い切ったいづみに、シトロンが不思議そうな表情を浮かべた。

「……どうして、そこまで言ってくれるネ？」

「だって、公演には絶対にみんな揃《そろ》って出てもらわなきゃ。シトロンくんが滑舌《かつぜつ》やイントネーションのことですごく努力してるの、知ってるよ。お芝居《しばい》もどんどん良くなってる。何より、すごく楽しそうに稽古してくれてるのがうれしい」

シトロンはいづみに出された課題を着実にこなして、朝練も真面目に出ている。いづみが思っていた通り、確実に本番まで間に合う仕上がりになってきている。

いづみのシトロンに対する信頼《しんらい》は、そういった積み重ねによるものだ。シトロンが何も悪いことはしていないと言うなら、それを信じる。それだけだった。

「それに、シトロンくんのおかげで空気がなごむし、みんなにもいい影響《えいきょう》を与えてくれてるでしょ。私だけじゃなくみんな、シトロンくんとこれからもずっと一緒にやっていきたいと思ってるはずだよ」

意図しているか否《いな》かは別として、シトロンの言い間違《まちが》えや言動は、その場の空気を一変させてくれる。春組のコミュニケーションを円滑《えんかつ》にするための大事な要素だ。

シトロンはわずかに驚いた表情を浮かべた後、心底うれしそうな柔《やわ》らかな笑《え》みを漏らした。そして小さく何かつぶやく。

早すぎる上、聞き慣れないイントネーションで、いづみには理解できない。ただ、異国の言葉のように聞こえた。

「え？　なんて言ったの？」

「ありがとう、言ったヨ」

「シトロンくんは大事な団員なんだから、当然だよ」

「ワタシ、カントク信じてついていくネ――」

シトロンはそう告げると、静かにいづみの右手をとった。そのまま口元に近づけて、軽く口づける。

まるで映画のワンシーンのようだった。いづみは驚きのあまり、体が固まってしまう。

「シトロンくん、何!?」

「手《て》の甲《こう》にする、忠誠のキスダヨ。ワタシの国では、普通のことネ」

顔を真っ赤にして声をあげるいづみに、シトロンはこともなげに答える。どこかきょとんとした表情で、どうしてそんなことを聞くのかわからないといった様子だった。

そんな顔をされてしまうと、いづみもそれ以上取り乱すのがおかしいような気になってくる。

「そ、そうなんだ」

(この国では普通じゃないんだけどな……)

内心そう思いながら、速まる鼓動《こどう》を落ち着かせようと深呼吸する。

(でも、本物の王子さまみたいでちょっとドキドキしちゃった。シトロンくんってどことなく気品もあるし、一体何者なんだろう)

シトロンの告白を思い返しながら、いづみはそんなことを考えていた。

団員たちの連絡用に使用しているＳＮＳ、ＬＩＭＥに至からメッセージが届いたのは、その夜のことだった。

（『話があるから、後でバルコニーに来て』か……至さん、こんなメッセージ送ってくるなんて、どうしたんだろう。何か相談でもあるのかな）

あれこれ考えながら、先にバルコニーに着いたいづみが手すりに手を置く。

ひんやりとした夜風が吹き抜《ふぬ》けた。昼間は暖かくても、夜はまだ少し冷える。

薄い上着でも着てくるべきだったかと思っていると、バルコニーの扉《とびら》が開く微かな音がした。

「あ、もう来てたんだ」

至がそう言いながら、いづみの方へ足早に近づいてくる。

「はい。話って何ですか？」

「監督さんには最初に話した方がいいと思ってさ」

至はそう言いながらいづみの隣《となり》に立つと、バルコニーの手すりに腕を置き、もたれた。

その柔らかそうな前髪《まえがみ》が風に揺《ゆ》れる。

「色々考えてみたんだけど、俺、劇団やめるね」

「え⁉」

至はぽつりぽつりと明かりの灯《とも》る街並みを眺《なが》めながら、なんでもないことのように告げた。

「もともと、俺、浮いた家賃と食費をネトゲにつぎ込もうと思って、この劇団に入ったんだ。演劇にも興味ないけど、稽古に出て、脇役《わきやく》でもやるくらいならなんとかなるかと思ってさ」

「そんな理由だったんですか……」

興味がないことは薄々《うすうす》わかっていたものの、そこまでやる気がないとは知らず、思わずあきれたような声が漏れてしまう。

至は悪びれもせずうなずいた。

「それなのに、結構セリフは多いし、みんな一生懸命《いっしょうけんめい》やってて俺だけ場違いな気がしたんだよね。今のうちにやめた方が、他の人探す時間もあるからいいと思う」

至はそこまで言うと、一呼吸置いた。

これまで、一切《いっさい》いづみの方を見ることはなかった。まるで、いづみの表情を見るのを怖《こわ》がっているような、いづみと正面から向き合うのを恐《おそ》れているような様子だった。

「そういうわけだから、みんなには明日話そうかと――」

「――待ってください!!」

いづみの返事も待たずに至がそう言いかけたところで、いづみが慌てて言葉をさえぎる。

「演劇には今でも全然興味ないいんですか？　みんなと舞台《ぶたい》に立つことなんて、どうでもいいんですか？」

いづみの質問に対して、至が黙《だま》り込む。その目は相変わらずどこを見るでもなく、ぼんやりと街並みに向いていた。

(至さん、目をそらしてる。きっと、やる気がないわけじゃないはず)

根拠《こんきょ》はないが、いづみはそう感じた。至の言葉にも、動作にも、どこか迷いが感じられる。

「朝練に出たりしてくれたじゃないですか」

「それはゲームのためで……」

「ゲームやるだけなら、朝練に出なくてもできます。私が作った特別メニューの基礎練《きそれん》もやってくれてましたよね」

雄三の指摘《してき》を受けてから、咲也や綴たちほどではないにしろ、至の稽古への向き合い方は確実に変わっていた。ずっと見ていたからこそ、いづみにもそれはわかった。

至は言いあぐねるようにしばらく沈黙《ちんもく》した後、口を開いた。

「本当は、俺もちょっとみんなに当てられて、その気になりかけてた。このまま公演までゲーム時間減らして頑張るのもいいかなと思ってさ」

そこでようやく、至がいづみの方を向く。どこかバツが悪そうな表情だった。

「だったら――！」

「でも、ダメだと思う」

食い下がろうとするいづみから視線をそらして、至がまた暗がりの方へと顔を向ける。

「なんでですか⁉」

「俺は咲也や綴みたいに、みんなと打ち解けて一緒に頑張っていくことなんてできない。人と深くかかわることが苦手なんだ。共同生活だって、あんまり好きじゃない。だから、咲也たちみたいに全身全霊《ぜんしんぜんれい》で舞台に打ち込むことなんて、きっと無理だ」

夜の闇《やみ》を映した至の瞳《ひとみ》はどこまでも暗く、沈《しず》んで見えた。口調は淡々としているのに、悲しみや諦《あきら》めがにじみ出ている。

「それが、本当の理由ですか？」

「このまま続けてみて、やっぱりダメだったら、みんなにも迷惑がかかるだろう？」

「じゃあ、みんなや公演のことがどうでもいいわけじゃないんですね」

あくまでも後のことを気遣《きづか》う至の気持ちが、いづみの心に希望を灯す。

「そりゃあね。短い期間だけど一緒にやってきたわけだし」

至はいづみの気持ちがわかったのか、少し照《て》れ臭《くさ》そうにそう付け加えた。

「だったら、もう少し待ってみてください」

「それでダメだったら？」

「そのとき、考えましょう」

行き当たりばったりとも言えるような物言いに、至がわずかに苦笑いする。

「後々困ることになると思うけど」

「私が責任を持ってなんとかします」

そう言い切るいづみには、確信があった。

（今まで演劇に関わってきて、やめていく人もたくさん見た。でも、至さんはその人たちとは違う。まだ迷ってる。きっと、続けたいっていう気持ちが残ってるはずだ）

至の中には演劇に対する気持ちも、他の春組のメンバーたちに対する気持ちも残っている。それに蓋《ふた》をするために、都合のいい言い訳を探しているだけのように見えた。

演劇に限らず、チームで何かに打ち込んでいれば、周りとの温度差を感じることは少なくない。それが原因で不満や摩擦《まさつ》が生まれることも当然ある。

しかし、そもそも情熱の差を比べること自体が間違っているといづみは考えていた。それぞれが同じ方向を向いているのなら、そのベクトルの大きさに違いがあっても問題はないはずだ。

それに、至の中にはみんなとの違いに対する迷いだけではない、何かがあるような気がした。理由はわからないが、みんなを受け入れながらも、素直《すなお》に飛び込んでいけないためらいを感じる。だったら、それを吹っ切らせてやればいい。

「……わかったよ。じゃあ、保留にする」

いづみの気持ちが動かないとわかったのか、至が諦めたようにうなずく。

「みんなにも、この話をしてもいいですか？」

「ああ。もともと話すつもりだったしね」

いづみは至に了承《りょうしょう》をとると、すぐにみんなを稽古場に集めた。

「ええぇ!?」

「オー、バッドニュースネ」

「まじっすか……」

「ふーん」

至の話を伝えると、真澄を除いて全員が驚きの声をあげた。

「やめるって、本気なんですか!?」

「一応保留ってことにはなってるけど」

一番ショックを受けている様子の咲也が、泣きそうな表情で至に詰《つ》め寄《よ》る。

「ティボルトは至さんの当て書きで書いたんすよ？」

「それは、ごめん」

わずかに責めるような口調の綴に対しては、軽く肩をすくめた。

「至も悩《なや》んだネ。気持ちわかるヨ」

「……やめたければやめれば」

「おい、真澄！」

「真澄くん、至さんがやめてもいいの⁉」

淡々と告げる真澄に対して、綴と咲也が非難の声をあげる。

「やる気がないならやめればいい。あのおっさんも言ってた」

「雄三さんか……」

二人の声も意に介《かい》さない様子で真澄が続けると、苦々しげに綴がつぶやく。

「そうそう。潮時だと思う。もし、やめても、みんなのことは応援《おうえん》してるからさ」

至は軽い調子で真澄に同意した。その表情は口調のわりに明るくはない。

「まだやめるって決まったわけじゃないですよね⁉」

「まあ、そうだけど」

すがるような咲也に、至は少し困ったような表情を浮かべる。

「ゲームよりも、舞台の方が面白《おもしろ》いってわかったら、本気になってくれるんすか？」

「わからない。ゲームよりも面白いものなんてなかったし」

綴の問いかけに、至が考え込むように視線を落とす。

「たしかにゲームは最高のエンターテインメントネ」

「舞台だってそうです！」

「……だから、こういう咲也との温度差もあるからさ」

力説する咲也を見て、至はどこかまぶしそうな、それでいてバツが悪そうな顔をした。

咲也がはっとしたように、口をつぐむ。

「舞台にかける情熱は人それぞれです。比べてもしょうがありません。それよりも、至さんがみんなと舞台をやっていきたいかどうか、大事なのはそれだけです」

いづみがそう告げると、至は何も答えず黙り込んだ。

「どうですか？」

「……考えさせてくれ」

「はい。もう一度、ゆっくり考えてみてください」

いづみがうなずくと、至はゆっくりと地面に視線を落とした。


翌朝、至はいつもよりも少し早く支度《したく》を終えて、玄関《げんかん》に向かった。

「イタル、いってらっしゃい」

置き物のようにシューズボックスの上に鎮座《ちんざ》していた亀吉《かめきち》が至の肩に飛び移って、甲高《かんだか》い声をあげる。

「亀吉、俺の名前覚えたのか」

至が少し驚いた表情を浮かべる。

入団以来、咲也や綴がやっきになって自分の名前を覚えさせようとしていたが、効果のほどは芳《かんば》しくなかった。言い聞かせることすらしていなかった至に関しては、まず覚えることはないと思っていたのだろう。

「イタル、オタク。あんまりゲームするなヨ」

「うるさいな」

至が苦笑いを浮かべながら革靴《かわぐつ》を履《は》こうとすると、背後から足音が聞こえた。見れば、めずらしく慌てた様子の真澄が駆《か》け寄《よ》ってくる。

『待ってよ、お父さん！』

「……は？」

唐突《とうとつ》な真澄の言葉に、思わず間の抜けた声が漏れる。

『お母さんと離婚《りこん》するなんてウソだろ？』

「なんの真似《まね》だよ、真澄」

あきれたようにそう問いかけるが、真澄の表情はどこまでも真面目で、すがるような表情は真《しん》に迫《せま》っている。

その後ろから、綴と咲也が駆け寄ってきた。

『お母さん、泣いてたぜ？　親父《おやじ》だって、本当は信じてるんだろ？』

『待ってて。オレ、お母さんを呼んでくるから！』

「綴と咲也まで……」

『お母さん、お父さんが行っちゃうよ！　ほら、引き留めないと！』

咲也がそう背後に呼びかける。

「え、まさか監督さんが母親役……？」

『ぐすん、ぐすん……ワタシも、スロット回すネ。ケーバで三連単当てるヨ……』

「まさかのシトロンか……！」

目元をぬぐうシトロンの姿を認めて、一気に脱力《だつりょく》する。

『ほら、お母さん、何か言って！』

『考え直せよ、親父。親父の酒癖《さけぐせ》の悪いとこも、ギャンブル癖《ぐせ》も、みんなわかってるしさ』

「ひどいな、俺の設定」

咲也と綴のセリフに面白がるようにつぶやく。これ以上何を言っても無駄《むだ》だと悟《さと》ったのか、至は完全に見物の態勢に入っていた。

『お母さんも全部わかった上で、お父さんと結婚《けっこん》したんだよ!?』

「もしかして、ゲーム好きとかけた設定か……」

そう見当をつけると、この突然のストリートＡＣＴの趣旨《しゅし》が段々と見えてくる。

ギャンブル好きの父親が出ていこうとするのを引き留める家族。それはそのまま、劇団を去ろうとする至を置《お》き換《か》えたものなのだろう。

『お願いだから、出ていくなんて言わないでよ』

『親父、考え直せって』

『ぐすんぐすん……』

『オレ、これからもお父さんと一緒に暮らしたいよ！』

その出来栄《できば》えには個人差があるものの、涙《なみだ》交じりに泣きの演技を続ける四人を前に、至が片手で顔を覆《おお》う。やがて、その肩が小刻みに震え始める。

「……ぷっ、あははは！」

「至さん……？」

今まで見たことのないような全開の笑顔《えがお》で笑い転げる至を見て、咲也が芝居も忘れてぽかんと口を開ける。

「お前ら、バカすぎ」

「昨日の夜、みんなで考えたんです。どうしたら至さんを引き留められるか……」

咲也自身バカバカしいことをしている自覚があるのか、照れ臭そうにそう説明した。

「オレたちが演技で至さんを本気にさせてみせます。一緒にやりたいって思ってもらえるように。だから、一緒に舞台に立ってください。オレたちのこと、信じてください！　お願いします！」

咲也はそこまで一息に言うと、思い切り頭を下げた。緊張しているのか、握《にぎ》り締《し》めた拳《こぶし》が微かに震えている。

至はそれを見て、ふっと真剣な表情になった。

「咲也……すっかり座長っぽいな」

「え？」

「わかったよ。とりあえず、ロミジュリまではやってみる」

至が柔らかく微笑むと、咲也がぱっと表情を変える。

「本当ですか⁉」

「ああ」

「やったー！」

「良かった……」

飛び上がる咲也の横で、綴も心底ほっとしたように息をついた。その表情から、内心うまくいくか心配していたことがわかる。

「おひたし、おひたしネ」

「めでたし、な！」

「さっさとやるって言えばいい」

綴がシトロンに突っ込んでいると、真澄がさっきの演技とは打って変わって面倒《めんどう》くさそうにつぶやく。

「大人には色々あるんだよ」

至は意味ありげな笑みを真澄に返すと、視線を落として小さくつぶやいた。

「でもまあ、もう一度、誰かを信じてみてもいいのかもな……」

そのつぶやきは小さすぎて誰の耳にも届かなかったが、至の表情は少し吹っ切れたように満足げだった。

第6章 奪えない居場所

いづみは通し稽古《げいこ》の様子を眺《なが》めながら、自然と自分の口元に笑《え》みが浮かんでくるのがわかった。

（みんな、だいぶ自然に動けるようになったな。特別メニューも毎朝やってるみたいだし、雄三《ゆうぞう》さんに見てもらって良かった。読み合わせに時間をかけたこともよかったのかも）

そう思いながら、メンバーの一人に視線を留《と》める。

（特に、至《いたる》さん……）

『俺はお前のことが心配なんだよ、ジュリアス。乳兄弟《ちきょうだい》である俺が守ってやらなくちゃ』

肩《かた》の力が抜けたような演技は、以前よりも自然で無理がない。基礎練《きそれん》の効果も十分に表れていた。

（……うん、すごく良くなった。舞台《ぶたい》に対する意識が変わったのが出てる。他のみんなも、特別メニューの成果が出てきてる感じ）

そう思いながら、いづみは一人一人に視線を向ける。

『ロミオ……ロミオ＝モンタギューだって？　嘘《うそ》だろ。本当にお前がモンタギュー家のロミオなのか？』

『ロミオ、どうしてお前がロミオ＝モンタギューなんだ』

真澄《ますみ》の演技には、以前よりも感情が乗るようになった。ただ器用なだけではない秘めた情熱を感じられるようになった。

『家も名も捨ててくれ、ジュリアス。僕たちにはもっと大きな夢があるじゃないか！』

『だめだ。僕は家族を捨てられない』

ただ、といづみはわずかに表情を曇《くも》らせた。

（真澄くんも前に比べて芝居《しばい》に対する意識が変わったのか、良くなったんだけど……このセリフが気になるな）

軽く手を叩《たた》いて、芝居を中断させる。

「真澄くん、今のセリフ、もう一回いい？」

『だめだ。僕は家族を捨てられない』

「うーん……このセリフだけ、なんとなく薄《うす》っぺらい気がする」

他の部分が良くなって感情が見えるようになったからこそ、余計にそうでないのが目立ってしまう。

「実際に家族を思って言ってみたらどうかな？」

「……わからない」

いづみの提案に、真澄は少し考えた後そうつぶやいた。

(そういえば、真澄くんのご両親はずっと海外にいるんだっけ……家族を捨てるって言われても、ぴんとこないのかもしれないな)

どう説明するべきかとあれこれ考えていると、真澄はややすねたような表情をした。

「特別メニューはこなした」

「うん。その効果は出てると思うよ。好きな芝居ができたんだね」

「……うん」

いづみが微笑《ほほえ》むと、無表情ながらもわずかに照れたように小さくうなずく。

「じゃあ、今のセリフも、そのお芝居を思い出してやってみて。その役者ならどう演じるかって考えてみたらどうかな」

少し考え込むように一呼吸おいてから、真澄が口を開いた。

『だめだ。僕は家族を捨てられない』

「いいね！」

思わずいづみが手を叩く。さっきよりも感情がのって、葛藤《かっとう》や苦しげな胸の内が伝わってくる。

「本当？」

「うん！　さっきより抑揚《よくよう》がついてる」

「……良かった」

真澄はほっとしたように息をついた。

整った容姿の真澄は基本的に表情の変化が乏《とぼ》しい。けれど、親しくなって、その変化に気づくようになれば、驚《おどろ》くほど感情豊かなことがわかる。真澄がその感情を演技でも表現できるようになれば、真澄の芝居はもっと良くなると、いづみは思っていた。

「でも、もう少し感情が込められるようになるといいかな。そこは本番までに頑張ろう。難しいかもしれないけど、真澄くん自身が実感をもってそのセリフを言えたら、もっともっと良くなると思う」

「……やってみる」

言われた言葉を噛《か》み締《し》めるようにして、真澄がうなずくのを見て、いづみも微笑んだ。

「それじゃあ、今日はここまで。注意されたところは、自分で復習しておいてね。公演まで残り五週間、みんな、頑張っていこうね！」

「はい！　お疲《つか》れさまでした！」

「おつー」

「おっつサマーネ」

咲也《さくや》や至が口々に挨拶《あいさつ》を済ませる中、綴《つづる》がぽつりとつぶやく。

「もう五週間しかないのか……」

「あっという間ですね」

咲也もしみじみとした口調で同意した。

「そろそろチケット販売《はんばい》とかするんすか？」

「そういえば、支配人に確認《かくにん》してみた方がいいかもしれないね」

綴の問いかけに、いづみが思案気《しあんげ》に答える。

「チケット販売か……なんだかドキドキしますね」

初めての舞台は無料公演だっただけに、咲也もチケット販売は初めての経験だ。

「受付開始十五分で完売目指したいネ」

「なんでそんなに目標が高いんすか」

シトロンの言葉に、綴があきれたように突っ込みを入れる。

「完売すればいいけどね」

「ですよねぇ……」

現実的な至に、綴はもっともだと深くうなずいた。

と、その時、タイミングよく稽古場のドアが開いて、支配人が顔を覗《のぞ》かせた。

「みなさん、お疲れさまです！」

「あ、いいところに。支配人、チケット販売って、いつから始めるんですか？」

「そうそう、もう始めないといけないので、サイトで告知を開始しましたよ！　劇団の公式サイトを見てください！」

「公式サイトなんてあったんですね」

自信満々に告げる支配人に、いづみが感心する。

「へー。どんな感じだろ。楽しみ」

「あんまり期待しない方が……」

それぞれ自分のスマホで確認しようとするいづみと綴に、咲也が遠慮《えんりょ》がちにそう声をかける。

「これ」

と、一足先にサイトを見た真澄が、スマホの画面を突《つ》き出《だ》してくる。

「……これ？」

「この、字と画像がくっついた並びとか、無意味に点滅《てんめつ》する色文字とか、二十年前くらいに作ったサイトっぽいね」

「しょぼい」

あまりのお粗末《そまつ》な見た目に、思わず言葉を失ういづみの横で、至と真澄が辛辣《しんらつ》な感想を並べる。

「ほら、流行は繰《く》り返《かえ》すって言いますし！　こういうシンプルな作りもまた流行《はや》るかも！」

「どうっすかね……」

支配人の根拠《こんきょ》のない前向きな言葉に、綴が苦笑いする。

(そういえば、フライヤーもひどかったっけ……)

すべてを支配人一人でやっていると思えば、出来上がりも推《お》して知るべしというところだ。このままいけば、劇団の進退がかかった『ロミオとジュリアス』のフライヤーも、このデザインセンスで作り上げられてしまう。

「誰《だれ》か、こういうサイトとかフライヤー作れる人いる？」

「……すみません、パソコンとか全然使えなくて」

「スクリプトなら多少わかるけど、デザインは無理かな」

「ワタシもフライは食べる専門ネー」

「そっちのフライじゃないからね」

いづみの問いかけに対して、咲也も至もシトロンも首を横に振《ふ》る。

唯一《ゆいいつ》、綴がおずおずと手をあげた。

「あの、俺、一応ＷＥＢとかチラシのデザインできる知り合いいますけど……」

「本当!?　頼《たの》めるかな!?」

「高校の先輩《せんぱい》なんで、連絡は取れますし、頼めるとは思います」

そう言いながらも、綴はどこか浮《う》かない表情で、視線を泳がせる。

「歯切れが悪いね」

「まあ、そんなに仲がいいわけじゃないんで。でも、連絡してみます」

至の指摘《してき》はあいまいにごまかして、綴はそうまとめた。

「ありがとう！」

これで、少なくとも間に合わせの学園祭のような広告展開は避《さ》けられるだろう。ほっと胸を撫《な》でおろすいづみの横で、支配人は自《みずか》ら作った公式サイトを眺《なが》めながら首をかしげた。

「このサイト、そんなにダメですかねえ」

「だせーゾ」

支配人の肩にとまった亀吉《かめきち》が、サイトを覗き込みながらそう告げる。実際にサイトのデザインについて理解しているのかいないのかは謎《なぞ》だが、その動作は人間そのものだ。

「うるさい。このレトロ感はオウムにはわからないんですよ」

支配人はふんと鼻を鳴らして、口をとがらせた。


その夜、劇場の舞台を使っての稽古が終わったタイミングで、スマホを手にした綴がいづみに声をかけた。

「監督《かんとく》、デザインの先輩に連絡したら、これから来るらしいっす」

「これから!?　ずいぶん、急だね」

公式サイトやフライヤーの話をしていたのは昼間のことだ。まさか、今日の今日で話が進むとは思っていなかった。

「劇団のこと話したら、興味もったらしくて」

「へえ。演劇に興味あるのかな？　いい人見つけてくれてありがとう」

「いやー、それはどうっすかね」

いづみが満面の笑顔《えがお》で礼を言うと、綴はあいまいに言葉を濁《にご》した。

と、不意に客席の扉《とびら》が開いた。

「こんちはー！」

軽い口調で挨拶しながら、明るい金髪《きんぱつ》の青年が入ってくる。

「あ、来た……」

綴のつぶやきは心なしか嫌《いや》そうな響《ひび》きが混じっている。

「すげー！　何これ。マジ、舞台とか初めて立った。広《ひれ》えー！　テンアゲすぎ！」

青年は特に断ることもなく、きょろきょろと辺りを見回しながら、いづみたちのいる舞台へと上がってくる。

「誰、あれ……？」

「――あー、デザインできるっていう先輩っす。三好一成《みよしかずなり》さん」

「え!?」

想像していたイメージと違《ちが》っていて、思わずいづみが驚きの声をあげる。

綴の友人というには、あまりにも種類が違うというか、住んでいる世界が違う感じだ。見た目もチャラい感じで、ノリもフレンドリーといえば聞こえはいいが、とにかく軽い。

「三好さん、どもっす」

「おー、つづるん、久しぶり！　すげーな、ほんとに劇団やってんだ」

一成は軽く手をあげながら、明るい笑顔を浮かべる。

「つづるん!?」

「そこはスルーで」

綴のあだ名に驚く咲也に、綴が気まずそうに告げる。

「うざい」

「真澄、わかるけど黙《だま》って」

綴の居心地《いごこち》の悪そうな様子とは対照的に、一成はさっさと団員たちに挨拶を済ませている。

「外国人とかいるじゃん。やべーな、この劇団！」

「キャラが負けちゃうヨ。ワタシも何か新しいことしないとダヨ」

「いいから、黙ってて」

一成のペースに圧倒《あっとう》されながらも、いづみが一歩前に出る。

「監督兼主宰《けんしゅさい》の立花《たちばな》です。サイトとフライヤーのデザインをお願いしたいと思ってるんだけど、大丈夫《だいじょうぶ》かな？」

「あ、りょっす」

「は？」

一成の返事が理解できずに、思わず聞き返す。

「つづるんに聞いたんで、おけっす。とりまソッコーでラフあげちゃいます」

「あ、そ、そう」

あまりにも軽く請《う》け負《お》われて、面食らってしまう。

「マジ友達とかガンガン呼ぶんで、がんばってください！」

「ありがとう」

（やたらとテンション高いけど、悪い子ではないのかな）

興味深げにあちこち見回している姿も、純粋《じゅんすい》に好奇心《こうきしん》からといった様子で悪意は感じられない。

「じゃ、三好さん、俺たちまだ稽古あるんで、また――」

綴がさりげなく一成を追い出そうとするが、一成は相変わらずあちこち覗き込んでいる。

「主役とかこっから出てくんだろ？　かっけー！」

「三好さん」

「ヒーロー参上！　みたいな？」

「三好さん！　ジャマなんで、帰れ」

綴が声を荒《あら》らげると、ようやく一成はぽかんとした表情で動きを止めた。

「あ、わりーわりー。んじゃ、またー」

綴の物言いに気を悪くした様子もなく、軽く手をあげて去っていく。

「はあ、疲れる……」

一成の姿が見えなくなると、綴は大きくため息をついた。住んでいる世界が違うという印象通り、気の合うタイプではないのだろう。

「あんな風に追い返して大丈夫？」

いづみが心配になってたずねると、綴がわずかに首をかしげた。

「基本的にいい人なんで、大丈夫っす」

「そっか。濃《こ》いキャラだったね」

「マジうざい」

「珍《めずら》しく、お前と同意見だわ」

綴は真澄の言葉に同意すると、やれやれといった様子で息をついた。

一成から再び連絡が入ったのは、それから数日後のことだった。

「監督、三好さんから連絡があって、サイトができたらしいっす」

そう言いながら、綴は仮のサーバにアップされたサイトをスマホに表示させる。

「え、もう!?」

「早いですね」

「どんなのかな」

「きっと蛍光色《けいこうしょく》ネ」

期待半分、不安半分といった様子で、咲也や至が綴のスマホを覗き込む。

「いや、ああ見えて、腕《うで》は確かなんで、こんな感じっす」

「わあ！　すごくかっこいい！」

一目見るなり、いづみは歓声《かんせい》をあげた。『ロミオとジュリアス』のイメージに合わせた白地に赤字のフライヤーがトップに大きく表示されている。プロ並みの出来栄《できば》えだ。

「いいですね！」

「プロって感じ」

咲也に続いて、普段《ふだん》は辛口《からくち》の真澄もそう同意する。

「前のサイトから二十年時が進んだね」

「これでお客さんがっぽがっぽネー」

至もシトロンも満足げだった。

「そうだね。集客力が上がりそう！　よし、私たちも頑張って舞台のクオリティを上げよう！」

そう話していると、不意に背後から声が聞こえた。

「おう、なんか盛り上がってんな」

「雄三さん⁉」

稽古場に入ってきたのは雄三だった。

「ちょうどビロードウェイでワークショップがあってな。ついでに観《み》に来てやった」

「急すぎ……」

「オーゥ、これがジャパニーズヤクザのカチコミネー」

露骨《ろこつ》に嫌そうな表情で真澄がつぶやくと、シトロンも戸惑《とまど》ったような表情を浮かべている。

「へえ、人数も減ってねえな。上等、上等。で、あれからどうなった？」

ぐるりと団員たちの顔を確認した後、雄三が探《さぐ》るような目でいづみの顔を覗き込んだ。

つい、ひるみそうになるのをぐっと堪《こら》える。

「観てもらえば、わかると思います」

「ほう、自信あるみてえじゃねえか」

雄三が面白《おもしろ》がるように目を細める。

(あれからみんな、特別メニューをこなして技術的にも、気持ち的にも変わった。あの時とは違う)

今なら雄三に一刀両断されるだけではないと、いづみは確信していた。

「おもしれえ。やってみな」

「それじゃあ、みんな、今日は通し稽古から」

「よ、よろしくお願いします！」

咲也の声が緊張《きんちよう》で上ずる。その隣《となり》に立っている真澄も心なしか、表情が硬《かた》かった。

「大丈夫。いつも通りやってみて」

安心させるようにいづみがそう告げると、咲也と真澄がうなずいた。

(きっと今度は大丈夫……)

一世一代の勝負に挑《いど》むような気持ちで、いづみは咲也たちの演技を見守った。

ラストまでの通しを終えて、稽古場に沈黙《ちんもく》が流れる。

雄三は最初の時と同じように両腕《りようで》を組んだまま、押《お》し黙《だま》っていた。

「どうでしょうか」

いづみがそうたずねても、雄三は石像のように動かない。

「ためが長い」

「うう、ドキドキします」

綴が思わずといった様子でつぶやけば、咲也は耐《た》え切れないといった様子で両手で胃の辺りを押さえている。

「キンチョーするネ」

「一思いに言ってほしいね」

シトロンや至も口々につぶやいた時、ようやく雄三がゆっくりと口を開いた。

「……悪くねえ」

「え？」

「短期間でよくここまで伸《の》ばしたじゃねえか」

雄三がにやりと笑う。

「やったああ！」

「っし」

咲也が飛び上がり、綴が小さくガッツポーズをする。

「当たり前だし」

「はあ、やれやれ」

リアクションの薄い真澄と至も、ほっとした表情が隠《かく》し切れない。

「見事ぎょふんと言わせたネ！」

「ぎゃふん、ね」

シトロンの言い間違《まちが》いを直しながらも、いづみは詰《つ》めていた息を吐《は》いた。

(良かった。雄三さんに認めてもらえたことで、みんなもきっと自信がもてるはず)

いづみ自身、自分のやってきたことが間違っていなかったとわかって、ほっとした。

「ただし」

と、雄三が低く付け加える。途端《とたん》に、辺りが静まり返った。

「クライマックスに盛り上がりがねえな。終わりがどうもあっけねえ」

「盛り上がり……それは脚本《きゃくほん》のせいっすか」

雄三の言葉に、綴が考え込むように顎《あご》に手を当てる。

「いや、どっちかっつーと演出だな」

「演出ですか……」

いづみが視線を落とす。

(何か、派手に見えるようなことを入れた方がいいのかな)

そうは言っても、予算と期間の都合上、できることは限られる。

「盛り上がりか……うーん、どうすればいいんだろう」

「オレ、歌いましょうか⁉」

「いや、突然《とつぜん》ミュージカルっておかしいでしょ」

勢いよく手をあげた咲也に、いづみが苦笑いする。続いて、真澄が口を開いた。

「ロミオが死ぬ」

「びっくりするけどね⁉　話変わるから！」

「ラスボス登場」

「それも話が変わります！」

「ワタシ、脱《ぬ》ぐヨ！」

「それはダメ！」

真澄に続き至、シトロンも自由すぎる提案をしてくる。

「話の流れを阻害《そがい》するようなものは演出とはいわないよ。あくまでも、もっと話を盛り上げて、良くするようなものでないと……」

いづみがそう告げると、綴が両腕を組んだ。

「うーん、難しいっすね」

「終盤《しゅうばん》のロミオとジュリアスのシーンに、簡単な殺陣《たて》を入れてみたらどうだ」

なかなかいい案が浮かばずにいたいづみたちに、雄三がそう声をかけた。

殺陣というのは演劇や映画などにおける格闘《かくとう》シーンのことだ。芝居では実際に相手にケガをさせるわけにはいかないため、寸止めで、形の美しさが重視される。

「殺陣ですか？　でも、殺陣の練習は全然……」

「短いシーンで集中的に練習すれば、今からでもなんとかなるだろ」

雄三の言葉で、いづみは考え込む。

（たしかに、真澄くんなら勘《かん》もいいし、なんとかなるかもしれないけど、問題は咲也くん。それに……）

「私も殺陣に関しては、指導できるほどの経験がないんです」

「俺が直々《じきじき》に仕込んでやる」

「え!?　本当ですか？」

思いがけない申し出に目を見開く。

「おう。俺だってＭＡＮＫＡＩカンパニーには恩があるのよ。それに、お前らの熱気にあてられちまった」

「雄三さん……」

雄三はわずかに照れたような笑みを浮かべると、咲也と真澄に視線を向けた。

「みっちりしごいてやっから、覚悟《かくご》しな」

「――よろしくお願いします！」

「やっぱうざい……」

そうして、雄三による咲也と真澄の殺陣指導が始まった。


「腰《こし》落とせって言ってんだろうが！　何度も言わせんな！」

稽古場にここ最近のおなじみとなった雄三の怒声《どせい》が飛ぶ。

「すみません！」

肩で息をしながら、咲也が慌《あわ》てて腰を落とした。

「またか……」

すでにＯＫの出た真澄が出番を待ちながら、小さくため息をつく。やり直しの少ない真澄に比べて、咲也はずっと動きっぱなしのため明らかに体力を消耗《しょうもう》していた。

息を切らしながら、一連の動作を続ける咲也に、雄三が首を横に振る。

「もう一回！」

「はい！」

咲也は文句を言うでもなく返事をして、最初の立ち位置に戻《もど》った。

「厳しい……」

「容赦《ようしゃ》ないね」

見学していた綴と至が、同情するようにつぶやく。

「びちばちダヨー」

「びしばしっす」

シトロンと綴のやり取りを聞き流しながら、いづみは表情を曇《くも》らせた。

(ここ連日の練習で、咲也くんに疲れが出てきてるな……)

殺陣の稽古は、普段の稽古の数倍運動量が多い。平日は夜稽古の後で雄三に見てもらうため、終わる時間も遅《おそ》く、咲也は毎日へとへとになっていた。

「少し休憩《きゅうけい》入れましょう」

いづみが時計を見ながら声をかけると、雄三もチラリと時計を確認した。

「……ちっ。五分だけな」

「すみません……」

咲也が荒い息をつきながら膝《ひざ》に手をついて、うなだれる。濡《ぬ》れた髪《かみ》から、ぽたぽたと床《ゆか》に汗《あせ》がしたたり落ちた。

「どうだった？」

そういづみにたずねる真澄は、咲也と違って一向《いっこう》に疲れた様子も見せず、涼《すず》しい顔をしている。

「真澄くんはやっぱり勘がいいから、型もきれいだよ」

「問題はオレ、ですよね」

咲也がうなだれたまま、悔《くや》しそうにつぶやく。

「いつもの稽古に加えて殺陣の稽古だから、ちょっとオーバーワーク気味だと思う。せめて、朝練を休んだらどうかな」

いづみがそう提案すると、ぱっと咲也が勢いよく顔を上げた。

「大丈夫です！　やれます！」

「足を引っ張るな」

「……ごめん」

真澄の言葉に、咲也が眉《まゆ》を下げる。

「真澄、そういう言い方するな」

「いいんです、綴くん。本当のことだから」

「咲也、あんまり無理すんなよ」

「大丈夫ですよ」

綴の気遣《きづか》いに、咲也が微笑んで答えるが、その表情は疲労《ひろう》の色が隠し切れず、弱々しい。

（本当に大丈夫かな……）

いづみは決して弱音を吐こうとしない咲也の顔をじっと見つめた。

その夜遅《よるおそ》く、風呂《ふろ》から上がったいづみが二階の部屋に戻ろうと稽古場の前を通ると、ドアの隙間《すきま》から明かりが漏《も》れているのに気づいた。

(あれ？　まだ稽古場の灯《あか》りがついてる)

消し忘れかと思って中を覗くと、稽古場の真ん中に咲也が座り込んでいた。

肩で息をしている様子から、今まで練習していたのがわかる。

「咲也くん!?　こんな時間まで練習してたの!?」

「あ、カントク、お疲れさまです……」

「お疲れさまです、じゃなくて、もう夜中だよ!?　明日も学校あるんだし、もう休んで」

「でも、あと少しだけ……」

「ダメ。監督命令。無理をして体を壊《こわ》したら意味がないよ」

視線を泳がせる咲也に、厳しい口調でぴしゃりと言い切る。

「……わかりました」

素直《すなお》にうなずいた咲也に、いづみはほっと息をつきつつ、表情を和《やわ》らげた。

「明日の朝練は休んだ方がいいよ。おやすみ」

「……おやすみなさい」

咲也がのろのろと起き上がって、タオルを手に取る。もう体力は限界なのだろう。額からは汗が噴《ふ》き出し、動きも緩慢《かんまん》だ。

いづみは考え込むように咲也を見つめた。昼間湧《わ》き上がった考えが、再び持ち上がってくる。

(殺陣の稽古が始まってからもうすぐ一週間……やっぱり咲也くんには、まだ難しいかもしれないな。頑張ってるけど、経験がない中でこんな短期間に詰《つ》め込むなんて厳しい。主役として他の部分のウェイトも重いし……)

これ以上の負担は咲也を潰《つぶ》しかねない。真面目で一所懸命《いっしょけんめい》な咲也の性格では、自分が倒《たお》れるまで無理をしてしまうだろう。決断は責任者の自分がしなくてはならない。

いづみは心の中で一つの決意を固めた。

翌朝、稽古場にはいつも通り咲也の姿があった。全身筋肉痛らしく動きがぎこちない。

「おい、咲也、大丈夫か？」

「だ、大丈夫です」

綴の問いかけに、咲也が弱々しく微笑む。そう言いながらも、歩くだけでしんどそうだ。

「フリフリダヨ」

「ふらふら、な」

(朝練は休んだ方がいいって言ったのに……)

いづみが眉根《まゆね》を寄せる。周囲の心配をよそに、咲也はのろのろと準備運動を始めていた。

それだけでも体に負担なのか、息が上がっている。

(ダメだ。これ以上決断を伸ばすと、咲也くんが倒れちゃう)

いづみは一つ息をつくと、口を開いた。

「――みんな集まって」

「なんすか?」

「何?」

不思議そうな綴と真澄に遅《おく》れて、咲也も寄ってくる。

「殺陣を演出から外します」

咲也と正面から目を合わせて、いづみがそう告げた。

「……え?」

「ああ、それがいいっすね」

ぽかんとした表情を浮かべる咲也の横で、綴がうなずく。

「なんで?」

「咲也くんに負荷《ふか》がかかりすぎてる。公演までに故障したり倒れたりしたら、全部が台無しになっちゃうから」

首をかしげる真澄にそう説明する。

「大丈夫です！　オレ、まだやれますから！」

「ワタシもはずすの賛成ネ」

「たしかにここで無理は良くないと思う」

すがるような咲也とは対照的に、シトロンと至もあっさりといづみに同意する。ここのところの咲也の様子を、みんなも心配していたのだろう。

「俺はできる」

わずかに不満そうな真澄に、いづみが首を横に振ってみせる。

「今回の演出は、咲也くんと真澄くんが揃《そろ》って初めて効果のあるものだから」

「アンタ、俺の殺陣ほめてたのに」

「二人には、またどこかでやってもらうよ」

「ロミオ役を誰かと交換《こうかん》すればいい。そうすれば殺陣もマシになるだろ」

いつになくこだわる真澄が素っ気なくそう言った時、咲也が大きく息を呑んだ。

「何言って――」

辛辣なのはいつものこととはいえ、言っていいことと悪いことがある。いづみがあきれながらたしなめようとすると、咲也が小さくさえぎった。

「……嫌だ」

「咲也くん？」

咲也の握《にぎ》り締《し》めた両手がかすかに震《ふる》えて、その目はどこを見ているのか、うつろで恐怖《きょうふ》のような感情が浮かんでいる。

「嫌だ！　絶対に嫌だ!!　ロミオ役はオレの役だ！」

いつになく取り乱した様子でそう叫《さけ》んだ咲也の肩を、綴が戸惑いがちに軽く叩く。

「おい、落ち着けよ、咲也」

「——あ、す、すみません。でも、ロミオ役を交代するなんて絶対に嫌です」

はっと我に返ったように、咲也がいづみを見つめる。さっきのような恐怖まではいかないものの、どこか怯《おび》えた表情をしていた。

咲也がロミオ役を失うことをこれ以上なく恐《おそ》れているというのが伝わってくる。

「そんなことしないよ」

いづみは咲也を落ち着かせるように、微笑んだ。ロミオ役は咲也のものだ。他の誰かと交代することなんてできるはずがない。

「お前の当て書きだって言っただろ」

「真澄もこだわりすぎ」

綴と至がそれぞれ咲也と真澄に声をかける。

「お願いします。オレ、頑張りますから、だから——」

必死に頭を下げる咲也を前に、いづみも折れる他なかった。

「わかった。殺陣についてはもう少し考えよう。でも、無茶な練習を続けるようならすぐに演出は外す。体調管理も役者の仕事だよ」

いづみがそう告げると、咲也はほっとしたように息をついた。

「……わかりました」

「連絡は以上。みんな、練習を始めて。咲也くんは今日は見学」

「……はい」

咲也はそれ以上食い下がることもなく、大人しく稽古場の隅《すみ》に座り込んだ。

(さっきの咲也くん、珍しく取り乱してたな。それだけ、ロミオ役に思い入れがあるのかもしれないけど……)

役に対する執着《しゅうちゃく》というのは役者であれば誰しも大なり小なりもっているものだ。それも初めてもらった主役となれば、なおさら。でも、さっきの咲也の取り乱しようにはそれ以上の何かを感じた。

その夜、いづみは念のためと就寝前《しゅうしんまえ》に稽古場を覗き込んだ。

(咲也くん、まさかとは思うけど、今夜もまた練習してたりしないよね……)

一階と二階に一つずつある稽古場は、どちらも真っ暗で人気がない。

(良かった。さすがに今夜は休んでるみたいだ)

ほっと胸を撫でおろしながらも、昼間、少しおかしかった咲也の様子を思い返す。

(頑張り屋なのはわかるけど、座長として気負いすぎてるのかな。無理させないように、私がちゃんとセーブさせないと)

そんなことを考えながら、二階の自室に戻ろうとした時、微かな物音が聞こえた。と、同時に中庭に面した窓に影《かげ》のようなものが横切ったのが見えて、思わずびくっと体が飛び上がる。

(こんな夜中に誰かいるわけないし、ま、まさか幽霊《ゆうれい》……?)

とりわけオカルトを信じているというわけではないものの、人並みにそういうものは怖《こわ》い。いづみは少しためらった後、ごくりと息をのみ込むと、中庭に続く扉の方へと歩き始めた。

(よ、よし、確かめよう。不審者《ふしんしゃ》だったら、大変だし……)

主宰兼監督という責任感だけがいづみの背中を押す。

意を決して中庭の扉を開けると、暗がりに立つ影に向かって声を張り上げた。

「誰!?」

「うわあああ!?」

「きゃあああ！」

聞こえてきた叫《さけ》び声《ごえ》につられて、悲鳴をあげる。

「って、カ、カカカントク？」

月明かりにぼんやりと浮かび上がってきたのは、咲也の姿だった。一気に拍子《ひょうし》抜《ぬ》けする。

「さ、咲也くんだったんだ……」

「びっくりしました……」

「びっくりしたのはこっちだよ。こんな時間にどうしたの？」

「なんだか眠《ねむ》れなくて……でも、練習すると良くないから、散歩してました」

体調管理と言われた手前、夜更《よふ》かしをしていることも後ろめたいのか、バツが悪そうな表情をする。

いづみはそんな咲也を咎《とが》めることもなく中庭に出ると、ゆっくりと咲也に近づいた。

ほとんど手入れをされていない中庭には雑草や野草が生《お》い茂《しげ》っていて、夜風に混じって緑の匂《にお》いがする。

「殺陣のことで悩《なや》んでるの？」

「……それだけじゃなくて、色々考えちゃって」

咲也は視線を落とすと、言いあぐねるように、一呼吸置いた。

「オレ、頑張ってもうまくいかなくて、いつも失敗ばっかりなんです。やっぱり、またダメなのかなって思ったら、なんだかこわくなっちゃって」

「咲也くんはたしかに不器用だけど、努力して、ちゃんとできるようになってるよ。ただ、今回は練習時間があまりにも少なかっただけで……」

「違《ちが》うんです。そうじゃないんです」

いづみが本心からフォローすると、咲也は小さく首を横に振る。

「オレ、ずっと親戚《しんせき》の家にお世話になってるって話しましたよね？」

「うん」

「いつも、引《ひ》っ越《こ》した最初は、今度こそ仲良くなろう、本当の家族みたいになれるように打ち解けようって頑張るんです。でも、いつもうまくいかなくて……結局別の親戚のところに預けられちゃうんです。きっとオレが何をやってもダメだから……」

うつむいた咲也の表情は隠れてしまって、いづみからはよくわからない。ただ、前髪《まえがみ》の隙間から覗いた目が暗く沈《しず》んでいて、普段よりもずっと大人びて見えた。

「そんなことないよ。今までうまくいかなかったのは、咲也くんだけのせいじゃない。人間関係は、相手があってのことだから、咲也くんが責任を感じる必要ない」

「カントク……ありがとうございます」

顔を上げた咲也がわずかに微笑む。その瞳《ひとみ》から、影は消え失せていた。

「やっとこの劇団でロミオ役っていう居場所をもらえて、本当にうれしかった。オレも劇団の一員として認めてもらえた気がして……。だから、ロミオ役を交代するかもって思ったら、こわくてしょうがありませんでした」

今まで家庭に身の置き場がなかった咲也にとって、この劇団での居場所は唯一無二《ゆいいつむに》のものだったのだろう。

（それであんなに取り乱してたんだ……）

昼間の様子にも合点《がてん》がいく。

「咲也くんはどうして、そんなに演劇が好きになったの？」

「小学校の芸術鑑賞会《かんしょうかい》で観た舞台がきっかけです。役者さんがみんな生き生きしてて、本当の海賊《かいぞく》みたいに見えて、夢中になりました」

「そうだったんだ」

咲也の目が芝居をしている時のようにきらきらと輝《かがや》き始める。いづみは、一番最初にMANKAI劇場で一人で舞台に立っていた咲也の姿を思い出した。

「その公演の途中《とちゅう》、学校の隣の施設《しせつ》で火事があったんです。警報ベルが鳴って、舞台も中断されて避難《ひなん》しなくちゃいけなくなって……」

『野郎《やろう》ども、海軍の襲撃《しゅうげき》だ！　すみやかに引き上げろ！　段取りは覚えてるな⁉』

咲也が不意に片手を大きく振り、野太い声を張り上げた。

そして、少し照《て》れ臭《くさ》そうに微笑む。

「あの時のセリフ、今でも覚えてます。パニックになりかけてた生徒たちが、いっせいに海賊船長の誘導《ゆうどう》で非常口に避難し始めて……。ドキドキしました。誰も火事をこわがることもなく、本当に海賊の一員になったみたいで、夢の中にいる気分でした。役者が舞台から降りても、物語は終わらなかった」

「……『The Show must go on』ショーは終わらない」

いづみのつぶやきに、咲也がうなずく。

「はい。後で、そういうことわざがあるって知って、感動しました。ショーは何があっても終わらない、続けなきゃいけない。あの時見た役者さんみたいに、自分だけの、自信をもって演じ続けられる役が、居場所が欲しかったんです」

「そっか……」

（あんなにがむしゃらに頑張ってたのも、自分の居場所をとられるかもしれないって、こわかったからなのかもしれないな）

家庭に居場所がないというのは、まだ未成年の咲也にとってどれだけの孤独《こどく》だろう。幼い頃《ころ》から今まで何度も期待しては裏切られ、咲也の心はその度にズタズタに傷つけられたはずだ。

父がいなくなっても、母がずっとそばにいたいづみには、その痛みを想像することしかできない。

ただ、この劇団に咲也の居場所が確かにあること、それは決して失われることはないということだけは、伝えなければならないと思った。

「このロミオは、咲也くんにしかできないロミオだよ。それに、舞台の上以外にも、咲也くんにはもう誰にも奪えない居場所がある。みんなが咲也くんをロミオだって、座長だって認めてる。これは今まで咲也くんが頑張ってきた結果だよ」

「本当に……？　オレ、ずっとここにいていいんですか？」

咲也が今にも泣きだしそうな、すがるような目でいづみを見つめる。いづみは咲也の目をしっかりと見返して、うなずいた。

「もちろん。いなくなったら、みんな困るよ」

「良かった……」

ふにゃりと、咲也の表情が崩《くず》れる。張りつめていた緊張の糸が切れたような、心底ほっとしたようなそんな様子だった。

「殺陣については、気持ちの整理がついた？」

「……すみません、まだ。やっぱり、やってみたいです」

言いづらそうにしながらも、きっぱりと告げる。いづみの口から思わず笑みが漏れた。

「はは、結構がんこだね」

「はい」

「わかった。じゃあ、故障しない程度に練習は続けてみて」

「はい！　明日から、また頑張らせてください！」

咲也の晴れやかな顔を見つめて、いづみがうなずく。

今の咲也なら、きっと無茶な練習はしないはずだ。自分の居場所はここにあると、奪われないとわかった今なら、きっと。


咲也といづみが中庭から室内へ入っていくのを、真澄が二階の窓からじっと見下ろしていた。

「壁《かべ》にミミー、障子にメアリー、背後にシトロンネ」

シトロンが背後から真澄の耳元にささやく。

「人が多い」

真澄は顔をしかめながら、シトロンから体を離《はな》した。

「わが国では、盗《ぬす》み聞《ぎ》きは早口言葉三百回の刑《けい》で罰《ばつ》せられるヨ」

「……アンタも同罪だろ」

「オー、即隠滅《そくいんめつ》ネ。マスミも共犯ダヨ」

真澄が誰もいなくなった中庭を再び振《ふ》り返《かえ》る。

「……アイツのこと、何も知らなかった」

真澄の両親も留守がちで、それほど家族の結びつきが強い方ではない。温かな家庭といったものには縁遠《えんどお》いという意味では、咲也とそう変わらない。けれど、咲也とは違って、離れていても両親がいる。家に居場所がないというのは少しわけが違う。

「これから、たくさん知っていくヨ。お互《たが》い」

シトロンは励《はげ》ますように真澄の肩を軽く叩いた。

第7章 本番に向けて

午前五時半。まだ薄暗《うすぐら》い室内にスマホのアラームが鳴《な》り響《ひび》く。

「ふああ……」

咲也《さくや》はあくびをしながら、手探《てさぐ》りでアラームを止めた。

もぞもぞと布団《ふとん》から顔を出すと、隣《とな》り合わせのベッドでちょうど同じタイミングで起き上がったシトロンと目が合う。

「おはようダヨ」

「おはようございます……」

挨拶《あいさつ》を済ませて、ハイベッドのはしごに足をかけようとした時、眼下に真澄《ますみ》が立っているのが見えた。じっと咲也の方を見上げている。

「うわあ!?」

咲也は思わずはしごから足を踏《ふ》み外《はず》しそうになって、踏ん張った。

「マスミ　が　あらわれた！」

シトロンがＲＰＧの戦闘《せんとう》シーンテキストのような説明を入れる。

「遅《おそ》い」

「マスミ　の　せんせいこうげき！」

「な、なんで、真澄くんがここに!?」

「朝練」

戸惑《とまど》っている咲也に対して、真澄は淡々《たんたん》とそう告げる。

「あ、ああ、うん。今日はオレも参加するよ」

「来い」

真澄はそう言うと、はしごから下りてきた咲也の腕《うで》を掴《つか》んで歩き始めた。

「ちょ、ちょっと、待って。まだ、着替《きか》えてないし！」

「うるさい」

「サクヤ　を　うばわれた！」

「ついでに来い」

真澄は一人悠々《ゆうゆう》と支度《したく》を始めていたシトロンの腕も掴んでドアへと向かった。

「オー、ワタシもまだ着替え中ネー。ハレンチヨー」

シトロンと咲也はなんとか着替えを引っ掴むと、パジャマのまま引きずられるようにして稽古場《けいこば》に連れていかれた。

いづみがいつもの六時よりも少し早く稽古場に向かうと、中から声が聞こえてきた。

（あれ？　もう稽古場に人がいる）

首をかしげながら中に入ると、真澄と咲也とシトロンの三人が揃《そろ》っていた。

「足そっち」

「うん」

咲也の殺陣《たて》のポーズを確認《かくにん》しながら、真澄が細かく指示を出している。

「ついてこられるスピードでやる」

「あ、ありがとう」

「真澄くんが咲也くんに教えてるの!?」

あまりに珍《めずら》しい光景に、思わず驚《おどろ》いてしまう。今まで、真澄は人のミスを指摘《してき》することはあっても、手助けしたり協力したりすることはまずなかった。

「マスミがデレたヨ！　今日は赤飯ネ」

「別にそんなんじゃない」

真澄が咲也と組み合いを続けながらシトロンに反論した時、稽古場のドアが開いた。

「はよー」

「みんな、早いね」

のんびり入ってきた綴《つづる》と至《いたる》も、咲也と真澄の姿を見て少し驚いた表情を浮かべる。

「今の感じ」

「やった！　できた！」

真澄と咲也の殺陣のシーンは、今までよりもずっとスムーズになっていた。

（テンポはゆっくりだけど、息が合ってきてる。これなら、もしかしたら……）

いづみがそう考えていると、見学に加わっていた綴と至も感心したような声を漏《も》らす。

「二人とも、いい感じじゃん」

「昨日特殊《とくしゅ》イベントでもあったの。フラグたったとか？」

至の質問に、シトロンが大仰《おおぎょう》にうなずく。

「ワタシ、隠《かく》し選択肢《せんたくし》発見したネ」

「マジか。キタコレ。攻略《こうりゃく》ｗｉｋｉに書いといて」

「そこ、オタク専門用語で話さない」

綴がシトロンと至の会話にあきれながらも、殺陣の練習が一段落したらしい真澄に声をかける。

「でも真面目な話、真澄はどういう風の吹《ふ》き回し？」

「別に。これ以上足引っ張られたくないから」

涼《すず》しい顔で真澄がそう答える。

「……これなら、公演まで間に合うかもしれないね」

「本当ですか!?」

いづみのつぶやきを聞いて、咲也が目を輝《かがや》かせた。

「あくまでも無理をしないっていう条件付きだけど、真澄くん、これからもリードしてあげて」

「わかった」

「ありがとう、真澄くん！　オレ、頑張るよ！」

飛び上がって喜ぶ咲也に、真澄は目もくれずに水を飲みに行ってしまう。その対応は相変わらずといえば相変わらずだったが、二人の関係は確実に変化していた。

(殺陣のことは、なんとかなりそうだな。良かった……)

いづみは内心ほっと胸を撫《な》でおろした。

その日の夜稽古は、いつもと違《ちが》う顔ぶれだった。

「じゃじゃーん！　みなさん、衣装《いしょう》ができてきましたよー！」

「まだ調整するけどね」

支配人と幸《ゆき》が、持ってきた段ボールの中身を披露《ひろう》する。

中から出てきたきらびやかな衣装を見て、咲也とシトロンが歓声《かんせい》をあげた。

「すごいね！　かっこいい！」

「イイネ！」

「デザイン画は見てたけど、こうして実物見ると感動するね」

いづみも感嘆《かんたん》の声を漏らす。

布地の素材からよく考えられているのか、質感が良く、シルエットもキレイだ。男性ばかりということもあり、ともすれば地味になりそうなところを、装飾《そうしょく》や刺繍《ししゅう》、マントによってボリューム感を出し、きちんと舞台映《ぶたいば》えが考えられている。

「中学生って聞いた時は大丈夫《だいじょうぶ》かって思ったけど、腕はプロ並みだな」

「当たり前」

感心したように顎《あご》に手を当てる綴を、幸は鼻であしらう。

「サイズ合わせするから、着て動いてみて」

幸に促《うなが》されて、さっそく団員たちはそれぞれの衣装に袖《そで》を通した。

「うーん、ちょっと胴回《どうまわ》りがきつめかな」

至がわずかに腕を上げ、具合を確かめるように体をひねる。

ジュリアスとティボルトの衣装は、同じキャピュレット家として濃紺《のうこん》を基調としたものになっている。きっちりとした細身のジャケットに、白いパンツが爽《さわ》やかな印象だ。

「痩《や》せろ」

「サイズ合わせとは」

身もふたもない幸の言葉に、至がつぶやく。

「ぴったりだよ！　すごく動きやすい！」

「うん、いい感じ」

濃《こ》い赤がテーマカラーになっているモンタギュー家のロミオとマキューシオは、どちらもキャピュレット家よりは少しラフなデザインだ。衣装からも、それぞれの家風が伝わってくる。

「まあ、悪くない」

互《たが》いにマントを羽織るロミオとジュリアスは、赤と青で対峙《たいじ》した時のバランスがいい。

「みんな、よく似合ってるよ！　こうして衣装着ると、すごく舞台映えするね」

「いよいよ本番が近づいてきたって実感しますね～！」

団員たちの姿を眺《なが》めながら、いづみと支配人がうんうんとうなずき合う。

「それで、客集めは順調なの？」

「え!?」

幸の問いかけに、支配人が大げさに肩《かた》をびくつかせる。

「え？　じゃなくて。もうチケット販売《はんばい》始めてるんでしょ」

「あ、あー、そういえば、そうですね～」

明らかに明後日《あさって》の方向を見つめる支配人の姿を見て、いづみの心中《しんちゅう》に一抹《いちまつ》の不安がよぎる。

「支配人……？」

「今何枚売れてんの？」

いづみと幸に詰《つ》め寄《よ》られて、支配人はごまかし切れないと悟《さと》ったのか、冷《ひ》や汗《あせ》をぬぐいながら口を割った。

「それが……四枚です」

「四枚!?」

「私、鉄郎《てつろう》くん、雄三《ゆうぞう》さん、亀吉《かめきち》……」

「全部身内だし、亀吉から金取っちゃダメだろ！」

指折り数えていくのを綴がさえぎる。

「あと三週間だけど」

「やばげ」

真澄と至もあきれたようにつぶやく。

「旗揚《はたあ》げ公演にしてさよなら公演ネ」

「シャレになりません！」

こんな時ばかり正しい言い回しをするシトロンの言葉に、咲也が青ざめた表情で悲鳴を上げる。いづみもまったく同じ心境だった。

「少なくとも千秋楽は満員にしないと、この劇場は潰されちゃうんですよ!? なんで、そんな重大なことを黙《だま》ってるんですか！」

「すみません……」

がっくりとうなだれる支配人の姿を見ていると、それ以上責める気にもなれない。

「なんとか宣伝しないと。せっかくサイトもフライヤーもかっこいいの作ってもらったんだし」

「支配人、サイトのＰＶ数はどれくらい？」

「え!? ペー？ ビュー？」

至の質問が理解できないのか、支配人が目を白黒させる。

「ページビュー、閲覧者数《えつらんしゃすう》のこと。もっとサイト見られるように拡散しよ。俺のアカウントでも紹介《しょうかい》するわ。五万人くらいには見られてるし」

「すごいっすね!?」

「宣伝用にブログとか開設してもいいかも。団員が書けば、親近感持ってもらえるし」

「それじゃあ、サイトの方は至さんお願いします」

いつになく雄弁《ゆうべん》な至が頼《たの》もしい。インターネット事情については間違《まちが》いなく至が、今ここにいる誰《だれ》よりも詳《くわ》しい。全面的に任せた方がいいだろう。

「私たちは、街頭でフライヤーを配ろう」

「はい！」

「了解《りょうかい》っす」

「がんばるネ」

咲也と綴とシトロンがうなずき合う中、幸がすっと手を差し出した。

「……一枚ちょうだい」

「え？」

「これで五枚になるでしょ。せっかく作った衣装、たくさんの人に見てもらいたいし、宣伝する」

ぽかんとしている支配人に、少し照《て》れ臭《くさ》そうに幸がチケットを要求する。

「幸くん、ありがとう！」

この状況《じょうきょう》では、貴重な一枚だ。いづみは満面の笑《え》みで礼を言った。

その夜、チケットのはけについて頭を悩《なや》ませていたいづみは、なんとなく劇団の公式サイトを見に行った。

トップページに見慣れないアイコンが追加されている。

「あ、ブログが開設されてる。至さん、さっそくやってくれたんだ」

お知らせの文字をたどると、ブログが表示される。

「もうみんな書き込んでる……何書いてるんだろ」

日付の横に担当者とタイトルの文字が並んでいる。最新の担当者は真澄だった。

〈担当：碓氷《うすい》真澄〉

〈タイトル：自己紹介〉

〈ジュリアス役、碓氷 真澄。〉

続きがあるのかと、下までスクロールしてみるも真っ白だ。

「……これだけ!? せめてもうちょっとプロフィールとか書けばいいのに」

ぼやきながらも他の記事を見てみる。

〈担当：シトロン〉

「次はシトロンくんの記事か……」

〈タイトル：路三男人受理千支《ろみおとじゅりえと》〉

〈今夏《こんか》い野《の》講袁墓《こうえんはか》の幽冥《ゆうめい》ナブたい出《で》……〉

「誤字しかない……！」

真澄よりも色々と書いてあるが、内容がまったく頭に入ってこない。

「これで宣伝になるのかな……」

絶対ならないだろうと思いながら、いづみはそっとサイトを閉じた。


週末の人手の多いビロードウェイのあちこちに、ビラ配りの声が響く。

いづみたちもそれに負けないように声を張り上げた。

「ＭＡＮＫＡＩカンパニーの公演『ロミオとジュリアス』よろしくお願いしまーす！」

「よろしくお願いしまーす」

「よろしくネー」

通行人たちは差し出されたフライヤーをちらりと見ただけで、咲也やシトロンの前を素《す》通《どお》りしていってしまう。

朝から街頭に立っているのに、足元に積み重ねられたフライヤーの山は一向《いっこう》に減っていかなかった。

「ただ配るだけだと、あんまりもらってもらえませんね」

「ビロードウェイは劇団だらけだからね。全部もらってると、あっという間に辞書並みの厚さになっちゃう」

落ち込む咲也にいづみが苦笑いしながらそう答える。

現にほんの数メートル先にも、同じように新作公演のビラ配りをしている劇団員の姿が見えた。

不意に真澄が自分が持っていたチラシを足元に置くと、一歩前に歩み出た。

『ロミオ……ロミオ＝モンタギューだって？　嘘《うそ》だろ。本当にお前がモンタギュー家のロミオなのか？』

片手を伸《の》ばし、数メートル先に誰かが立っているかのように呼びかける。

突然《とつぜん》始まった芝居《しばい》に気づいた通行人たちが、一人二人と足を止めた。

「何、何？」

「ロミジュリ？」

『ロミオ、どうしてお前がロミオ＝モンタギューなんだ』

有名なフレーズが一気に注目を集める。あっという間に真澄の周りに人だかりができ始めた。

「あ、そっか！　ストリートＡＣＴで人目をひけばいいんだ！」

「いいですね！」

「マジっすか」

すぐさま真澄の前に飛び出した咲也の後ろで、綴が引きつった顔になる。

『一緒《いっしょ》に旅に出よう、ジュリアス。こんな窮屈《きゅうくつ》な町は飛び出して、世界中を巡《めぐ》るんだ』

『ロミオ、お前には力がある。僕には頭脳が。二人ならきっと何でもうまくやれる』

『そう、二人でならどこにでも行けるさ』

咲也はそこで綴の方へと手を伸ばした。

「綴くんもお願いします！」

促された綴は体が固まったかのように動かない。その様子を見て、いづみが首をかしげた。

「？　綴くん、ストリートＡＣＴ初めてじゃないよね？」

「なんか、改めて自分が書いたセリフを公衆の面前でやるっていうのが、ちょっと……」

まごついている綴の背中を軽く叩《たた》いて、発破《はっぱ》をかける。

「そんなこと言ってる場合じゃないでしょ！　このままだと身内以外にお披露目《ひろめ》することもできなくなっちゃうんだよ？」

「――そっすよね」

綴は意を決したように、前に歩み出た。

『ロミオ、失恋《しつれん》したんだって？　気にするな。女なんて世界にごまんといるさ』

綴を交えた『ロミオとジュリアス』の一幕がビロードウェイで繰《く》り広《ひろ》げられる。いつの間にか、観客はさっきの倍以上に膨《ふく》れ上がっていた。

「ロミジュリだよね？」

「でも両方男なんだ。面白《おもしろ》そう」

観客たちが口々にささやきながら、フライヤーを受け取っていく。

『家も名も捨ててくれ、ジュリアス。僕たちにはもっと大きな夢があるじゃないか！』

『だめだ。僕は家族を捨てられない』

以前は感情の乗らなかった真澄のセリフも、今は克服《こくふく》して自然に聞こえてくる。

いづみがフライヤーを配りながら手ごたえを感じ始めた時、低いつぶやきが耳に飛び込んできた。

「……レベル低」

「やめろ、晴翔《はると》」

「ほんとのことだし」

晴翔と呼んだ小柄《こがら》な青年を一緒にいた長身の青年が咎《とが》める。やけに目立つ容姿の二人組だった。

声も決して小さくはなく、会話が聞こえたらしい綴が眉《まゆ》をひそめる。

「――何だよ？」

「あれ、聞こえちゃった？」

小柄な青年は悪びれる風でもなく、肩をすくめてみせた。

「文句あるならはっきり言え」

「レベルが低いと思っただけだよ。図星だった？」

「お前な、どこの誰だか知らねえけど――」

「綴くん、落ち着いて」

ケンカ腰《ごし》になる綴を押しとどめて、いづみが前に出る。

「うちの団員が失礼しました」

「こっちこそ、悪かった」

小柄な青年はそっぽを向いたままだったが、長身の青年の方が小さく頭を下げる。その顔を見て、いづみはふと既視感《きしかん》を覚えた。

「あれ？　キミたち、前にビロードウェイでストリートＡＣＴしてた――」

「そっか、あの時の――！」

綴も続けて声をあげる。

いづみが支配人からの手紙を頼《たよ》りにＭＡＮＫＡＩ劇場を訪ねた日、ビロードウェイで見かけたストリートＡＣＴの二人だった。

「ああ、よく劇団の宣伝でやってるから」

青年の方はいづみたちのことを覚えていないのか、ただそう答える。

「GOD《ゴッド》座《ざ》の丞《たすく》と晴翔だ」

「トップ二人じゃん。かっこいー！」

通行人たちのささやきから、二人が有名人だということがわかる。

(この二人、前に見た時も演技がうまいと思ったけど、やっぱり人気者なんだ)

「うちの団員ってことは、あんたが代表？」

晴翔が顎をしゃくって、いづみを示す。可愛《かわい》らしい容姿に反して、言動がいちいち小生意気だ。

「監督兼主宰《かんとくけんしゆさい》だよ」

「へえ、じゃあ、あんたも何かやってみてよ。こんなレベルの奴《やつ》ら教えてる監督が、どんなレベルか見てみたい」

試《ため》すような、面白がるような表情で晴翔がそう投げかける。

「なんだ、こいつ……」

「すごく嫌《いや》な感じですね」

「──ケンカなら買う」

綴や咲也、真澄が、いづみをかばうように前に出る。

「みんな、いいから」

（こんなところで時間をとられてもしょうがないし、さっさとどっか行ってもらわないと）

いづみはそう考えると、すうと息を吸い込んだ。

『一緒に旅に出よう、ジュリアス。こんな窮屈な町は飛び出して、世界中を巡るんだ』

さっきの咲也が演じたのと同じロミオのセリフ。いづみが言うと学芸会のようだった。

晴翔がぽかんとした表情で動きを止める。

「は？　何、今の。冗談《じょうだん》じゃなくて？　主宰が一番下手とか、うけるんだけど」

口元をゆがめた晴翔の口調は侮蔑《ぶべつ》に満ちていた。

「やめろ、晴翔」

丞が晴翔の肩を引く。

いづみは何を言われても、ただじっと晴翔を見つめていた。

（演技が下手だって、私が笑われてもいい。今はみんなの公演を無事に終わらせることだけが、私の目標なんだから）

以前だったら傷ついて、しょげていたかもしれない。でも今は、このくらいどうということはなかった。団員のみんなを、大事な公演を守るためなら、恥《はじ》をかいてもかまわない。

「わかったでしょ。もうジャマしないで」

「そんなレベルで指導してて、こいつらに失礼とか思わないの？」

「――殺す」

いつになく怒気《どき》をはらんだ声で一歩前に出ようとする真澄を、いづみは慌《あわ》てて腕を摑んで止めた。

「真澄くん、ダメだよ！」

こんなところで他の劇団と問題を起こせば、公演に影響《えいきょう》が出る。

「むかつくけど、やめとけ」

そう真澄の肩を摑む綴も、その表情は怒《いか》りに満ちていた。

「晴翔、言いすぎだ」

「なんだよ」

丞に強い口調で咎められて、晴翔が口をとがらせる。

「ジャマして悪かった。公演、頑張って」

苦虫を嚙《か》み潰したような表情から、丞も晴翔には手を焼いているのであろうことがわかる。

「ありがとう。良かったら、これもらって」

いづみがフライヤーを手渡すと、丞はすんなりと受け取った。

「どうも」

「なんで、あんな劇団のフライヤーもらってんの？」

「うるさい。行くぞ、晴翔」

「わかったよ」

晴翔もしぶしぶといった様子で、丞についてその場から去っていく。

真澄はその背中をいつまでもにらみつけていた。

「……うざい」

自分のために怒《おこ》ってくれていることがわかるだけに、いづみもたしなめることができない。ただ、なだめるように軽く真澄の肩を叩《たた》いた。

「さ、気を取り直して続けよう」

「カントク……」

「気にしない方がいいっすよ」

咲也と綴が心配そうにいづみを見つめる。

「あんなのただの焼《や》き芋《いも》の遠吠《とおぼ》えネ」

「それは、もしかして負け犬のこと？」

シトロンの言葉に思わず笑みが漏れる。

「大丈夫。いちいち気にしてもしょうがないよ」

いづみはそう言って、団員たちに微笑《ほほえ》んだ。

（私の演技はどんな練習をしても上達しなかったけど、その時の経験が、みんなの役に立ってる。そう思えば、全然気にならない。役者としては何も残せなかったけど、監督とし

てならできることがある)

その思いや自信が、今のいづみを支えて強くしてくれていた。

劇団員時代、すがるように取り組んだあらゆる稽古は、みんなの稽古メニューを組み立てるのに役に立った。他の人がいとも簡単に乗《の》り越《こ》えられるような小さな壁《かべ》から、大きな壁まで、あらゆるところでつまずいた経験は、みんなへのアドバイスへと昇華《しょうか》できた。

ムダになったことなんて何一つない。

「MANKAIカンパニーの『ロミオとジュリアス』よろしくお願いしますー!」

再び声を張り上げたいづみの前に、一人の少年が立ち止まった。

「あの……一枚ください」

おずおずといった様子で、中学生くらいの小柄で気弱そうな少年が手を伸ばす。

「はい、どうぞ!」

「ありがとうございます……」

少年はふわりと微笑んで、フライヤーを大切そうに胸に抱《かか》えて立ち去った。

「『ロミオとジュリアス』もうすぐ上演予定です! よろしくお願いしますー!」

「はぁ? 男同士のロミジュリ? ゲテモノか?」

今度はやけに生意気そうなオレンジ色の髪《かみ》の少年が足を止める。

「一枚どうぞ。よかったら、観《み》に来てね」

「どーも」

いづみがフライヤーを差し出すと、少年はいぶかしげな顔をしながらも一枚受け取った。

その夜、談話室のソファにはパンパンになった足をマッサージするいづみの姿があった。

一日立ちっぱなしだったせいで、むくみがひどい。

でも、そのおかげで、山のように積んであったフライヤーは日暮れ頃《ごろ》にはほとんどなくなっていた。

「フライヤーもだいぶはけたし、至さんのおかげでサイトの閲覧者数も伸びてるみたいですね」

お茶を淹《い》れてきてくれた支配人に、いづみがそう声をかける。

「ええ。ブログに応援《おうえん》コメントが書き込まれたりしてます」

「チケットはどうですか？」

「以前よりは席も埋《う》まり始めましたけど、完売にはまだまだ……」

「そうですか……」

「この調子だと、半分くらいしか埋まらないかもしれません。どうしましょう。そうなったら、この劇場はもう――」

支配人の顔が青ざめて、持っていたカップがカタカタと震《ふる》えて小さく音を立てる。

「まだ三週間ありますから。何か考えましょう」

「は、はい！」

支配人を励《はげ》ましながらも、いづみの気持ちは晴れなかった。

（とはいえ、どうしよう。どうすればチケットが売れるんだろう……）

左京に告げられた条件の一つ目は、今月中に新生春組の旗揚げ公演を行い、千秋楽《せんしゅうらく》を満員にすること。公演を行うだけでは、クリアできない。クリアできなければ、MANKAIカンパニーは間違いなく潰《つぶ》されてしまう。

この劇団を失《な》くすわけにはいかない――春組のみんなと一緒に頑張ってきた今は、以前にも増していづみの中でその想《おも》いが強くなっていた。父のいた劇団だからという理由だけではなく、春組のみんなのためにも、そしてみんなと一緒にもっと演劇を続けたいといういづみ自身の願いのためにも、MANKAIカンパニーを潰させるわけにはいかなかった。


「それじゃあ、次は二幕のマキューシオのシーンから――」

週末の昼稽古の最中、不意に稽古場のドアが開いた。

「おう、お前ら。今から芝居観に行くから、準備しろー」

突然現れた雄三の姿を見て、ぎょっとする。今日は殺陣の稽古の予定はないはずだ。

「雄三さん⁉　突然来るなり、どうしたんですか」

「これから俺が指導してる劇団の公演があるんだよ。招待してやるから、勉強がてら観に来い」

「雄三さんの劇団の……？」

いまいち事情が呑《の》み込めないいづみや団員たちに向かって、雄三が早くしろと言わんばかりに顎をしゃくる。

（何かもっとクオリティをあげるヒントが見つかるかも）

雄三が指導する劇団なら、その実力は確かだ。それに、今こうして雄三が誘《さそ》ってくれるのも何か考えあってのことなのだろう。

「わかりました。じゃあ、みんな準備して」

いづみも急いで稽古場を片付け始めた。

雄三に案内されて訪《おとず》れたのは、ＭＡＮＫＡＩ劇場の倍のキャパを誇《ほこ》る劇場だった。舞台《ぶたい》も広く、設備も新しい。客席はほぼ満席で、春組のメンバーたちは逐一《ちくいち》感心しながら、席に座《すわ》った。

そうして揃って観劇したマチネ公演――昼公演は、夕方頃大喝采《だいかっさい》の中幕を下ろした。

いづみも観劇の余韻《よいん》冷めやらないまま、あふれんばかりの拍手《はくしゅ》を送る。

(すごい……レベルが違いすぎる)

いづみだけではなく、隣《となり》に並んだ団員たちもただただ圧倒《あっとう》されていた。

「こんなに圧倒的なんだ……」

「さすが雄三クオリティ……」

幕を下ろした舞台の上でまだ芝居が続いているかのように、食い入るように舞台を見つめたまま、咲也と綴がつぶやく。

「だてにヤクザ面《づら》してないヨ」

「格が違うね」

シトロンも至も唸《うな》るようにそう告げた。

(みんな、自信なくしちゃったかな……帰ったら、ミーティングを開こう)

本番を三週間後に控《ひか》えた今、自分たちの完成度と比べて落ち込んでしまうことは避《さ》けたい。いづみは一抹の不安を胸に寮《りょう》へと帰った。

「それじゃあ、前向きにさっきの公演から得たことを――」

稽古場でいづみがそう切り出すと、言い終える前に咲也がさっと手をあげた。

「日替《ひが》わり要素を入れませんか!?」

「あ、俺もそれ思った。アドリブとか」

「それを楽しみに通ってるっていうお客さんの会話が、聞こえてきましたよね！」

「う、うん。いいと思う」

前のめりな咲也と綴に、いづみが少し気圧《けお》されながらうなずく。

「余裕《よゆう》があれば、ロビーでストリートＡＣＴやるとか」

「あれも良かったネ！」

至の提案に、シトロンがうなずく。

「演出はもうちょっと派手にしてもいいかも。ライトとか効果的に使ってた」

「もっと舞台を広く使う」

「うん、動きも考えてみよう」

「そうだね」

綴と真澄の会話にいづみが相槌《あいづち》を打っていると、咲也が首をかしげながら問いかけた。

「端役《はやく》も全部団員でやるんじゃなくて、客演っていう形でエキストラに入ってもらった方がいいですかね？」

「うん。他の劇団に客演を借りられないか、支配人と当たってみる」

「その方が変化が出ていいよな。衣装替《が》えも大変だし」

綴が両腕《りょううで》を組んでうなずくと、他のメンバーも口々に同意する。

その姿に、いづみは自分の心配が杞憂《きゆう》だったことを実感する。

「みんな……落ち込むんじゃなくて、すごくちゃんと自分たちの糧《かて》にしてるね」

「もっともっと、舞台を良くしたいんです」

「できることは全部やりたい」

「負けたくない」

咲也、綴に続いて真澄も決意を込めた表情でそうつぶやく。

「がんばらないとネ」

「完成度あげないと」

シトロンも至も、咲也たちと気持ちは同じだ。

(良かった。私が心配する必要なんてなかった。みんなは確実に成長してる)

以前雄三に指摘をされて落ち込んでいた時とは、明らかに違う。落ち込んでも、それを糧にして、前に進もうとしている。以前よりも技術的な部分だけでなく、精神面でも強くなっていた。

みんなの変化をまざまざと感じて、知らずいづみの顔がほころぶ。

「よし、それじゃあ、今のアイデアをどう落とし込んでいくか、考えていこう!」

そうして始まったミーティングは白熱し、その夜遅《おそ》くまで続けられた。

放っておくと朝まで話が尽《つ》きなそうなミーティングをなんとか切り上げさせて、いづみが風呂《ふろ》から上がると、すでに深夜になっていた。

水を飲もうと談話室に寄ると、まだ明かりがついている。

見れば、ソファの上で片膝《かたひざ》を立てぼうっと考え事をしている綴の姿があった。

「あれ？　綴くん、まだ起きてたの？」

呼びかけると、はっとしたように綴が顔を起こした。

「ちょっと、目が冴《さ》えちゃって」

「そうなんだ」

「目をつぶると、昼間の舞台が浮かんでくるっつーか」

綴はそう言いながら、また余韻に浸《ひた》るかのように視線を宙に浮かべた。

「ああ、すごかったね。みんな、落ち込んじゃうと思ったけど、良かった。メンタルも強くなってる」

いづみが手放しでほめると、綴が照れたように苦笑《くしょう》する。

「いや、本音を言えば、ビビったし、へこみましたって。もうそんな段階じゃないから、なんとか気を持ち直しただけで」

「持ち直せるだけ、強くなったってことだよ」

「そうっすかねえ」

綴が首をひねりながら、でも、と先を続ける。

「もっと早く演劇やってたかったなあ。そうしたら、基礎《きそ》ができた状態から始められて、もっと色々できることがあったのに」

しみじみと、何かを嚙《か》み締《し》めるようにつぶやいた。

「学校で演劇部とかには入らなかったの？」

いづみが綴の隣に腰を下ろしながら、たずねる。

「弟たちの世話でそれどころじゃなかったっすね」

そう答えながらも、何かを思い出すように視線を床《ゆか》に落とす。

「それでも、高校の時は演劇部に入ろうと思って、仮入部したんすけど。結構熱心な部活で練習が長くて、遅く帰ったら、末っ子が熱出して大変なことになっちゃってて……やっぱ無理だなって」

自嘲《じちょう》するような笑みを浮かべて、小さく息をつく。

「そっか……家族のためにガマンしてたんだね」

「って、建前で言ってるんすけど、どうなんすかね。それでもやりたかったら、事情話して早く帰るとか、やりようはあったと思うんすよ。でも、俺は簡単にあきらめた。自分が覚悟《かくご》を決められなかっただけなのに、大好きな家族のせいにしたことが、ずっと心のどこかでひっかかってて」

自分の中のもやもやを言葉にするのがもどかしいように、綴は両手を組んだり離《はな》したりを繰《く》り返《かえ》す。

言い訳を用意して、何かを諦《あきら》めることは簡単だ。それが自分のせいではなければ、なおさら。壁にぶつかって諦めるよりも、挑戦《ちょうせん》する前から諦めた方が傷つかない。綴はそのことにずっと負い目を感じていたのだろう。

「でも、夢をかなえようと思ってビロードウェイで劇団探してたんでしょう？」

「それは、まあ……」

「だったら、時期がちょっとずれただけで何も問題ないよ。おかげで、このＭＡＮＫＡＩカンパニーに入ってもらえたんだから。私は綴くんの家族に感謝してる」

いづみはそこまで言って一呼吸置くと、言葉を続けた。

「もし、もう演劇を始めてたら、他の劇団に入ってたかもしれない。みんなとも会ってなかったかもしれない。綴くんオリジナルの素敵《すてき》なロミジュリだって生まれなかったよ」

綴はじっと床を見つめたまま、ぽつりとつぶやいた。

「……そっか。そうっすね。あのロミジュリが書けたのも、初代春組のロミジュリがあったから、みんなとの出会いがあったから……」

「そう。これまで積み重なったうっぷんがあったから、あの一週間にがむしゃらに情熱をかけられた」

「はは。たしかに。あの時はほんと、今書けなかったら一生書けないって思って、必死だったし」

綴はそこでようやく顔を上げて、笑顔《えがお》を見せた。

脚本《きゃくほん》を上げる期限として与《あた》えられたあの一週間の綴の集中力は、いづみから見ても尋常《じんじょう》なものではなかった。これが最後のチャンスかもしれないと思ったからこそ、綴はあそこまで打ち込むことができたのだ。そして、それがちゃんと実を結んだ。

「そっか、ムダじゃなかったんだ……」

嚙み締めるように、綴がつぶやく。

「これからも書けるよ。この劇団で書いてもらわなきゃ。綴くんはMANKAIカンパニーの看板劇作家なんだから」

「看板とか、言いすぎっす……」

大げさだと苦笑いする綴に、いづみが勢いよく首を横に振《ふ》る。

「そんなことないよ！」

「……じゃあ、書き続けるためにも、この公演を成功させないと」

「そうだよ。絶対成功させよう」

綴といづみは顔を見合わせると、どちらからともなく微笑み合った。


ある日の夜稽古に集まった団員たちは、いつになく稽古場に張りつめたような空気が流れているのを感じ取った。

そして、稽古場の隅《すみ》に妙《みょう》な威圧感《いあつかん》を放ちながら立っている人物に気づく。

「お、おい、あれ……」

「あの人、取り立ての人ですよね。なんでここに……？」

ささやき合う綴と咲也の視線の先には、両腕を組んでじっと稽古場をにらみつける金髪《きんぱつ》の男がいた。古市左京《ふるいちさきょう》――自分の出した条件をのまなければ、ＭＡＮＫＡＩカンパニーを潰すと豪語《ごうご》したヤクザである。

今から殴《なぐ》り込みにでも行こうかというような目つきの悪さで立っていられると、一瞬《いっしゅん》その場が組の事務所か何かのように思えてくる。

「ツヅル、声かけるネ」

「嫌《いや》っすよ！　真澄行けよ」

綴が真澄を促《うなが》すが、真澄はそっぽを向いたまま聞こえないふりをしている。

「無視すんな！」

「監《かん》・督《とく》・召《しょう》・喚《かん》☆　っと」

至がシャランラとでも効果音のつきそうな手の振りでそうつぶやいた瞬間《しゅんかん》、ドアが開いた。

「みんな、おはよー」

「すげえな、至さん」

タイミングよく入ってきたいづみの姿を見て、綴がつぶやく。直後、いづみが左京の姿に気づいて、動きを止めた。

じっと押《お》し黙《だま》ったままの左京の方も、いづみに視線を留《と》める。

「何か用ですか？　約束通り、今月中に公演しますから」

いづみが口火を切ると、左京がわずかに顎を上げた。

「千秋楽は売り切れたのか」

「そ、それは――」

「一席でも埋まってなかったら失格だ」

左京が探《さぐ》るように目を細める。ただでさえ切れ長の目が、さらに鋭《するど》く突《つ》き刺《さ》さるような印象になり、いづみは思わずたじろぎながらも声を荒《あら》らげた。

「わかってます！」

「ふん。それならいい」

左京はそれだけ言うと、さっさと稽古場のドアへと向かい、出ていった。

その瞬間、凍《こお》り付いたようだったその場の空気が融解《ゆうかい》する。

「あの人、あれだけ言いに来たんでしょうか」

「性格悪いな」

「うざい」

咲也や綴や真澄が口々に毒づく。

「千秋楽、まだ埋まってないんだ？」

「他の日よりは売れてますけど、まだ……」

至の問いかけに、いづみが視線を落とす。

昨晩、支配人に確認した数は、まだ半数近く残っていた。

「厳しいっすね」

「もっとチケットを売る方法はないんでしょうか」

綴と咲也も顔を曇《くも》らせる。

「握手券《あくしゅけん》つけるネ」

「すでにファンがついていれば、効果的だけど……」

「立ちあげたばっかりだから知名度がないね」

シトロンがアイドルのＣＤ特典のような提案をするも、いづみと至が難色を示す。

その場に暗い空気が流れた時、再び稽古場のドアが開いた。

「おつピコー！」

明るい声と髪色が同時にぴょこっと飛び込んでくる。

「あれ？　三好《みよし》さん、どうしたんすか？」

一成《かずなり》の姿を見て、綴が驚いたように声をあげる。

「陣中見舞《じんちゅうみま》いっつーの？　どんな感じかなーと思ってさー」

「そうなんすか……」

それ以上何も言わない綴の顔を見た後、いづみや団員たちの顔を見まわして、一成が首をかしげる。

「あれ、なんか、空気重くね？」

「チケットが思うように売れなくて、どうやって宣伝しようか考えてて……」

「マジで？　売れないと、ここつぶれんでしょ？　激ヤバじゃん」

「そんな状況なんで、三好さんの相手してる暇《ひま》は――」

綴の言葉をさえぎるように、一成が軽く手を叩いた。

「あ！　いいこと思いついたわ！　テレビ！　テレビ出ればいいじゃん」

「テレビ？　そんな簡単に出させてもらえないんじゃない？」

いづみが首をかしげる。

「あ、全然！　オレ、口きくんで！」

「テレビ局に知り合いがいるの……？」

「ちょっと連絡してくるわ。んじゃ、がんばって！」

「あ、ちょっと――」

いづみが止める間もなく、一成はあっという間に去っていった。来た時同様、その行動は軽《かろ》やかで素早《すばや》い。

「突然来て、突然帰っていったね」

「いつもあんな感じっす」

いづみのつぶやきに、綴がうなずく。

「うさんくさい」

「うーん、本当にテレビで宣伝できればいいんだけどね」

真澄の言葉を肯定《こうてい》するでも否定するでもなく、いづみは苦笑交じりにそう言った。

「じゃあ、一時間休憩《きゅうけい》──」

週末の昼稽古中、いづみがそう声をかけた時、慌《あわ》ただしく稽古場のドアが開いた。

「失礼しまーす！」

男性の声と共に、大きなカメラや機材を持った人たちがぞろぞろと稽古場に入ってくる。

「こんにちはー。今日はよろしくお願いしまーす」

最初に入ってきたスカジャンの男はにこやかに頭を下げると、すぐさまスタッフに指示を始めた。

「どちら様ですか？？？」

事情が摑めないまま、いづみが慌ててたずねる。

「カメラ？」

「なんだろうな」

咲也と綴も首をひねった。

「天鵞絨《ビロード》ＴＶのディレクターの安西《あんざい》です。『ザ・ショー』の取材で来たんですけど──」

「取材!?　テレビ局!?」

「聞いてませんか？」

いづみの驚きようを見て、安西も驚いたように目を見開く。

「何も……」

「おかしいな。支配人の方と連絡をとってたんですけど……」

困ったような表情で、安西が頭を掻《か》く。周りの撮影《さつえい》スタッフたちも事情がおかしいと察したのか、集まってきた。

「忘れてるな……」

「忘れてるね……」

綴の言葉に、いづみもうなずく。

「でも、ＴＶ取材が来たっていうことは、本当に一成さんが連絡してくれたんですね」

「意外。全然期待してなかった」

咲也と至が意外そうにつぶやく。

「あの人の親、顔が広いんすよね」

「親のコネか……」

綴の説明に至がなるほどとうなずいた。

「それで、取材させてもらってもいいですか？」

ここまで準備してきて、断られても困るのだろう。安西はうかがうようにいづみの顔を見た。

「もちろん！　よろしくお願いします！」

安西はほっとしたようにうなずくと、取材の段取りについて説明し始めた。

「それじゃあ、カメラ回しまーす」

安西の言葉で、リポーターの女性が笑みを浮かべる。

「はい！　今日は大復活を遂《と》げた知る人ぞ知る古参《こさん》劇団、ＭＡＮＫＡＩカンパニーの稽古場にお邪魔《じゃま》してます」

そう言いながら、いづみの方へと歩み寄る。段取り通りだ。

「まずは主宰兼監督の立花《たちばな》さんにお話を聞きたいと思います。今回の公演に向けて、メンバーを一新されたんですよね？」

マイクを向けられたいづみが、少し緊張《きんちょう》した面持《おもも》ちでうなずく。

「はい。新しいメンバーで一から作り上げてきました」

「今回の公演はロミオとジュリエットのアレンジ版ということで、見どころを教えて下さい」

「男になったジュリエットとロミオとの友情物語です。ぜひ見に来てください」

いづみがそう告げると、リポーターはにっこりと微笑んでカメラに向き直った。

「ありがとうございます。では続いて、出演者の皆さんにお話を聞いていきたいと思います。まずは主演のお二人、佐久間《さくま》咲也くんと碓氷真澄くんです」

マイクを向けられた咲也は石化《せきか》の呪文《じゅもん》でもかけられたかのように、直立不動で不自然に固まっていた。

「よ、よよよろしくお願いします！」

声が上ずって震えている。

（ガチガチだ）

多くの人に宣伝するチャンスともあって、いづみは失敗しないかハラハラしてしまう。

「どうも」

一方真澄の方はいつも通りの無表情さだった。もう少し愛想《あいそ》を良くしてくれれば、といづみは内心思いながら見守る。

「今回はお二人の友情がメインということで、もう息もぴったりといった感じでしょうか？」

「もちもち、もちろんです！　ね、真澄くん!?」

「……別に」

「ええええ!?」

そっぽを向いた真澄に、咲也が顔面蒼白《がんめんそうはく》になる。

「あはは。掛《か》け合《あ》いがぴったりですね」

その後も素っ気ない真澄と、緊張しっぱなしの咲也の嚙《か》み合《あ》わない掛け合いをリポーターがそつなくまとめてくれて、いづみはほっと息をついた。

続いて話題が綴へと移った。

「マキューシオ役の皆木《みなぎ》綴さんは今回、脚本を書かれたということで――」

リポーターに声をかけられた綴の表情が、ぴしっと音を立てて固まる。

「――」

「綴さん？」

「あ、はい。かか、かけ――書きました」

ここまで動揺《どうよう》する綴の姿はあまり見たことがない。

（綴くんもすごい緊張してるな）

見ているいづみの方が緊張してしまう。

「役者兼脚本ということで、ご苦労などはありましたか？」

「そ、そうですね――執筆《しっぴつ》期間が短かったので、ちょっと大変だったけど、あとの苦労はやりがいがあって楽しいです」

「なるほど、やる気十分といった感じですね。次は、ティボルト役の茅ケ崎《ちがさき》至さん」

「よろしくお願いします」

至がにっこりと微笑んだ。咲也や綴のように緊張するでもなく、真澄のように無表情でもなく、取材用の対応としては百点満点だ。

「わあ、イケメンさんですねー！」

「はは、ありがとうございます」

リポーターのほめ言葉にも如才《じょさい》なく受け答えする。

「全員役者が男性ということで、女性に楽しんでいただける舞台になってると思いますので、よろしくお願いします」

ばっちりカメラ目線で微笑む至は、テレビ慣れしたアイドルか俳優のようだ。他の団員たちとの落差もあって、なおさらその愛想の良さが際立《きわだ》つ。

（きれいな至さんだ……！　干物《ひもの》状態の時の面影《おもかげ》がない……）

いづみが思わず感心していると、リポーターが戸惑いがちに動きを止めた。

「次は——ええと、神父役のシトロンさん？」

「イエス」

うなずいたシトロンは、一番最初にいづみが出会った時と同じように顔面を覆《おお》うマスクをしていた。目元だけしか見えない。

「シトロンさん、なんでマスク被《かぶ》ってるんですか!?」

「いつの間に!?」

さっきまではかぶっていなかったのに、と咲也と綴が驚いて問いかける。

「テレビに出るからには、すっぴんで出られないネ」

「女子か！」

さっきまでは緊張して固まっていた綴も思わず素に戻《もど》って突《つ》っ込《こ》んでしまう。

「今回の神父はそういった役柄《やくがら》なんですか？」

「一切《いっさい》関係ありません！」

気を取り直したようにリポーターがたずねると、綴は力強く否定した。

インタビューの後、リポーターが公演の情報を伝え取材が終了《しゅうりょう》した。

「はい、オッケーでーす」

安西の言葉で、いづみや咲也や綴が一斉《いっせい》にほっと息をつく。

「ありがとうございました。また何かあったら、よろしくお願いします」

あっという間に撤収《てっしゅう》の準備をした安西がそうにっこり笑う。

「こちらこそ、よろしくお願いします！」

「公演がんばってくださいね」

「ありがとうございます！」

応援の言葉をかけてくれるリポーターに頭を下げて、いづみは安西たちを見送った。

「はー、緊張した……」

安西たちが出ていった後、咲也は疲《つか》れ切《き》ったように大きなため息をついた。

「何言ってるか自分でもわかんなかった」

ぐったりとうなだれる綴に、シトロンがうんうんと同意する。

「なんだかいつもより息がつまったヨ」

「それ、マスクのせいな⁉」

「これで宣伝効果があるといいね」

ぐったりしている咲也と綴を横目に、至が涼しい顔でそう告げる。

「そうですね。少しでもチケットが売れてくれればいいんですけど……」

公演まで残り二週間、いづみは祈《いの》るような気持ちでうなずいた。


都心のビジネス街の一角に至の勤める会社はあった。数年前に引《ひ》っ越《こ》したばかりでキレイな自社ビルの周りは飲食店も多く、昼食の店選びには困らない。

スーツ姿のビジネスマンやＯＬが忙《せわ》しなく行きかう朝の風景に、至の姿も溶《と》け込《こ》んでいた。

「おはようございます」

至が出社して自分のデスクにカバンを置くと、近くにいた女子社員たちが色めき立った。

「あ！　茅ヶ崎さん！　テレビ見ましたよ！」

「テレビ？」

「劇団に入ってたなんて、知りませんでした！」

首をかしげる至に、女子社員たちが興奮したように告げる。

「ああ――実はそうなんだ」

ようやくローカルテレビの取材のことかと合点《がてん》がいった至が、にっこり笑ってうなずく。

「チケットまだ残ってますか？　同僚《どうりよう》の子も行きたいって言ってて……」

「うん、まだ残ってると思う」

「良かった！　それじゃあ、四枚お願いします！」

「ありがとう。すぐに手配するね」

至が微笑むと、女子社員たちは顔を赤くしてその場から立ち去った。

「は～、かっこいい」

「ザ・イケメンって感じだよね～」

そんなささやきが立ち去りぎわに聞こえたが、至は涼しい顔で席に着いた。

昼休みのチャイムの音が鳴ると、一気に教室内に音があふれる。クラスメイトたちが机を動かしたり、学食に移動し始めたりする中で、真澄はゆっくりと教科書を片付けた。と、クラスの入り口に見慣れた顔が覗く。

「あ、いたいた！　真澄くん！　お昼、食べた？」

目が合うなり、咲也はぶんぶんと大げさなくらいに手を振った。

「まだ」

「じゃあ、一緒に学食行かない？　ちょっと相談したいこともあるし」

咲也の誘いに、真澄は少し考えた後うなずいた。

「……わかった」

真澄と咲也が廊下《ろうか》を歩き始めると、廊下に面した窓から女子学生が手を振ってくる。

「真澄くーん！　チケット買ったよー！　がんばってねー！」

突然の呼びかけに、咲也がびくりと肩を震わせるが、真澄はちらりと視線で確認するだけだった。

「きゃー！　こっち見た！」

黄色い歓声を意にも介《かい》さず、真澄はすぐに興味を失ったようにすたすたと歩みを進める。

「す、すごいね。ファンクラブの子？」

「……知らない」

慌てて真澄の後を追いながら咲也がたずねると、真澄は心底興味なさそうに答えた。

それから学食に行くまで何度も女子に声をかけられたり、すれ違い際にささやかれたりと、咲也は常にない状況に逐一驚いていたが、真澄は涼しい顔ですべてをスルーしていた。真澄にとっては日常茶飯事《にちじょうさはんじ》なのだろう。咲也はその人気ぶりに改めて驚かされた。


就寝前《しゅうしんまえ》、いづみはパソコンの前で小さくため息をついた。ディスプレイには最新のチケットの在庫状況が表示されている。

（テレビ中継《ちゅうけい》の後、チケットが一気にはけたな。でも、まだ肝心《かんじん》の千秋楽が完売してない……）

「あと一週間なのに、どうしよう……」

自然と独り言が漏れる。

（一席でも埋まらなかったら、この劇場はもう……）

最悪の想像が浮かんで、目の前が真っ暗になりそうになる。打てる手はすべて打った。これ以上はもう打つ手がない。

暗たんたる気持ちでまたため息をついた時、ノックの音が聞こえた。

もうみんな寝《ね》ている時間だ。こんな時間に訪問客とは珍しい。

「はい？」

「俺」

ドアに向かいながら声をかけると、真澄の声が聞こえてきた。

「真澄くん、こんな時間にどうしたの？」

驚きながらドアを開けると、真澄が伏《ふ》し目《め》がちに立っていた。

「……最近の俺、どう？」

「どうって、いい感じだと思うよ」

唐突《とうとつ》な質問に戸惑いながら、そう答える。

「本当に？」

すがるような目で真澄がいづみを見つめる。

「雄三さんだってほめてたでしょ？」

「あんなオッサンどうでもいい。俺は、アンタのためにやってるのに」

「私のためって……それじゃダメだよ」

「……え？」

いづみが首を横に振ると、真澄が虚《きょ》をつかれたように動きを止める。

「私にほめられるためじゃなくて、もっと自分の成長につながる目標を——」

「――」

真澄はいづみの言葉を最後まで聞くことなく、逃《に》げるように踵《きびす》を返し、階段を駆《か》け下りていった。

「真澄くん!?」

声をかけるも、真澄の姿はすでに見えない。

「きつく言いすぎちゃったかな……」

真澄に注意したことは今まで何度もあったが、こんな風に逃げるように去っていくことはなかった。

一瞬追いかけようかと足を踏《ふ》み出すが、すでに消灯していて静まり返っている廊下を見て動きを止める。

(もう時間も遅いし、明日ちゃんとフォローしよう)

真澄の様子が気にかかりながらも、いづみはそう考えると自室に戻った。

翌日の朝練の時間、いづみは稽古場に入るなり真澄に声をかけた。

「おはよう、真澄くん。昨日のことなんだけど――」

「――」

真澄はいづみを見ると、ぱっと身をひるがえしてドアの方へと向かってしまう。

「真澄くん、待って！」

「あれ、真澄くん、朝練は⁉」

ちょうど入れ替わりで入ってきた咲也が、猛《もう》スピードで出ていく真澄に驚いたように声をかける。

「学校行く」

真澄はそれだけ告げると、走り去っていった。

「真澄くん……」

こんな風に真澄がいづみをあからさまに避けることなんて、今まで一度もない。むしろいづみの反応を気にして、まとわりつくのが日常だった。あまりの態度の違いに、いづみはどうしたらいいかわからないまま、真澄の背中を呆然《ぼうぜん》と見送ることしかできなかった。

「どうしたんだ、あいつ」

「マスミがカントク無視するなんて、明日は豆が降るネ」

「雨な」

横で見ていた綴とシトロンもいぶかしげな表情を浮かべる。

「オレ、心配なんで、一緒に学校ついていきます！」

「うん、お願い」

いづみが咲也にうなずくと、咲也はぱっと真澄を追って走りだした。

その日の夕方、いづみは帰宅した真澄に再び声をかけた。

「真澄くん、ちょっと話さない？」

真澄はソファの上でスマホを見つめたまま、いづみの方を見ようともしない。

「真澄くんってば」

何度声をかけても、まったく反応しない。

これにはいづみもお手上げだった。真澄が何を考えているのかわからない上、真澄に話をする気がない以上、何を言っても無駄《むだ》だ。

かと言って、このままにするわけにもいかない。

「すねたガキか。まったく」

綴のつぶやきに、いづみも内心困り果ててため息をつく。

(困ったな。公演も近いのに、こんな状態じゃ本番にも悪影響《あくえいきょう》が出ちゃう)

どうしたものかと思っていると、不意に綴があ、と声をあげた。

「そういえば、夕飯の材料が足りないんだった！　監督、卵買ってきてもらえます？」

「え？　でも、卵ならまだ冷蔵庫に――」

冷蔵庫の中身を思い出しながら首をひねるいづみの背中を、綴がドアの方へとぐいぐい押しやる。

「足りないんで！　ほら、真澄も荷物持ちしてこい！」

ついで、とばかりに綴は真澄の腕を掴んで無理やり立たせた。

真澄は迷惑《めいわく》そうな顔をしながらも抵抗《ていこう》しない。

(もしかして、気を利《き》かせてくれたのかな)

「ありがと、綴くん。それじゃあ、行ってくるね」

「ごゆっくり～」

いづみは綴に見送られて、寮を後にした。真澄がちゃんとついてくるか不安だったが大人しくいづみの後について歩いてきた。

夕焼けに染まるビロードウェイを二人で無言のまま歩く。

(相変わらず何も話してくれないし、視線も合わせてくれない……)

真澄はいづみの一歩後ろを黙々《もくもく》と歩き続けていた。何度か話しかけたものの、返事はない。

「真澄くん、昨日言ったことだけど——」

改めてそう切り出そうとした時、横を通り過ぎようとした女子高生の二人組が不意に足を止めた。

「あれ!?　真澄くんじゃない!?」

「やば。こんなところで見られるなんて、ラッキー！」

そんな言葉と共に、女子高生たちがいづみと真澄の行く手をさえぎる。

「真澄くん、握手して！」

突然手を差し出してくる相手にいづみが驚いていると、真澄は面倒《めんどう》そうにそっぽを向いた。

「……ジャマ」

「公演がんばってね！　応援してるから！」

「友達誘って見に行くよ！」

女子高生たちは真澄の反応を気にするでもなく、騒《さわ》ぎ立《た》てる。

「もしかして、真澄くんのファンの子？」

いづみがそう声をかけると、女子高生たちは初めていづみの存在に気づいたという風にぽかんとした表情になった。

「誰、このおばさん？　マネージャー？」

「おば――？」

一瞬唖然《あぜん》とする。おばさんと呼ばれるにはまだ早いはずだ。思わず強く否定しそうになるのを、寸前で思いとどまる。

（いやいや、ここはこらえよう。貴重なお客さんだし）

いづみはこほんと咳払《せきばら》いすると、にっこりと微笑んだ。

「真澄くんが所属してる劇団の監督兼主宰やってるの」

「へー！　おばさんが監督なんだ？」

「マネージャーかと思った！」

「っていうか、監督ってことは真澄くん採用したってこと？」

「うん、そうだよ」

遠慮《えんりょ》のない物言いに気圧されながらも、うなずく。

「それって、真澄くんに近づくためとかじゃないよね？」

「え？」

一瞬何を言われたのかわからず、間の抜けた声が漏れる。

「完全にあれじゃね？　職権乱用？」

女子高生たちは悪意をにじませながらも、あくまでも冗談のようににやにやと笑いながらささやき合う。

「うわー、いい年して、男子高校生狙《ねら》いとか。引くよね！」

「警察沙汰《ざた》じゃん」

真澄と親しげないづみに嫉妬《しっと》をしたのか、恋敵《こいがたき》として敵意を向けてくる女子高生たちの表情は、未成年の子供のそれではなく醜《みにく》い女そのものだった。

むき出しの悪意に、いづみは思わず言葉を失ってしまう。

「お前ら――」

真澄の声が怒気《どき》に満ちているのに気づいて、いづみは慌てて止めようとした。しかし、ショックを受けていたせいで少し遅《おく》れてしまう。

「真澄くん、ダメ……！」

真澄の手が振り上げられた瞬間、いづみはとっさに前に出た。

乾《かわ》いた音がしてから、ややあってじんじんと頬《ほお》が熱を持ち始める。

「え？　何？」

女子高生たちは一瞬何が起こったのかわからなかったのか、きょとんとした表情を浮かべていた。

真澄はいづみを叩いたことに気づくと、呆然と自分の手を見つめた後、うろたえながらいづみを見つめる。

「ごめん、俺、叩くつもりなんて――」

「……私は大丈夫」

怯《おび》えたような表情を浮かべる真澄に、いづみが動揺させないよう努めて冷静に微笑んで見せる。

「あの、なんか、私たち、変なこと言った？」

女子高生たちも事態を理解したのか、まずいことをしたという表情で、問いかけてくる。

「私が真澄くんをスカウトした理由はかっこよさだけじゃないって、公演見てくれたらわかると思うから。本番、楽しみにしてて」

いづみが叱《しか》ることもせずにただそう告げると、女子高生たちは視線を泳がせた。

「――あ、はい」

「なんか、ごめんなさい」

「行こう」

逃げるようにして女子高生たちが去っていくと、いづみはそっと息をついた。

頬の痛みはどんどん増していくが、真澄に気を使わせたくなくて確かめることはしない。

真澄は、と目を向けると、うつろな目で自分の手を見つめていた。

「真澄くん？」

いづみの呼びかけにも一切反応しなかった。態度はさっきと変わらないが、その表情は明らかに違う。

(仲直りしようと思ってたのに、余計に悪化しちゃった気がするな)

「真澄くん、寮に帰ろう」

いづみは真澄の背をそっと押すと、寮に向かって歩き始めた。

二人の間に流れる重苦しい沈黙《ちんもく》は、寮に到着《とうちゃく》するまで続いた。帰り道も何度かいづみが真澄に話しかけたものの、真澄はどこかうつろな目をしたまま、答えようとはしなかった。

いづみは小さく息をつくと、真澄を促して談話室へと入る。

「ただいま」

極力普段《ふだん》通りの調子でいづみが声をかけると、談話室には綴だけではなく咲也やシトロンや至も揃っていた。

「あ、おかえりなさい！」

「おかえりダヨ」

「おかえり」

「無事に――って感じでもないっすね」

心配をしてくれていたらしい綴が、いづみと真澄の顔を見比べて苦笑いする。

「うーん、ちょっと色々あってね」

「真澄くん、大丈夫？」

咲也が心配そうに真澄の顔を覗き込んだ。真澄は顔をそむけるでもなく、相変わらず心ここにあらずといった様子で空《くう》を見つめている。

「行く前よりひどくなってんな」

「あれ、監督さん、ほっぺたちょっと赤くなってない？」

綴が眉をひそめると、至がいづみの顔を見つめて首をかしげた。

なんとも答えづらく、いづみはあいまいに笑ってごまかす。

「いい加減何があったのか話せ」

いづみの頬を見て何かを察したのか、綴がさっきよりも強い口調で真澄を問《と》い詰《つ》める。

真澄は綴につられていづみの顔を見た後、動揺したように視線を泳がせた。

（私がいない方が話しやすいかな）

「私は席を外すね」

いづみはそう告げると、そっと談話室を出た。


「マスミ、電気出すネ」

「出すのは元気な」

綴がため息交じりに修正する。

「真澄、溜《た》めこむと、余計に悪化するよ」

淡々とした中にもわずかに気遣《きづか》いをにじませて、至が声をかけると、真澄がゆっくりと両手で顔を覆った。

「……死にたい」

絞《しぼ》り出すような小さなつぶやきが漏れる。

「ええ!?」

「おいおいおい、どうしたんだよ」

咲也と綴が焦《あせ》ったように真澄の顔を覗き込む。

「もう、生きていけない……失恋した」

「失恋!?　誰に!?」

「まさか監督？」

「そう……」

矢継《やつ》ぎ早《ばや》に質問する咲也と綴に、真澄がうなずく。

「告白でもしたのか？」

「してない」

「じゃあ、監督に恋人《こいびと》でもできたとか？」

至がそうたずねると、真澄はゆっくりと顔を上げて剣呑《けんのん》な目つきで空をにらみつけた。

「そんな奴いたら殺す」

「落ち着け！」

まったく冗談に聞こえない真澄の言葉に、綴がうろたえる。

「わかた！　実はカントク結婚《けっこん》してたネ！」

「だったら死ぬ……」

真澄は再びうつろな目つきに戻ると、ふらりとキッチンに向かおうとした。

「わー、待て待て！」

そのまま包丁でも持ち出しそうな様子の真澄を、綴が慌てて止める。

「じゃあ、何があったの？」

咲也がそうたずねると、真澄はややあった後で昨日の出来事から話し始めた。

「それは、失恋したわけじゃないんじゃないかな」

一通り聞き終えた咲也がためらいがちに意見を言うと、綴も同意する。

「勘違《かんちが》いだな」

「はやちどりネ」

「はやちどり？」

「たぶん、早とちり」

シトロンの言い間違いに咲也が首をかしげると、至が口を挟《はさ》む。

「オー、それダヨ」

「俺も覚えがあるなー。片思いしてると、色々悪いほうに考えちゃうんだよ」

綴がソファに背をもたれながら、うんうん、とうなずくと、咲也が感心したように声をあげた。

「へえ、そういうものなんですねー」

「ワタシ、片思いしたことないネ」

「マジで!? じゃあ、初恋《はつこい》がまだってこと？」

シトロンの発言に、綴が驚いた表情を浮かべる。

「いつも向こうから寄ってくるネ」

「シトロンさんってモテるのか……」

容姿はモデル並みだし、モテてもおかしくはない。ただ、どこか腑《ふ》に落ちないのか、しみじみと綴がつぶやく。

「綴が片思いっていうのが意外」

「いつも見てるだけで終わりっす」

至の言葉に、綴は過去のことを思い出したのか、苦笑いを浮《う》かべた。

「まあ、片思いの時が一番楽しいかも」

「大人の発言ですね！」

「付き合うとゲームしづらくなるし」

「オタクの発言っすね……」

綴の尊敬のまなざしが一気にげんなりしたものに変わる。

「でも真澄くん、このままカントクとずっと話さないつもりじゃないよね？」

「……なんて言えばいいかわからない」

咲也の問いかけに、真澄が途方《とほう》に暮れたような表情を浮かべる。

「謝《あやま》ればいいんだよ。叩いて、ごめんなさいって」

「絶対嫌《きら》われた」

「謝ったら許してくれるよ。オレが一緒に行ってあげる！」

咲也が励ますが、真澄はためらうように視線をさまよわせた。

そんな二人の様子を見ていた綴が、不意にぷっと噴き出す。

「なんか、咲也が兄貴みたいだな」

「え!?　オレが、お兄さん？」

「たしかに」

「マスミ、弟ネ」

至とシトロンも同意する。

「そっか。弟かー。オレ、兄弟いないから、うれしいな！」

照れ臭そうに咲也が微笑むと、今までまったく動こうとしなかった真澄がすくっと立ち上がった。

「一人で行く」

「あ、待ってよ！　心配だから一緒《いっしょ》に行くって！」

足早に談話室を出ていく真澄を、咲也が慌てて追いかける。

「すっかりいいコンビだよな」

「ロミジュリ効果かもね」

出ていく二人の背中に、そんな綴と至の言葉が投げかけられた。


一人自室に戻ったいづみは談話室に戻るかどうしようか迷って、ずっとウロウロと室内を歩き回っていた。

（真澄くんのことは、みんなに任せるしかないのかな……）

そう思いながらも、気にかかって落ち着かない。

やっぱり、自分ももう一度話をしてみようかと思った時、ノックの音が響いた。

「はい？」

「俺」

真澄の声が聞こえて、慌ててドアを開ける。

「真澄くん……話してくれる気になった？」

真澄はいづみを前にすると、さっと視線をそらした。

「ほら、真澄くん！」

後ろから咲也にせっつかれて、ようやく真澄は大仰に顔をしかめた後、口を開く。

「さっきは、ごめん」

「え？」

「叩いたことと、無視したこと……」

まだ目を合わせることはしないものの、真澄が会話をしてくれることがうれしい。

「ああ、そんなの気にしてないよ。叩いたのだって、私のために怒ってくれたんでしょ」

いづみが微笑むと、真澄がようやくいづみの顔を見た。

「怒ってない？」

すがるような、怯えたような目をする真澄を、安心させるようにいづみがうなずいてみせる。

「それより、真澄くんこそ、私が言ったこと気にしてたんじゃないの？　私のために芝居するんじゃダメだってこと」

「……気にしてるっていうか、わかんなくなった」

真澄の視線がゆっくりと床に落ちる。

「わからなくなった？」

「どうすればいいのか。なんのために芝居すればいいのか」

心底混乱しているのか、真澄の瞳《ひとみ》の奥《おく》が揺《ゆ》れているのがわかる。

いづみはどう言えば真澄に伝わるか、考え考え口を開いた。

「私は真澄くんに演劇を好きになってほしかったし、演劇を続ける私以外の理由を見つけてほしかったの。真澄くんに作った特別練習メニュー、あったでしょ？　好きな芝居を見つけるっていうのもそのため。あれから芝居も良くなっていったから、好きなものが見つかったのかと思ってたんだけど……」

「好きな芝居なら、もともとある」

「え？　そうなの？」

咲也や綴と違って、真澄は元々演劇に興味があるようには見えなかっただけに、意外だった。

「アンタの芝居」

真澄がまっすぐにいづみを見つめる。

「私の……？」

「ビロードウェイでストリートＡＣＴしてた、アンタの芝居が好きだから、俺も同じように頑張っただけ」

「私の芝居が……？　あんなに下手で大根なのに」

　十人見たら、十人が素人《しろうと》以下だと評価するだろう。それはいづみが一番よくわかっている。なのに、真澄はいづみの目を見つめたまま首を横に振った。

「関係ない」

　一切迷いのない言葉に、いづみは一瞬息が止まりそうなほど衝撃《しょうげき》を受ける。

（なんだ……私は役者として何も残せなかったと思ってたけど、そうじゃなかったんだ）

　不意にそんな思いが湧《わ》き上がってくる。

（真澄くんという才能を見つけることができた。真澄くんが芝居を始めるきっかけになることができた……下手でも大根でも、それだけで十分だ）

　誰にも評価されることのなかった芝居を好きだと言われたことよりも、そのことが何よりもうれしい。

（もう、役者としての自分に何も思い残すことなんてない。監督として、胸を張ってやっていける）

　心の奥底《おくそこ》でずっとくすぶっていた演劇に挫折《ざせつ》したという暗い想いが、あっという間に霧散《むさん》していくような気がする。

　本当は役者として成功したかった。でも諦めてしまった。その経験は、いづみの中でずっと消えない澱《おり》のようにわだかまっていた。

ＭＡＮＫＡＩカンパニーの主宰兼監督を押し付けられるような形で始めなければ、きっとずっと蓋《ふた》をして見ないようにしていた痛みや後悔《こうかい》。

それが、こうして真澄や春組のみんなと出会えて、一緒に舞台を作り上げていく中で、少しずつ昇華されていった気がする。

いつの間にか自分が役者として舞台に立つよりも、みんなが舞台の上で役者として花咲《さ》くことがいづみの唯一《ゆいいつ》の願いになっていた。

それを改めて自覚して、いづみの口元に笑みが浮かんだ。

「……ありがとう、真澄くん」

「何が？」

普段あまり見られないようなきょとんとした表情をする真澄は、いつもよりも幼く見える。

「なんでもないよ。ちゃんと好きな芝居があったならいいんだ」

いづみが微笑むと、真澄の頬にさっと赤みがさした。そのままじっと食い入るようにいづみの顔を見つめる。

「……好き」

「うん、私の芝居を好きになってくれて――」

ありがとう、と礼を言おうとしたいづみは、いつの間にか真澄の顔がドアップになっていることに気づいて、思わずのけぞる。

「顔が近いよ!?」

「好き……」

いづみの肩に手を置いた真澄の顔が一層近づき、吐息《といき》が額にかかる。

とっさに突《つ》き飛《と》ばそうとした時、それより早く真澄の体がいづみから引きはがされた。

「わー！　真澄くん、ダメだよ！　ストップ！　そういうのは相手の合意を得てからじゃないと！」

「咲也、ジャマ」

真澄が忌々《いまいま》しげに咲也を振り返ると、咲也は真澄の腕を引っ張ったまま真っ赤な顔をしていた。

「だって、無理やりやったら犯罪――って、あれ？　今オレのこと、名前で呼んだ？」

ふと咲也が動きを止める。

「あ、そういえば……」

いづみが知る限り、真澄が咲也のことを名前で呼んだのは初めてだ。咲也どころか、他のメンバーのことも名前で呼んでいるのを聞いたことはない。

「初めて名前で呼ばれた……！」

感無量といった様子の咲也を前に、真澄がぷいっとそっぽを向く。

「うるさい」

「うれしいよ、真澄くん！」

「うざい」

いづみは咲也と真澄の会話を聞き流しながら、小さく息をついた。

（びっくりした……さっき、キスされるのかと思った）

速まった心臓を落ち着かせるように深呼吸をする。

（でも、良かった。真澄くん、最初の頃に比べると、みんなとも打ち解けて、どんどんいい方向に変わってる）

最初の頃は、咲也とこんな風にじゃれ合うこともなかった。そう告げれば、真澄は真っ先に否定するだろうが、はたから見れば、じゃれて遊んでいるとしか思えない。壁《かべ》を作って、一切関心を持っていなかったような時に比べれば、かなりの変化だ。

（真澄くんが、もっともっと純粋《じゅんすい》にお芝居を楽しんで、舞台の上に立てますように……）

いづみは祈るような気持ちで二人のやり取りを見守った。

第8章 初めてを楽しむ

いよいよ公演初日を翌日に控《ひか》えた日、ＭＡＮＫＡＩ劇場ではゲネプロが行われることになった。

（結局千秋楽《せんしゅうらく》のチケットが完売しないまま、ゲネか……）

完売までは相変わらずあと少し足りない。公演が始まっても最終日までは少し日があるとはいえ、その間に完売する保証はない。

（でも、不安がっててもしょうがないよね。千秋楽まで走り抜けるしかない）

いづみはそう気持ちを切り替えると、客席から舞台上《ぶたいじょう》の団員たちに声をかけた。

「いよいよ明日が本番。これが最後の通し稽古《げいこ》になるから、みんな、お客さんがいると思ってやってってね」

咲也《さくや》たちが大きくうなずき、いよいよゲネプロが始まった。

ゲネプロは衣装《いしょう》やメイクも本番と同じ、演出もすべて本番通りに進められていく。違《ちが》いは観客がいるかいないかだけだ。

通し稽古だけなら何度も繰《く》り返《かえ》してきたとはいえ、やはりいつもと勝手が違うのか、粗《あら》が目立つ。

（みんな、小さなミスが多いな。経験が少ないからフォローできずに流れが途切《とぎ》れちゃう）

客席からじっと舞台を見ていたいづみは、もどかしさに歯噛《はが》みした。どれだけ稽古を重ねても、本番で力を発揮できなければ意味がない。

（でも、一番気にしてるのは本人たちだよね。明日が本番なのに、大丈夫《だいじょうぶ》かな。気持ちがくじけないといいんだけど……）

いづみはそう考えながら、幕が下りた後、団員たちを集めた。

「はい、みんな、集まって」

いづみの周りに集合した団員たちの顔は高揚《こうよう》していたが、一様に不安そうだった。

「どうっすかね」

「うーん……」

「いまいち」

綴《つづる》と至《いたる》が首をかしげれば、真澄《ますみ》がきっぱりと告げる。

「調子でないネ」

いつもは前向きで動じないシトロンですら、肩《かた》をすくめる。

「公演中、上手《うま》くいく時もいかない時もあるけど、ちゃんと気持ちを切り替えるようにして」

「はい」

「わかった」

「っす」

いづみの言葉に、咲也、真澄、綴が同時にうなずく。

「チケットは大丈夫？」

「今はまだ残ってるけど、公演の評判次第《しだい》で、また動くと思います」

至の問いかけに、いづみがそう答える。

「……一回一回の公演をやり切ってたら、きっとお客さんは通ってくれます。だから、頑張りましょう！」

咲也は自分自身と皆を鼓舞《こぶ》するように拳《こぶし》を握《にぎ》り締《し》めた。

その姿は以前雄三《ゆうぞう》に指摘《してき》されて落ち込んでいた時に比べると、遙《はる》かに頼《たの》もしく見える。

「そうだな。そのために、日替《ひが》わり要素も入れたし」

咲也の気持ちを受け取ったのか、綴がわずかに微笑《ほほえ》んでうなずく。

「また来たいって思ってもらえるように、楽しんで帰ってもらわないとね」

「はい！」

いづみの言葉に、咲也が笑顔《えがお》でうなずく。

「っし」

気合いを入れ直すように、綴は自《みずか》らの顔を叩《たた》いた。

「いつも通りやればいい」

「だな。考えてもしょうがない」

真澄と至は相変わらず淡々《たんたん》としていたが、それでもさっきよりは表情が明るい。

「がんばろうネ！」

シトロンの表情もすっかりいつも通りに戻《もど》っていた。

（咲也くんの声掛《か》けで、みんなの意識が切り替わった。すっかり座長らしくなって、頼もしいな）

いづみはしみじみとそんなことを思いながら、咲也を見つめた。


そして翌日、公演初日――。

楽屋には慌《あわ》ただしい空気が流れていた。団員たちは衣装を身につけ、最終チェックに入っている。

「い、いよいよですね！　私の方が緊張《きんちょう》して足ががくがくしてきました」

支配人が足を震《ふる》わせながら、激励《げきれい》に来たのか逃げ込んできたのかわからない様子で楽屋に顔を覗《のぞ》かせる。

「落ち着いてください。お客さんの入りは？」

「テレビの宣伝のかいもあってか、上々です」

支配人は大きく両腕《りょううで》で丸を作った。

いづみはずっと舞台裏《ぶたいうら》にいたため、外の様子がわからなかったが、その言葉でほっと息をつく。

（舞台の上に立つのは役者だけ……私にはもう祈《いの》ることしかできない）

自分にできることはもう何もないのだ。それが歯がゆい。

「みんな、初めてを楽しんでね」

いづみはせめてもと、精一杯《せいいっぱい》の笑顔でみんなを送り出した。

「はい！」

「っす」

「わかった」

「楽しみたいね」

「ワキワキするヨ」

「ワクワク、ね。その調子」

本番直前でも変わらないシトロンの言い間違《まちが》いに噴《ふ》き出す。

と、スタッフの声が通路に響《ひび》いた。

「開演五分前でーす」


客席は満員とまではいかないものの、七割が埋《う》まっていた。がらんとした客席しか見たことがないいづみにとって、これほどまでに劇場らしい姿をしたＭＡＮＫＡＩ劇場は初めてだ。

慌ただしくロビーに残っていた客が客席に入ると、扉《とびら》が閉められる。

『本日はＭＡＮＫＡＩカンパニー公演、ロミオとジュリアスにご来場いただきまして、まことにありがとうございます』

いづみが支配人のアナウンスを聞くのは二度目だ。でも、空《から》っぽの客席で聞いた一度目と今とでは大きく違う。観客の声にならないざわめきが期待感として肌《はだ》に伝わってくる。

「結構席埋まったじゃん」

関係者席に座っていた幸《ゆき》が後ろを振り返ってつぶやいた。その声も表情もどことなくうれしそうだ。

『開演に先立ちまして、皆さまにご案内申し上げます』

「さて、どうなるか」

開演時間ギリギリに入ってきた雄三が、どっかりと座席に座り込む。

『本公演中の録音、録画はご遠慮《えんりよ》ください』

左京《さきよう》は一人、関係者席の一番端《はし》に座ったまま、じっと舞台をにらみつけていた。

『間もなく開演いたします。ご着席になって、しばらくお待ちください』

照明が落とされる。

（いよいよだ……）

回数は少ないとはいえ、いづみも脇役《わきやく》として何度も舞台袖《そで》でこの瞬間《しゆんかん》を経験したことがある。しかし、今はそれらの何倍も緊張していた。

いづみはぎゅっと両手を握り締め、本番を告げるブザーの音を聞いた。

ゆっくりと緞帳《どんちよう》が上がり、レンガ造りの街並みの舞台セットが現れる。

舞台は原作と同じイタリア、ヴェローナ。キャピュレット家とモンタギュー家が長きにわたって抗争《こうそう》を続けている街――。

『今日こそ、ロザラインを誘《さそ》うんだ……』

『この花をください。宛名《あてな》にはロザライン――』

上手と下手から同時にロミオとジュリアスが歩いてくる。そして中央で顔を見合わせた。

『え？』

『……誰《だれ》だ、お前』

一幕、ロザラインに告白しようと家の前で待ち伏《まぶ》せしていたロミオと、同じようにロザラインを誘い出そうとしていたジュリアスが恋敵《こいがたき》として出会い、口論となるシーンだ。

モンタギュー家とキャピュレット家という互《たが》いの身分を知らないまま決闘《けっとう》へと発展し、決着がつかないままにらみ合う二人の横を、ロザラインが恋人《こいびと》と共に仲睦《むつ》まじく通り過ぎていく。

同時に失恋《しつれん》した二人は戦意を失い、同じ境遇《きょうぐう》というところから一気に打ち解ける。

『一緒《いっしょ》に旅に出よう、ジュリアス。こんな窮屈《きゅうくつ》な町は飛び出して、世界中を巡《めぐ》るんだ』

『ロミオ、お前には力がある。僕には頭脳が。二人ならきっと何でもうまくやれる』

『そう、二人でならどこにでも行けるさ』

夢を語り、固い約束を交《か》わす二人。

場面は変わり、領主の屋敷《やしき》。その夜は盛大《せいだい》なパーティーが開かれている。

『ロミオ、失恋したんだって？　気にするな。女なんて世界にごまんといるさ。気晴らしにパーティーにでも出かけよう』

親友のマキューシオに誘われてパーティー会場を訪《おとず》れたロミオ。

一方ジュリアスもキャピュレット家の代表として、乳兄弟《ちきょうだい》のティボルトと共にパーティーに招待されていた。

　ここで初めて二人は互いが仇敵《きゅうてき》の家の息子《むすこ》と知る。

『ロミオ……ロミオ＝モンタギューだって？　嘘《うそ》だろ。本当にお前がモンタギュー家のロミオなのか？　ロミオ、どうしてお前がロミオ＝モンタギューなんだ』

『家も名も捨ててくれ、ジュリアス。僕たちにはもっと大きな夢があるじゃないか！』

『だめだ。僕は家族を捨てられない』

　ジュリアスは両親から領主の侍従《じじゅう》になるように告げられていた。侍従となれば、この地に一生縛《しば》り付《つ》けられる。それがわかっていながらも、家の繁栄《はんえい》のためには断ることができない。

　ロミオはジュリアスから事情を聞くと、一緒に街から逃《に》げようと誘う。

　二人は旅立ちの日を決めて、ロレンス神父に町を出る時の時間稼《じかんかせ》ぎのための協力を仰《あお》いだ。

『応援《おうえん》します。争いの種が消える。それはいいこと。二人の旅路に神のご加護《かご》を』

　異国から宣教師としてこの地を訪れたロレンス神父は、長年続く両家の争いに胸を痛めていた。二人の頼みを二つ返事で了承《りょうしょう》する。

　シトロンが散々《さんざん》苦労したセリフは、綴がアレンジしたことによって、違和感《いわかん》がなくなった。

　そして、また場面が変わる。

舞台の両側に置かれたモンタギュー家とキャピュレット家の屋敷で交互《こうご》に話が進む、綴と至の見せ場だ。

『ロミオ、お前は将来この街を背負《しょ》って立《た》つ男になる。俺はそんな器《うつわ》じゃない。お前の横でサポートしてやるよ』

気はいいものの、やや血の気《け》の多いマキューシオ。

『モンタギューだって⁉ ジュリアス、こんな夜にそんな話をすると蛇《へび》が出るからやめなさい。いいか、地震雷火事《じしんかみなりかじ》モンタギューだ。そこまで怖《こわ》くはないが厄介《やっかい》な一家だから、いずれ駆除《くじょ》しなくては。俺はお前のことが心配なんだよ、ジュリアス。乳兄弟である俺が守ってやらなくちゃ』

幼い頃《ころ》からジュリアスと共に育ち、心配性《しんぱいしょう》のティボルト。

冒頭《ぼうとう》のロミオとジュリアスの決闘を、野次馬に交じって見ていた二人は、それぞれロミオとジュリアスが全面戦争に打って出ると勘違《かんちが》いし、ひそかに戦いの準備を進めていた。

二人のうかがい知らぬところで決戦の日が決められる。奇《く》しくもそれは、旅立ちの日と同じ日だった。

そして旅立ちの当日、決戦のことを知らされるロミオ。

戦いを止めるために決戦の場に駆《か》け付けるが、もみ合いの中でティボルトの剣《けん》がマキューシオを刺《さ》し、止めに入ったロミオはティボルトを刺してしまう。

『――っ、ロミオ、お前はこの街の頂点に……』

『マキューシオ!!』

騒《さわ》ぎを聞きつけた警察に捕《つか》まり、投獄《とうごく》されるロミオ。事情を聞きに来た領主に、呆然自《ぼうぜんじ》失《しつ》のまま全部自分の責任だと話す。

マキューシオとティボルトは一命をとりとめたものの、この騒ぎによる負傷者は多数、町を混乱に陥《おとしい》れた罪は重いと、ロミオは死刑《しけい》を言い渡される。

死刑執行《しっこう》は三日後。

一方ジュリアスは、両家の頭を冷やすという名目で、早々に侍従として領主の館《やかた》に向かうことが決まる。当面一切《いっさい》の自由は許されないという。

ロミオの死刑判決を聞いて、自分にも責任があると嘆《なげ》くジュリアス。ロミオを助けるため、ロレンス神父に知恵《ちえ》を借りに行く。

『神よ、罪なき者に、慈悲《じひ》を――』

『ロレンス神父、ロミオを助けたい。どうすればいい?』

『仮死《かし》になる薬あれば、みんな、だませます』

ロレンス神父はジュリアスに、人を四十二時間仮死状態にする薬のことを教えてやる。その薬を使えば、ロミオが死んだとごまかせるはずだと。

ただし、その薬を作るためには、遠く離《はな》れた険しい山の頂《いただき》にしか咲《さ》かない花が必要だという。

すぐに花を探すため街を出るジュリアス。

『どこだ、どこにあるんだよ、その花っていうのは。僕が戻るまで死ぬなよ、ロミオ』

ロミオは牢獄《ろうごく》の中でジュリアスが一人、町を出奔《しゅっぽん》したという話を聞いて、寂《さび》しい表情を浮《う》かべながらも喜んでいた。

『ちぇ、いいなあジュリアス。僕の分まで世界中を見てきてくれよ。きっと僕も後から追いつくからさ。この姿のままではないかもしれないけど』

そしていよいよロミオの刑《けい》が執行される日がやってきた。

ジュリアスが街に戻ってくることはないまま、死刑台へと向かうロミオ。

ロミオが縄《なわ》に手をかけた時、ジュリアスが駆け込んでくる。

『死ね、ロミオ――！』

ロミオを剣で切りつけようとするジュリアス。

『ジュリアス!?　どうして、僕を!?』

『ティボルトの敵だ――！』

すんでのところでロミオが避《よ》けると、ジュリアスの剣は縄をかすめる。

ジュリアスに裏切られたことが信じられないロミオとジュリアスとの鬼気迫《ききせま》る殺陣《たて》シーン。二人の気迫《きはく》が客席にも伝わってくる。ロミオを助けようとしていたはずのジュリアスの変貌《へんぼう》に、観客も戸惑《とまど》う。

『――っ』

『はあ!』

ロミオ役の咲也の危《あや》うい動きが逆に緊迫感《きんぱくかん》を生み、ジュリアス役の真澄もうまくフォローしている。

ジュリアスは剣でロミオの動きを止め胸倉《むなぐら》を摑《つか》むと、薬を手渡す。

直後、兵士たちに引きはがされ、ロミオの刑が続行された。

ロミオの首に縄がかけられ、その体が力なく宙にぶら下がった次の瞬間、縄がちぎれてロミオの体が床《ゆか》に落ちる。執行人《しっこうにん》がロミオの死体を確認《かくにん》し、死亡を告げた。

同時に薬をあおったジュリアスがその場に倒《たお》れ伏《ふ》す。

場面は変わり、喪服《もふく》姿の人々が舞台上を横断する。キャピュレット家とモンタギュー家の葬儀《そうぎ》のシーンだ。

すすり泣く両親たちに、松葉杖《まつばづえ》をついたマキューシオやティボルトが寄《よ》り添《そ》う。

翌々日の深夜、キャピュレット家とモンタギュー家の霊廟《れいびょう》の棺《ひつぎ》がガタッと動きだした。

ゆっくりと棺が開き、ジュリアスとロミオが中から抜け出してくる。

ジュリアスに渡された薬を飲んだものの、事態がまだ呑《の》み込めないでいるロミオに、ジュリアスがいきさつを説明してやる。

神父に頼んで仮死薬を作ってもらったこと、首吊《くびつ》りの縄には剣で切りかかった時に切れ目を入れて、すぐにロミオの体が落ちるように細工しておいたこと。

『そもそも僕は肉体労働派じゃないんだ。山登りなんて、もう金輪際《こんりんざい》ごめんだからな』

『ごめんごめん、次は僕がジュリアスのために仮死薬の材料を取りに行くよ』

『あんなことがそうそう何回もあってたまるか』

晴れ晴れとした表情のロミオとジュリアスが、町の城壁《じょうへき》を背に歩きだす。

その視線の先、遙か彼方《かなた》から朝陽《あさひ》がゆっくりとのぼり始める。

ライトを受けた二人の姿を覆《おお》い隠《かく》すように、ゆっくりと幕が下りる。

一瞬《いっしゅん》の静寂《せいじゃく》の後、劇場中に満開の拍手《はくしゅ》が鳴《な》り響《ひび》いた。

舞台袖で全身に叩きつけられるようなその音を聞いた咲也が、呆然《ぼうぜん》とした表情を浮かべる。

「……これ、拍手だよな？」

戸惑いがちに綴がそうたずねると、真澄が小さくうなずく。

「お客さん」

動じていないように見える真澄の顔も上気して、高ぶっているのがわかる。

「すごいな」

「嵐《あらし》みたいネ……」

至とシトロンもどこかぼうっとした表情で緞帳越しに客席の方を見つめる。

少し前に舞台裏に戻ってきたいづみが、そんな団員たちの目を覚まさせるように手を叩いた。

「みんな、ぼーっとしてないで、カーテンコール！」

「――は、はい！　みんな、行こう！」

咲也がはっとした表情で、再び幕が開いた舞台へと駆けだす。

綴たちも慌ててそれを追った。

「――ありがとうございました！」

「ありがとうございました！」

舞台の中央に立った咲也に続いて、綴が深く頭を下げる。

真澄は無言のまま小さく会釈《えしやく》をした。

「ありがとうございました」

「ありがとうダヨ！」

至とシトロンは満面の笑顔で手を振る。

そんな彼らを、劇場全体が歓声《かんせい》と拍手によって迎《むか》え、讃《たた》えた。

「みんな、夜食持ってきたよ――！」

お盆《ぼん》におにぎりを山のように載《の》せて、いづみが稽古場のドアを押し開ける。

と、中には床《ゆか》に倒《たお》れ伏《ふ》す死体、もとい眠《ねむ》り込む団員たちの姿があった。硬い床の上にもかかわらず、健《すこ》やかな寝息《ねいき》を立てている。

「あれ、寝てる……連日、公演の後夜遅《おそ》くまでミーティングじゃ、当たり前か」

いづみはふっと微笑んでお盆を置くと、近くにあった上着を一人一人にかけていった。

ミーティングの最中に眠り込んでしまったのか、円になっている。

「明日のために、今は少しでも休んでね」

本当ならミーティングもなしで、自室でゆっくり休んでほしいところだが、みんな一向《いっこう》にいづみの言葉には従わなかった。

無事に公演初日を終えてから、怒涛《どとう》のように日々が過ぎていった。いつの間にか千秋楽まであと二日しかないということが、いづみには信じられない。

高校生組のことも考えて、平日は夜公演のみ。それでも、初日から連日公演後遅くまで改善点を洗い出すミーティングが繰《く》り返《かえ》され、団員たちはへとへとだ。

しかしその甲斐《かい》もあって、『ロミオとジュリアス』の評判は上々だった。

（雄三さんが声をかけてくれて初代春組《はるぐみ》の人たちが来たり、ブログで宣伝してくれたりして、口コミサイトで話題になったり……おかげでリピーターも増えて、余ってたチケットも残りわずか……）

と、不意に稽古場のドアが大きな音を立てて開いた。

「監督《かんとく》、大変です!!」

慌《あわ》てふためいた様子の支配人が駆《か》け込んでくる。

「ふぎゃ!?　な、なんですか？」

「何？　朝？」

派手な物音と大きな声で、咲也と綴がびくっと体を震《ふる》わせて覚醒《かくせい》する。

「――――!?」

「んん……？」

続いて、シトロンと至も目をこすりながら、体を起こした。

唯一《ゆいいつ》真澄《ますみ》だけが、こんな状況《じょうきょう》の中でも眠り続けている。

「せ、せせせせん！」

「せんべい？」

要領を得ない支配人の発言にいづみが首をかしげる。

「せんせんせんせん！」

「先生？」

「ぶんぶんぶんぶん！」

頭がもげそうな勢いで、首を横に振る。

「落ち着いて深呼吸でもしてください。何があったんですか？」

支配人は大きく何度か深呼吸を繰り返した。そして、ゆっくりと口を開く。

「……千秋楽、完売しました」

「え⁉　それ、本当ですか⁉」

「たった今、最後の一枚が売れました」

支配人の眼鏡《めがね》の奥《おく》の目が潤《うる》んでいる。

「千秋楽が……完売した……」

「これで、劇場はなくならないってことっすよね……？」

まだ寝起きで頭がはっきりしないのか、咲也と綴がぼんやりとつぶやく。

「そうだよ、みんな！　みんなのおかげだよ！」

「やったあああ！」

「よっしゃあああ！」

咲也と綴の雄《お》たけびに、真澄がようやくびくっと体を震わせる。

「真澄、起きろ！　千秋楽完売したぞ！」

「――うっとうしい、抱《だ》きつくな」

真澄は起き上がるなり綴に抱きつかれ、心底嫌《いや》そうに顔をしかめた。

「やったネ!!」

シトロンに抱き締められた至が、瞬間眉《しゅんかんまゆ》をひそめる。

「おっと、ごめんダヨ。強く締めすぎたネ」

「――いや、平気。でも離《はな》して」

至はやんわりとそう告げると、ゆっくりとシトロンから体を離した。

「無事に千秋楽は完売、もう心配することは何もないよ」

いづみはようやく肩の荷が下りた気がして、大きく息をつく。

これで左京から出された条件が一つクリアできた。まだ二つあるとはいえ、絶対に無理だと思っていただけに、大きな一歩だ。

「千秋楽まで残り二日、四公演。みんな悔《く》いのないようにやり切ろうね」

いづみの言葉に咲也たちが大きくうなずく。

「がんばるネ！」

そう意気込む団員たちの中で、至だけが何故《なぜ》か考え込むように足元を見つめていた。

みんなが寝静《ねしず》まった深夜、談話室に至の姿があった。

「湿布《しっぷ》足りないか……」

薬箱を覗《のぞ》いて、そうつぶやく。

「イタル」

不意に背後から声をかけられて、至の肩が震える。

「びっくりした」

至が振り返ると、シトロンがやや心配そうな表情を浮《う》かべて立っていた。

「足が痛むネ？」

「なんのこと？」

至はわずかに首をかしげ、さりげなく薬箱を閉じる。

「しばばっきれてもダメダヨ」

「しらばっくれても、かな」

苦笑《くしょう》交じりに訂正《ていせい》されても、シトロンは真剣《しんけん》な表情で至を見つめる。その目はどこまでも見透《みす》かすような不思議《ふしぎ》な色をしていた。

「稽古場で、足をかばったのわかったヨ。公演中ネ？」

ごまかされないといった様子のシトロンを前に、至が小さくため息をつく。

「ちょっとひねった。監督さんとかあいつらには言わないでくれ」

観念したようにそう白状する至を、シトロンがじっと見つめる。

その真意やケガの具合まで推《お》し量《はか》ろうとでもいうような目だった。それから逃《のが》れるように、至が視線をそらす。

「大丈夫。あと二日ならなんとかなる」

「ダメだったらすぐに言う、約束ダヨ」

最後までなんとしてでもやり通したいという至の意志を感じ取ったのだろう。シトロンは反対することなく、ただそう告げた。

「わかった」

どこまでも真剣な表情のシトロンに、至はふっと笑ってうなずいた。


それからも新生ＭＡＮＫＡＩカンパニーは順調に公演を重ね、いよいよ最終日の夜公演、千秋楽を迎えた。

(いよいよ千秋楽か……本当にあっという間だったな)

回を重ねるごとに完成度も上がり、評判や客の入りも右肩上がりでこの日を迎えることができた。

「客席、満席ですね」

舞台袖《ぶたいそで》からそっと客席を覗き込んだ咲也が、つばを飲み込んだ。

「なんか、今までで一番熱い感じがする」

綴が気圧《けお》されるようにつぶやく。

人々のざわめきが、熱が、こちらにまで伝わってくるような気がした。

「それだけ、みんなへの期待が高いってことだよ」

「ドキドキします」

咲也が胸に手を当てると、真澄が小さく鼻を鳴らした。

「セリフ忘れるなよ」

「大丈夫だよ!」

咲也と真澄のじゃれ合いをよそに、至はじっと足元を見つめていた。ストレッチするように、時折軽く足首を伸《の》ばしたりしている。

「イタル?」

「なんでもない」

シトロンの問いかけに、至はただ静かに首を横に振った。

「あ、そこの人、関係者以外は立ち入り禁止ですよ――」

不意に、スタッフの慌てたような声が耳に飛び込んできた。

「うるせえ」

短い恫喝《どうかつ》の後に、ずかずかと舞台裏に入り込んでくる足音が続く。

「ジャマするぞ」

「おうおう、いてまうぞワレー」

肩をいからせながら現れたのは、左京と迫田《さこだ》だった。

「あなたは――」

「何しに来た」

さっと、いづみをかばうように真澄が前に出る。

「約束通り、観《み》に来てやった」

「そうですか。約束通り、満員にしました」

見下すような左京の視線を、いづみが精一杯にらみつけて跳《は》ね返す。

「ああ、とりあえず第一関門は突破《とっぱ》したようだな」

「これで、劇場は取《と》り壊《こわ》されないんですよね？」

「ひとまずは、な」

「良かった……」

左京の言葉に、ほっと胸を撫《な》でおろす。条件はクリアしたものの、実際にこのヤクザ者が約束を守ってくれるかどうかわからなかっただけに、はっきりと言質《げんち》が取れたことは大きい。

「ただし――」

「ただし？」

付け加えられたセリフに、思わず眉をひそめる。

「埋めた客も満足させなきゃ意味がない。劇団が安定した収益を上げるにはファンの獲得《かくとく》が必須《ひっす》だ。そのためにも――」

と、左京がくどくどと高説を垂れ流し始めると、綴たちはうんざりしたような表情を浮かべる。

「また、談義が始まった」

「意外と長いですよね」

咲也も苦笑いを浮かべる。

「いいか、劇場運営にはうんぬんかんぬん……」

「詳《くわ》しいし」

「なるほどダヨ」

至とシトロンが感心したようにつぶやく。

「収益のためにはどうたらこうたら……」

いづみも至たちの感想に同感だった。

（最初に聞いた時よりももっと具体的なアドバイスになってるし……）

借金返済できなければ劇場を潰《つぶ》すと脅《おど》してきた相手が一番劇団の運営について詳しいというのは、おかしな話だ。しかも、以前よりも詳しいということは、これまでの間にまた勉強をしてきたということかと思い至って、いづみは思わず噴《ふ》き出してしまう。

「何がおかしい。人の話をちゃんと聞いてるのか」

左京が不機嫌《ふきげん》そうに目を細めるが、不思議と怖くない。

「いえ、最初に思ってたより、ずっと面倒見《めんどうみ》がいい人だなと思って……」

いづみが笑い交じりにそう告げると、左京が面食らったように一瞬言葉を詰《つ》まらせた。

その表情は少し幼く、初めて見るような素《す》の表情だった。

しかし、すぐに鼻を鳴らして取《と》り繕《つくろ》うと、迫田に向かって顎《あご》をしゃくる。

「……ふん。行くぞ、迫田」

「あいあいさー！」

迫田を伴《ともな》って踵《きびす》を返した左京が、ふと客席の方を見て立ち止まった。

「……今日の劇場は、昔を思い出すな」

独り言のようなつぶやきが耳に届いて、いづみがえ、と思わず聞き返す。

しかし、左京はそれ以上何も言わずに去っていった。

(昔って、あの人、昔の劇場を知ってるのかな……)

「間もなく、開演五分前でーす！」


千秋楽も一幕二幕と団員たちの芝居《しばい》にも熱が入り、今まで以上の出来《でき》栄《ば》えで進んでいた。

(今日も順調だな。みんなも最後だけあって気合いが入ってるし、このまま終幕まで突《つ》っ走《ぱし》れたら、大成功だ)

舞台袖から様子を見守っていたいづみは、早くも手ごたえを感じ始めていた。

「――」

異変に気づいたのは三幕、マキューシオとティボルトの戦闘《せんとう》シーンだった。

(あれ？　至さんの様子がちょっと変だな)

どこか芝居に集中していないように見えた。まだティボルトがケガをするシーンでもないのに足をかばっているようで、動きも小さい。

咲也も綴もそれに気づいて気にかけているのか、セリフに力がない。

（もしかして足を怪我《けが》したのかな……この三幕で退場した後はなんとでもなるけど……）

ティボルトはここでロミオの剣《けん》に倒れたら、その後は松葉杖をついての登場だけに、足に負担がかかることもないだろう。

祈るような気持ちで、至を見守る。

『――っ、ロミオ、お前はこの街の頂点に……』

ティボルトに刺されたマキューシオが倒れる。マキューシオを助けようとしたロミオとティボルトがもみ合い、ロミオの剣がティボルトを刺《さ》し貫《つらぬ》く――。

『マキューシオ!!』

「――っ」

（ここでティボルトが倒れて――倒れない……!?）

至は演技とは思えないような苦悶《くもん》の表情を浮かべた後、その場で体を折り、固まった。

「――」

咲也がわずかに表情を変え息をのんだのが、客席からでもわかる。舞台の上は不自然なまでの静寂《せいじゃく》に満ちていた。

「あれ？」

「いつもと展開違くない？」

観客の微《かす》かなささやき声と動揺《どうよう》がさざ波のように客席を縦断する。

「──」

倒れた綴も、至の様子を気にしている。

(反射的に足をかばったから、倒れるのを忘れたんだ。このままだと、次のセリフが言えない)

ロミオがティボルトを刺したと高らかに告げる民衆の一声と、警察が駆け込んでくるシーンにいつまでたってもつながらない。

「──」

ようやく事態に気づいた至が、足をかばったまま呆然《ぼうぜん》としている。

(ダメだ、続けられない)

いづみはぱっとスタッフを振り返った。

「すみません！　一旦《いったん》幕を──」

『やめろ、ティボルト！　もう戦いは終わったんだ！』

いづみの声にかぶるように、鋭《するど》い声が舞台の上に響《ひび》き渡《わた》った。

(え？　こんなセリフないよね……？　咲也くんのアドリブ……？)

咲也が焦《あせ》ったような表情で、至の肩を摑《つか》む。

「──」

至はまだ正気に戻っていないような目で咲也を見て、それから綴を見た。

『剣を下ろせ！』

咲也が至の剣を取り上げようと、腕《うで》に摑みかかる。

（The Show must go on……！）

不意に、咲也の話が脳裏《のうり》によみがえってきた。

（これでティボルトとの戦いが続けば、先につながる！）

至の動揺は、マキューシオを刺し、そして自らもロミオに刺されたことにショックを受けている芝居として受け取ることもできる。

至の目に光が戻った。どこまでも暗い、追《お》い詰《つ》められたようなその目が、ロミオをとらえる。

『――死ね、ロミオ！』

ロミオとティボルトのもみ合い。

「幕、どうします？」

「――このまま続けます」

うろたえるスタッフに、いづみが舞台を見つめたまま短く告げる。

（大丈夫だ。みんななら、このまま走り続けられる……）

『――ぐっ』

ロミオの剣が再びティボルトを刺し貫く。倒れるティボルト――。

『なんでだよ、なんでこんなことに……』

呆然としたようなロミオの手から、剣が零《こぼ》れ落ちる。床に落ちて甲高《かんだか》い音を立てる剣。両手で顔を覆《おお》うロミオの絶望と悲しみが痛いほど伝わってくる。

いづみは目の前で繰り広げられる芝居に、胸がいっぱいになった。

(咲也くん、きっとあの時話してた役者さんと同じくらい、舞台で生き生きとしてるよ)

安堵《あんど》と感動と喜びと、色々なものがないまぜになって胸を締《し》め付ける。いづみはぎゅっと胸元《むなもと》を握《にぎ》り締めた。

そのまま物語は畳《たた》みかけるようにラストシーンへと続いていく。

『そもそも僕は肉体労働派じゃないんだ。山登りなんて、もう金輪際《こんりんざい》ごめんだからな』

『ごめんごめん、次は僕がジュリアスのために仮死薬の材料を取りに行くよ』

『あんなことがそうそう何回もあってたまるか』

トラブルの意味も込めているのか、心底安堵したような二人の表情が印象に残る。

そして、朝陽と共に幕が下りる。

(終わった……幕が、下りた)

一瞬の静寂の後、割れんばかりの拍手と歓声が劇場内に弾《はじ》けた。すべてを見届け、受け止めた観客たちの感情の爆発《ばくはつ》、この感動を余すところなく舞台の上に伝えたいと言わんばかりの拍手だった。

「……すごい。今までで一番大きい」

汗《あせ》をにじませた咲也が、どこかぼうっとした表情でぽつりとつぶやく。

「スタンディングオベーションだ」

「どうなるかと思ったヨ！」

綴とシトロンが眉を下げたまま笑う。

「至さん、足、大丈夫ですか!?」

いづみが足を引きずりながら戻ってきた至に駆《か》け寄《よ》ると、至が言葉を詰まらせた。

「――」

ぼんやりと舞台を見つめる目から、静かに涙《なみだ》が流れ落ちる。

「えっ、至さん!?　そんなに痛いんすか!?」

綴がぎょっとしたような表情を浮かべる。

至は言われて初めて気が付いたように頰《ほお》に手を当て、濡《ぬ》れた自分の指先をじっと見下ろした。

「救急車」

「違《ちが》――」

真澄の言葉に、至が小さく首を横に振る。

「違う？」

「なんか今……今までの人生でないくらい、自分が熱くなってて、笑えるだけ」

咲也の言葉に至はそう答えて、涙を流しながら、口元で笑った。

無事に最後までやり通せた安堵と、一度はやめようと思っていた演劇にいつの間にかこれほどまでのめり込んでいたという衝撃《しょうげき》、色々なものが至の中に去来《きょらい》したのだろう。

「泣いてんじゃないすか」

「シトロンさんみたいですよ！」

綴と咲也が突っ込みながらも、目を潤ませる。

「ワタシ、泣くと笑う間違わないヨ！　深海ネ！」

「心外、間違ってる」

真澄が冷静に突っ込む。こんな時でもぶれないやり取りを聞いて、思わずいづみが噴《ふ》き出した。

「あははは！」

「はは……」

つられるようにして至や咲也たちも笑《え》みを漏《も》らす。

しかし、その目にはみんな涙がにじんでいた。

(良かった……本当に良かった。今日の公演は、きっと一生忘れられない公演になる)

感情がないまぜになって、後から後から涙があふれ出す。春組のみんなも同じ気持ちを共有していることがわかる。いづみはこの瞬間を純粋《じゅんすい》に幸せだと思った。

終章 ショーは終わらない
「おう、おつかれ」

千秋楽《せんしゅうらく》を終えた余韻《よいん》に浸《ひた》っていた楽屋に、雄三《ゆうぞう》がひょっこりと顔を覗《のぞ》かせた。

「雄三さん！　来てくれたんですね！」

いづみが笑顔で迎え入れる。カーテンコールでの涙はすっかり乾《かわ》いていた。

「どうっすか」

綴《つづる》の自信ありげな問いかけに、雄三がにやりと笑う。

「まあまあだな」

「厳《きび》しいネ」

「まだまだこれからってことだ」

「先が長い」

至《いたる》が小さく肩をすくめると、咲也《さくや》が勢いよく至の顔を見た。

「ってことは、至さん、これからも劇団に――？」

食い入るような咲也の視線を受けて、たっぷりと間を開けた後、至がうなずく。

「……まあね。せっかく、ゲーム以外で面白《おもしろ》いと思えるもの見つけたし……」

「やったああ！」

咲也が飛び上がり、いづみも歓声をあげる。

「これからもよろしくお願いしますね！」

「こっちこそ」

「本当に良かった……っ」

咲也の目は再び潤《うる》んでいた。

「改めてこれからもよろしく、リーダー」

「えっ、リーダー？　座長はこの公演だけなんじゃ……」

「公演ごとの座長とは関係なく、春組《はるぐみ》のリーダーも必要だよ」

ぽかんとする咲也に、いづみがそう告げる。

これから夏組《なつぐみ》、秋組《あきぐみ》、冬組《ふゆぐみ》と団員を増やしていかなければならない。そうなれば各組のリーダーの存在は必須だろう。

「春組リーダーっていったら、咲也だろ」

「それでいい」

綴がぽんと咲也の肩を叩き、真澄《ますみ》もうなずく。

「サクヤがテッキンダヨ」

「テ、テッキン？」

「適任と見た」

目を白黒させる咲也に、至が補足してやる。その通りといわんばかりに、シトロンがにっこり笑ってうなずいた。

「シトロンさん、みんな……」

ただでさえ潤んでいた咲也の目から、ぽろりと大粒《おおつぶ》の涙が一粒零《こぼ》れ落ちる。

「そういうわけで、これからもリーダーよろしくね。咲也くん！」

「――これからも、頑張ります！」

涙をぬぐう咲也の肩を、綴やシトロンが励《はげ》ますように抱く。

そんな新生春組の団員たちを、雄三がいつになく優しい笑みを浮かべて見守っていた。

それから、雄三と入れ替わりで幸《ゆき》が楽屋を訪れた。

「おつー」

「あ、おつかれさま！」

「客席から見て、衣装《いしょう》、どうだった？」

綴の質問に、幸がわずかに首をかしげて答える。

「衣装は良かった」

「衣装『は』!?」

「安定の辛口《からくち》」

思わず声を上げる綴の横で、至がぽつりとつぶやく。

「他もまあまあだったよ。舞台で衣装を着るっていうのも楽しそうだね」

「役者になれば」

あっさりとした綴の言葉に、幸が目を見開く。

「はあ？　オレ、衣装係だから」

（そっか。幸くんなら、衣装映《ば》えするし、度胸もあるから素質あるかも……）

いづみは綴たちの会話を聞きながら、そんなことを考えていた。

幸に続いて楽屋を訪ねてきたのは、一成《かずなり》だった。

「おつピコー」

「あ、一成くん、テレビ局の件、ありがとう！　助かったよ！」

「大したことないっすわ。んなことより、いや、マジすげーっすね。舞台かっけー、マジやべー！」

礼を言ういづみに、一成がなんてことないように手を振る。

「JKが『きゃーつづるん！』とか言っちゃってさー、つづるん神ぽよじゃん！」

「つづるんとは言ってないっしょ」

「マジうらやましー！　オレもちやほやされてー！」

一成に騒《さわ》ぎ立てられて、綴はげんなりとした表情を浮かべる。

(もしかして、一成くんも演劇に興味があるのかな)

一成なら人前に出ても臆《おく》することはなさそうだし、演劇には向いていそうだ。

いづみがひそかに夏組結成に向けて団員募集《ぼしゅう》のことを考えていた時、ふと背後に気配を感じて振り返った。

大きな黒っぽい人影《ひとかげ》を発見して、びくっと大きく肩が震《ふる》える。

「って、鉄郎《てつろう》さん⁉　いつからいたんですか⁉」

「……」

鉄郎が口をわずかに動かしたが、相変わらず何を言っているかわからない。

いづみは仕方なく気にしないことにして、頭を下げた。

「今回は本当に鉄郎さんのセットのおかげで、舞台のクオリティがあがりました。ありがとうございました」

「かっこいいっすよね、あのセット」

「作り物に見えない」

「たしかに、世界観にぴったり」

綴の言葉に真澄が続き、至も同意するようにうなずいた。

「……」

「え、なんですか？」

ほんの少し照れたような鉄郎の口元に、咲也が耳を寄せる。

が、すぐに、何も聞こえないと首を横に振る。

「誰か、支配人呼んできてー！」

綴がドアに向かってそう叫《さけ》んだ時、蚊《か》の鳴くような音が聞こえてきた。

「……良かった」

「鉄郎さんがしゃべった!?」

本当に微かで聞《き》き逃《のが》してしまいそうな声だったが、確かにいづみの耳にも届いた。

「初めて聞こえた！」

「ありがとう、鉄郎さん！」

綴と咲也が満面の笑みを浮かべると、鉄郎も静かに微笑んだ。


観客も去り、空《から》っぽになったＭＡＮＫＡＩ劇場の客席に一人、いづみが立っていた。

（初日から、いや、初めてこの劇場に来てから、あっという間だったな。なんだか夢の中にいるみたいだ）

いづみが初めてこの劇場に足を踏《ふ》み入れた時も、こんな風にがらんとして静まり返っていた。

違うところといえば、舞台の上に立派なセットがあることだけだ。

（鉄郎さんが作ってくれたこのロミジュリのセットとも、今日でお別れか……）

セットを見ているだけで、その前で繰《く》り広げられた団員たちの芝居がまざまざと瞼《まぶた》の裏によみがえってくる。

（バラしちゃうの、もったいないな。なんかさびしい。祭りの後って感じ）

通常であれば、翌日には解体されてしまう。そうなれば、元の何もない舞台に戻るだろう。何事もなかったかのように。

それを想像して、いづみは物悲しい気持ちになった。

（もう少し、みんなのロミジュリを観《み》てたかった。きっと、まだまだ、どこまでも進化していけるはず……）

公演を重ねるたびに、団員たちの芝居はどんどん良くなった。その上達ぶりは稽古中よりも遥《はる》かに速いスピードで、いづみが目を見張るほどだった。

何よりも舞台を終えた時のあの何にも勝《まさ》る幸福感――あの瞬間をまたみんなと一緒に味わいたい。

そんなことを考えていたいづみに、不意に声がかけられた。

「何やりきったって顔してるんだ」

びっくりして振り返ると、客席の扉に背をもたれて、左京《さきょう》が立っていた。

「左京さん、まだ帰ってなかったんですか？」

「電気がついてるから、不審者《ふしんしゃ》かと思って確認しにきてやっただけだ」

（何気に親切……！）

鼻を鳴らしてそっぽを向く左京に、いづみはそんな感想をもってしまう。

「腑《ふ》抜《ぬ》けてる場合じゃないぞ。ようやく一公演終わっただけだからな。まだ年内に残り公演三本、新メンバー五人ずつ集めるんだぞ」

「公演三本……新メンバー十五人……」

思わず頭の中で先のスケジュールを組み立て始める。

（そう考えると、時間なんて全然ないんだな。感傷にひたってる場合じゃない）

次の夏組の団員をすぐにでも集めなければ、あとの二公演が年内に間に合わなくなる。

いづみの心中《しんちゅう》を見透かしたように、左京がにやりと笑った。

「目が覚めたみてえだな。せいぜい、この調子で気張るんだな」

（厳しいこと言ってるようで、さりげなく応援してくれてるよね……）

いづみは劇場経営のうんちく話を思い出しながら、左京にゆっくりと近づいた。

「左京さん、この劇場のこと、嫌《きら》いじゃないですよね。昔のことも知ってるみたいですし」

「……さあな」

左京はあいまいにごまかして、そっぽを向いてしまう。否定しないところが、その答えのような気がした。

(否定しないし、やっぱり、劇場に思い入れがあるんだ。詳しいことは話してくれなさそうだけど……)

「で、目星《めぼし》はついてるのか。夏のメンバー」

「えっと……募集もしますけど、声をかけたいなって思ってる人はいます」

「ほう?」

いづみの答えに、左京が意外そうに眉を上げた。


ちょうどあちこちの劇場のソワレが終わる時間、天鵞絨《ビロード》駅は観劇帰りの人でごった返していた。

「はあ……ロミオとジュリアス、いいお芝居だったな……」

ふわふわと柔《やわ》らかそうな髪《かみ》の小柄《こがら》な少年が、うっとりとつぶやく。その胸にはロミオとジュリアスのフライヤーが抱き締められていた。

「ロミオさんもジュリアスさんも、すごくかっこよかった……あんな風にかっこよく剣を振るえたらどんなに素敵《すてき》だろう……」

少年が胸に抱いたフライヤーに視線を落とす。フライヤーの裏側の片隅《かたすみ》には、小さく『新団員募集』の文字が書かれている。

「……新団員募集、かあ」

少年は小さくため息をつくと、改札へと流れ込む人の波に消えていった。

一方、ビロードウェイには劇場の公演時間が終わっても興奮冷めやらない様子の人々が多く往来《おうらい》していた。

その雑踏《ざっとう》に紛《まぎ》れて、やけに目立つオレンジ色の髪の毛の少年がいた。サングラスをかけ、ゆったりとした足取りで裏通りの方へと向かっている。

「どんなポンコツ舞台を見せられるのかと思ったが……」

そうつぶやく少年の手にはロミオとジュリアスのフライヤーが握《にぎ》られていた。

「ＭＡＮＫＡＩカンパニー……か」

少年はポケットにフライヤーを突っ込むと、裏通りに停《と》まっていた黒塗《くろぬ》りの高級車へと足早に近づいていった。

あとがき

こんにちは。『A3!』メインシナリオ担当のトムと申します。

本作は、スマホアプリのイケメン役者育成ゲーム『A3!』のメインシナリオに地の文を加筆した公式ノベライズ本です。

ゲームでは、キャラクターの魅力《みりょく》が一目で伝わる絵が並び、シーンを盛り上げる音楽や効果音が流れ、セリフに声優さんの演技が加わり、様々な演出でもってシナリオを楽しむことができますが、小説ではそれらがありません。

その代わりに描写という形で、その場の空気感やキャラクターの細かい表情、背景が伝わるように心がけてみました。小説ならではの『A3!』の物語を楽しんでいただけたら幸いです。

まだまだこれからも『A3!』の展開は続いていきますので、ゲーム本編、小説ともどもよろしくお願いいたします。

二〇一八年三月　トム

番外編

お花見ブルーミング

新生MANKAIカンパニー旗揚《はたあ》げ公演を終えた週末の正午過ぎ、寮《りょう》の近くのスーパーに綴《つづる》と咲也《さくや》と真澄《ますみ》の姿があった。

「飲み物はこれくらいで足りますかね？」

買い物かごの中に入ったペットボトルの数を数えながら、咲也が綴にたずねる。

「十分だろ。食べ物の方がちょっと心配だけど」

綴がそう言いながら、退屈《たいくつ》そうに後ろをついてくる真澄を振《ふ》り返《かえ》る。

「真澄、持ち寄りの食べ物、何か用意したか？」

「してない」

ジャンケンでいづみのいない買い出し班に割《わ》り振られたのがまだ不満なのだろう。綴の言葉にまったく興味なさそうに答える。

「そこに春の花見コーナーできてるからデザートとか買っとけよ」

「面倒《めんどう》くさい……」

真澄は綴に指差された棚《たな》をちらりと見やり、小さくため息をついた。

春組《はるぐみ》全員でお花見に行こうといづみが言いだしたのは、つい数時間前のことだ。談話室のテレビで流れていた朝のニュースで、全国的に桜の見ごろは今週末までと聞いたのがきっかけだった。

買い出し組が待ち合わせ場所の公園に向かうと、中央の辺りにいづみと至《いたる》とシトロンがシートを広げて待っていた。

公園の桜の木々はほとんどの花びらを振るい落とし、地面は一面桜の絨毯《じゅうたん》が敷《し》き詰《つ》められたようにピンクに染まっている。盛《さか》りの頃《ころ》を過ぎた木の枝は露出《ろしゅつ》した部分がやや目立ち、風情《ふぜい》に欠けるせいか、花見客の数は少ない。

ただ、いづみたちが場所取りをしていたところの木々は日陰《ひかげ》で開花が遅《おそ》かったのか、まだ十分に満開の桜を楽しめるロケーションだった。

咲也は買ってきた飲み物や食べ物を置きながら、見とれるように桜を見上げた。

「いつの間にか満開になってたんですね」

「チリチリダヨ」

「散り際かな」

桜が焦《こ》げ付いていそうなシトロンの表現を、いづみが笑《え》みを漏《も》らしながら訂正《ていせい》する。

「稽古《けいこ》ばっかりしてたから、いつの間にか咲いてたって感じだね。でも、このくらいの時期の方が空《す》いてていいかも」

綴がいづみの意見に同意するようにあいづちを打つ。

「俺、こんなにまともに花見するの久しぶりっす」

「俺も、会社の付き合いで出るくらいだから、久しぶり」

「って、桜見てませんけどね!?」

何気なく至を振り返った綴は、至がスマホを見ているのに気づいて突《つ》っ込《こ》んだ。

「今、花見イベ走ってるところだから」

「情緒《じょうちょ》のかけらもない……」

現実の花見イベントよりもゲームのイベントを選ぶ至に、綴があきれたようにため息をついた。

「真澄くんもお花見は久しぶり？」

いづみがたずねると、真澄は少し考えるように首をかしげて答えた。

「初めてかも」

「え!?　本当？」

咲也が驚《おどろ》きの声をあげる。

「そういえば、ご両親ほとんど海外にいるって言ってたもんね。タイミングよく帰って来ることも少ないか」

「桜よりアンタを見てる方が楽しい」

「そういう催《もよお》しじゃないから！」

真顔の真澄にじっと見つめられて、いづみが苦笑いする。

「この国の桜、ずっと見てみたかったヨ。うれしいネ」

「シトロンさんの国には桜はないんですか？」

咲也の問いかけに、シトロンがわずかに首をかしげる。

「あるけど品種が違《ちが》うし、こんなにたくさん植えてあるところはないヨ。ジャパニーズ花見楽しいネ。みんなでハラポロリするヨ」

「ハラポロリ？」

「まさか腹踊《おど》り？」

綴と至が同時にけげんそうな表情になる。

「それダヨ！　ハレンチだけど、ワタシも腹だけなら見せてもいいネ」

「いや、そこは隠《かく》しといてください」

綴は焦《あせ》ったように、服に手をかけたシトロンを押さえた。

「ほ、ほら、お花見のだいご味は、もっと他にあるんじゃないかな！」

あやうく宴会芸《えんかいげい》の流れになりそうになったところで、いづみが話題を変えるようにそう声をあげる。

「そうですね。お花見っていえばお弁当とか！」

咲也の言葉にうんうんとうなずきかけた綴が、ふと動きを止めた。

「なんか、ほのかにカレーの匂《にお》いがするんすけど」

「まさか」

至がスマホから目を離《はな》さずに首を横に振る。

「お弁当にカレーって持ってこられるんですか？」

「一歩間違うとバッグの中が大惨事《だいさんじ》になりそうだし、ないとは思うけど……」

咲也の言葉を自信なげに綴が否定した時、おもむろにいづみがランチバッグからプラスチック容器を取り出した。

「ふっふっふ！　キーマカレーでした！」

「そこまでするとは……」

「さすが……」

綴と至が感心しているのかあきれているのかわからないような調子でつぶやく。

「お花見といったら、お花見カレーだよね！」

「オー初めて聞いたヨ。勉強になるネ！」

「それ、カレーの国の常識なんで、信じない方がいいっすよ」

感心しているシトロンに、綴がげんなりした表情で告げる。

「アンタの愛妻弁当なら、なんでも食べる」

真澄は一人うれしそうに顔をほころばせると、キーマカレーに手を伸ばした。

「そういえば、一応食べ物は持ち寄りでってことにしてたけど、みんなは何持ってきたの？」

真澄にカレーを分けてやりながらいづみがそうたずねた時、小走りに駆《か》け寄《よ》ってくる足音がした。

「ミックスピザお待たせいたしました〜！」

「ピザ」

至が宅配ピザの配達人に代金を払《はら》いながら、いづみの問いに答える。

「こんなところまで配達してくれるんすか⁉」

「なるほど。温かいままみんなで食べられるし、いい案ですね」

綴が驚く横で、咲也が感心したようにうなずく。

「っていうか、スマホでゲームしながらピザ食べてるとか、自室にいる状態と変わんないんすけど」

さっそく手慣れたしぐさでピザの箱を食べやすく広げる至の姿を見て、綴がつぶやく。背景をそっくりそのまま至の部屋に変えても、おそらく誰《だれ》も違和感《いわかん》を覚えないだろう。

「お花見感がないね」

いづみも思わずといった様子で同意する。

「ワタシはちゃんと予習して、お花見フード持ってきたヨ！」

「え！　本当ですか？　楽しみです！」

「また斜《なな》め上なんじゃ……」

期待に目を輝《かがや》かせる咲也とは対照的に、綴が顔を引きつらせる。

シトロンは満面の笑みを浮《う》かべて、和風の包装紙がくるりと巻かれたパックを取り出した。

「桜もちネ！」

「わあ、デザート持ってきてくれたの？」

いづみが歓声《かんせい》をあげる中、シトロンが包装紙をはがす。

「……それ、赤飯のおにぎりっすね」

中に入っているものを見て、綴がぽつりとつぶやいた。

「桜もちはピンクって聞いたヨ！」

色は桜もちも赤飯もあまり大差はないだけに、シトロンが間違えるのも無理からぬことだ。

「惜《お》しい……！」

「まあ、お赤飯もおいしいですしね」

いづみと咲也がそう告げる中、綴も持ってきたプラスチック容器を開けた。

「俺は弁当のおかず色々、唐揚《からあ》げとかハンバーグとか持ってきました」

「おいしそうネ！」

「オレは綴くんと一緒《いっしょ》におにぎり握《にぎ》ってきました」

咲也もラップに包んだおにぎりをいくつも取り出し、あっという間にシートの上は食べ物でいっぱいになった。

「真澄くんは？」

「これ」

いづみに問いかけられた真澄が、スーパーの袋《ふくろ》から小さな紙箱を取り出す。

「あ、桜もち！」

「アンタのことは俺が一番よくわかってる」

得意げに小さく鼻を鳴らす真澄の頭を、綴が軽く小突《こづ》く。

「お前、さっき俺に言われて渋々《しぶしぶ》買ってただろ」

「オー、これが桜もちネ！　ほんとにピンクダヨ！」

「道明寺《どうみょうじ》もありますね」

シトロンに続き咲也も箱の中を覗《のぞ》き込む。

中には二種類の桜もちが並んでいた。円筒状《えんとうじょう》の薄《うす》い皮であんこを包んだ桜もちと、粒《つぶ》の残る餅《もち》であんこを包んだ丸い桜もちだ。

「薄い皮の関東風の桜もちを長明寺、粒々の関西風の桜もちを道明寺って言うらしいね。関西の方では道明寺の方を桜もちって呼ぶんだって」

「道明寺の方は確かに赤飯っぽいっすよね」

「間違えるネ！」

至の説明を咲也とシトロンが興味深げに聞いていた。

「それにしても無事に公演が終わってよかったよな」

至のピザにあれこれ言いつつも匂いの吸引力には勝てなかったのか、綴が一ピースをつまみながら、ふとつぶやいた。

「なんだか、今でもフワフワしてる感じっていうか、現実に戻《もど》り切れてない感じです」

「半分ロミジュリの世界にいるような？」

至が確認《かくにん》すると、咲也がうなずく。

「そんな感じです」

「わかる。楽しかったよな」

「まああ」

至が咲也に同意すると、真澄も小さく続いた。

「めずらしく真澄が同意したな」

驚いたように綴がわずかに目を見開く。

「デレたヨ」

「レア」

シトロンや至が面白《おもしろ》がるように綴に続くと、真澄はぷいっとそっぽを向いた。

「楽しかったね」

いづみが公演を思い出すかのように頭上を見上げ、しみじみとつぶやく。

「次の公演も楽しみです」

「その前に夏組《なつぐみ》、秋組《あきぐみ》、冬組《ふゆぐみ》の団員を揃《そろ》えてあのヤクザの条件クリアしないと」

目を輝かせる咲也に、綴が現実を突きつける。

「新入団員来てくれるかな」

「まあ、前よりもちょっとは余裕《よゆう》あるんじゃない」

「春組は本当に時間がなかったですからね」

やや不安そうにつぶやくいづみに、至や咲也が励《はげ》ましの声をかける。

「手あたり次第《しだい》だった」

「ワタシもつかまったヨ〜」

いまだにいづみには自分だけいればいいと思っているのか、不満そうに真澄が告げると
シトロンも続く。

「人聞きが悪い！」

いづみも自覚はあるのか、ややバツが悪そうな表情で言い返した。

「オーディション、明日だっけ」

「一応その予定です」

至の問いに、いづみがうなずく。

「どんな人が来るか楽しみっすね。それによって、脚本《きゃくほん》も変わるし」

まだ見ぬ新しい出会いを思ったのか、綴が遠くを見やる。

「また舞台《ぶたい》に立ちたいです」

咲也が胸《むね》の奥底《おくそこ》に宿った大切な何かを抱き締《だ し》めるように、そっとつぶやいた時、ひときわ強い風が吹《ふ》いた。辺りに無数の桜の花びらが舞《ま》い、世界を桜色に染め上げる。

「何度でも立てるよ」

いづみは雲一つない青空に舞い上がる桜の花びらを見上げながら、まぶしそうに目を細めた。

満開になってもすぐに散ってしまう桜のように、役者は舞台の上でつかの間花開き、散っていく。そしてまた何度でも花を咲かせるのだ。春になるたびに満開になる桜と同じように。

いづみはその瞬間《しゅんかん》が何よりも楽しみだった。

A3!
Act! Addict! Actors!

◆アンケートはこちら◆

https://ebssl.jp/bslog/bunko/alice_enq/

◆ご意見、ご感想をお寄せください。
[ファンレターの宛先]
〒102-8078 東京都千代田区富士見1-8-19
株式会社KADOKAWA　ビーズログ文庫アリス編集部
「A3!」宛
◆本書の内容・不良交換についてのお問い合わせ。
エンターブレイン カスタマーサポート
電話：0570-060-555 (土日祝日を除く 12:00 ～ 17:00)
メール：support@ml.enterbrain.co.jp
(書籍名をご明記ください)

ビーズログ文庫アリス
http://welcome.bslogbunko.com/

A3!
The Show Must Go On!

トム
原作・監修／リベル・エンタテインメント

ビーズログ文庫アリス

2018年 6 月15日 初刷発行
2020年 3 月 5 日 第4刷発行

発行人　三坂泰二
発行　株式会社KADOKAWA
〒102-8177　東京都千代田区富士見2-13-3
[ナビダイヤル] 0570-060-555
[URL] https://www.kadokawa.co.jp/
デザイン　平谷美佐子 (simazima)
印刷所　凸版印刷株式会社

ISBN978-4-04-735181-3　C0193

次巻予告
つぼみが花咲く
公式小説第2弾!
A3! 克服のSUMMER!
2018年9月15日 発売予定!!

咲也
既読 4 カントクと買い出しに来てるんですが、皆さんカレーの材料以外で何か欲しいものありますか？

至
安定のカレー確定ガチャ…。

真澄
監督と二人きりとか許さない。今すぐ俺も行く。

至
真澄も安定。1.5リットルのコーラよろ。

綴
またそんな重そうなものを…どこのスーパー？俺も助っ人する。

咲也
既読 4 ビロードウェイのいつものところです！

シトロン
ワタシも駆け抜けるヨ！集めてる食玩シリーズの新作が出てるネ！

綴
駆け付ける、でしょうが。目的地通り過ぎちゃダメだろ！

至
あ、その食玩シリーズ俺も欲しいやつ。

真澄
着いた。

シトロン
マスミ、カミカゼネ!?

咲也
既読 4 真澄くん、すごく早かったね！

真澄
はぁ…今日も監督がかわいい。しんどい。

シトロン
ワタシももうすぐ着くネ～！

綴
結局至さん以外全員集合か。

至
しょうがないから俺も行く。綴に代理で食玩買わせると全部ドブりそうだし。

シトロン
ワタシも全部自引きするヨ。ツヅルには任せないネ。

綴
アンタらなぁ！

咲也
既読 4 カントクも興味あるみたいなんで、みんなで一緒に引いてみるのはどうでしょう！

シトロン
オー、イチかバチかの運試し楽しそうダヨ！

真澄
俺が在庫全部買って、アイツの目当てを絶対に当てて見せる。他の奴らには渡さない。

至
買い占めキタコレ。コンプ余裕だな。

綴
いやいや！無駄遣いすぎるだろ！監督もさすがに止めるって。

咲也
既読 4 やっぱり、一人一個までですかね…？みんなで運試し、楽しみです！